우울한 엄마들의 살롱

일러두기

이 책에 나오는 몇몇 인물은 사생활 보호를 위해
실명과 다른 이름으로 표현했습니다.

우울한
엄마들의
살롱

수미 에세이

어떤
책[]

프롤로그

눈물 뒤에 오는 것

나는 울음보다 웃음을 선택하며 살아온 사람이다. 인생이 커다랗게 굴곡질 때도 마냥 슬퍼하기보다 차라리 자조를 선택했다. 쓴웃음이라도, 자신을 향한 비웃음이라도 우는 것보다 웃는 것이 힘이 된다고 믿었다. 그래서 잠깐이라도 웃게 만드는 농담의 놀라운 힘을 믿었다. 실없다고 할지라도 농담이 통하는 인생이라면 살 만했다.

농담도 우울증을 통과하진 못했다. 나의 우울증은 임신과 출산 그리고 육아를 거치면서 본격적으로 시작됐다. 엄마가 되는 일은 행복한 고난일 줄 알았는데, 이토록 곤란한 우울이라니. 내게 '엄마'와 '우울'은 전혀 어울리지 않는 조합이었다. 하지만 몸은 보란 듯이 증명했다. 하루에도 몇 번씩 뜨거운 무언가가 목울대로 솟구쳤고, 끝없이 깊은 밑바닥으로 꺼지는 기분이 들었다. 출산 전으로 시간을 되돌리고 싶다는 후회, 세상에서 사라지고 싶다는 충동, 아침이 또 밝아 온다는 절망. 어딘가에 이 역한 감정을 토해 낼 수 있다면.

나는 1년 넘게 한집에 살면서 함께 육아를 했던 엄마에게 전화를 걸었다. 엄마에게라면 이런 이야기를 털어놓아도 괜찮을 것 같았다. "여보세요" 하고 익숙한 목소리가 들려오자, 나는 머뭇거리다 고백했다.

"엄마, 나 요즘 너무 우울해."

엄마가 된 이후에 느끼는 우울을 입 밖으로 처음 꺼내 놓는 거였다.

엄마는 말했다.

"아이고, 팔자 좋은 소리. 이제 몸이 좀 편한가 보네."

그러고는 달래듯, 집에만 있지 말고 마트라도 나가 보라고 말했다.

남들이 보기에 지금의 나는 우아한 삶을 사는 사람일지도 모른다. 책을 내고 강연장에서 마이크를 잡고 방송사에서 구성작가 일을 하며 돈을 벌었다. 남편과 세 아이가 있는 정상 가족 형태를 유지하고 있으며, 살림이 궁핍하지도 않다. 그래서 내 감정을 자주 의심했다. 우울은 사치고 엄살이라고 생각했다.

빠져나올 수 없는 덫에 걸린 듯한 기분이 수개월 지속된 적이 있다. 그때는 세상에서 사라지는 것이 유일한 답이라고 믿었다. 남편을 붙잡고 울었다. 죽고 싶다고. 다음 날 남편은 휴가를 내고 나와 함께 정신과를 찾았다. 의사에게 무슨 말을 했는지 기억이 잘 나지 않는다. 일어난 일들을 뒤죽박죽 말했고, 쏟아지는 눈물을 닦았다. 어느새 손에 물기 젖은 휴지가 가득했다. 의사가 말했다.

"그동안 잘 견뎌 오셨네요."

마치 그 말을 듣기 위해 정신과에 찾아간 것만 같았다. 타인이 나의 고통을 알아준다는 것, 내 고통이 존중받는다는 것이 이렇게 큰 위안이 될 줄은 몰랐다.

한 달에 한 번 정기 상담을 갈 때마다 의사는 묻는다.

"그동안 어떻게 지냈어요? 요즘 기분은 어때요?"

　　대기실 소파에 앉아서 차례를 기다릴 때부터 이 질문에 어떻게 대답할지 고민한다. 내 기분이 어떤지 헤아리는 일은 좀처럼 익숙해지지 않는다.

　　3년이 흐른 지금까지도 꾸준히 우울증 약을 먹고 있다. 우울증을 겪으며 내가 알게 된 것 중 하나는 우울증은 완치가 어렵다는 것이다. 언제 또 좋아졌다 재발할지 모른다. 벗어났다고 생각했을 때 다시 수렁으로 끌려 내려가는 기분은 처참하다.

　　우울증을 주제로 책을 쓴다면 100권을 써도 모자랄 것이라는 한 정신과 의사의 말처럼, 우울증은 복잡한 병이다. 원인도 아직 명확하게 밝혀지지 않았다. 낮은 자존감, 완벽주의 등 개인이 가진 성향, 불행한 사고나 사건이 원인이 되기도 하지만 자신이 몸담은 사회와 환경도 큰 영향을 미친다. 특히나 경쟁이 심하고 불평등한 사회에서는 삶에 대한 통제력이 적고 지위가 낮은 사람일수록 정신건강이 나쁠 수밖에 없다. 그래서 우울증은 '사회적 질병'이라고 불린다. 처한 환경에 따라서 누구나 걸릴 수 있기 때문이다. 그런 의미에서 나는 '엄마'가 우울증에 매우 취약한 집단이라고 생각한다.

　　얼마 전 카페에 혼자 앉아 있을 때였다. 옆 테이블에서 젊은 엄마가 친구와 나누는 대화가 들렸다. 엄마 품 안에서 평화롭게 잠이 든 아기와, 혹시 아기가 깰까 봐 자리에 앉지 못하고 서서 천천히 몸을 흔들며 말하는 젊은 엄마.

"종일 아기랑 둘이 있다 보니까 하루에 열 마디도 안 해. 문득 내가 이렇게 미쳐 가나 싶은 거야."

마시던 커피를 내려놓고 이야기에 귀를 기울였다. 너무 잘 알 것 같은 마음이었다. 마치 몇 년 전 내가 했던 말이 메아리가 되어서 돌아오는 것 같은 기시감이 들었다. 나는 처음 보는 여자에게 다가가 말을 건네고 싶었다.

"아이 키우면서 한 번도 미치지 않는 여성은 없어요. 그건 당신 탓이 아니에요."

해 주고 싶은 말이 목구멍까지 차올랐지만, 나는 모르는 사람을 붙잡고 이야기를 할 만큼 오지랖 넓은 사람은 되지 못한다.

자책은 엄마들이 쉽게 빠지는 함정이다. 모든 문제의 원인을 나로 지목하는 순간, 함정은 안락한 은신처가 된다. 자기 몸에 어떤 상처가 새겨지는지 모르는 위험한 은신처가.

나는 매일 저녁식사를 준비하기 전에 의식을 치른다. 부엌 찬장을 열어 우울증 약을 먹는 것이다. 얇은 종이봉지를 찢으면 나오는 알약 세 알을 입속에 털어 넣는다. 내 마음의 화가 갑자기 폭발해 아이들에게 튀는 일이 없도록, 우울함이 옅어지길 바라는 마음으로 알약을 삼킨다. 오늘 밤도 무사히. 기도하는 마음으로 보리차를 여러 번 나눠 마신다. 약 복용은 때로 무력감을 동반한다. 미세먼지가 최악인 날 마스크를 쓰고 외출하는 것처럼 약 먹기는 오염

된 세상에서 내가 취할 수 있는 가장 미약한 방어책이다.

나는 약과 상담이라는 개인적 노력만으론 우울증이 나을 수 없다는 비관을 가지고 있다. 그 바탕에는 내가 속한 사회의 현실이 있다. 저출생은 심각한 사회문제로 꼽지만, 육아의 고충은 개인적인 문제로 치부하는 사회에서 엄마는 필연적으로 우울해진다. 우리 사회는 쉽게 개인의 나약함을 우울증의 이유로 삼고, 엄마들은 자신이 우울하다고 말하기조차 눈치가 보인다.

나는 2022년 12월부터 창원에서 '우울한 엄마들의 살롱'이라는 이름의 모임을 기획해서 운영했다. 내가 우울한 엄마들의 살롱에서 만난 엄마들은 '나만 이렇게 우울하고 힘든가' 속앓이를 했다. 우리 사회에서 아프다는 건 약점이기도 해서, 속에 시커멓게 고인 말을 꺼내려면 용기가 필요하다. 남들에게 '이상한 엄마'로 비칠 수 있다는 걸 감수해야 한다.

눈도, 코도, 입도, 손톱의 모양도 다르게 생겼지만 우울한 엄마들의 살롱에서 우리는 말이 잘 통했다. 우울한 엄마들의 살롱은 우울이라는 감정의 공동체였다. 엄마들에게 우울은 매일 밤 베고 자는 베개처럼 익숙한 감정이었다. 모임에서 우리는 자주 울었고, 울고 나면 조금 개운한 얼굴이 됐다. 발갛게 상기된 뺨, 충혈된 눈을 보면서 생각했다. 다 같이 운 다음, 그다음에는 무엇이 와야 할까.

프롤로그. 눈물 뒤에 오는 것   4

1장. 어떻게 우울할 수 있는가

스물다섯의 나는 알지 못한   14

가슴 수난기   23

흔들린 우정   31

쪽잠의 후유증   37

고통의 이름표   43

2장. 집을 지키는 모험

'엄마'라는 지위   54

누가 응답하는가   60

소아과에서 야단을 듣다   68

엄마의 번아웃   77

당신은 긴급합니까   83

이웃집 가해자들   92

'예스'와 '노' 사이에서   106

침대 위의 평등   113

흐르는 시냇물처럼   122

3장. 엄마이기만 해서는 곤란한

애 엄마의 커리어   130
200만 원이면 어깨가 펴진다   137
고향을 떠나는 여자들   145
불안을 팝니다   154
정면을 응시하세요   164
학교운영위원회   171
아들에 대하여   181
긴 머리 휘날리며   189

4장. 우울한 엄마들의 살롱

우울한 엄마들의 살롱   196
지속하기 위하여   204
1393   209
낯선 현기증   217
또 다른 목소리—우살롱에 온 혜정의 이야기   226
내가 아이의 전부가 아니기를   233
우울이라는 감정의 공동체   239
더 노력해야 하는 사람들   246
앵콜 요청 금지   257
고백   265

에필로그. 당신에게—한 사람을 위한 편지   272
감사의 말   276
추천의 말   284

1장

어떻게
우울할 수
있는가

스물다섯의 나는 알지 못한

스물다섯 살의 나는 현지의 우울을 이해하지 못했다. 현지는 함께 방송사에서 일하며 알게 된 친구였다. 나는 작가, 그는 피디. 우리는 편집실에서 함께 자막을 만들고 봉고차로 촬영을 나가고 일 마친 늦은 저녁에도 종종 어울렸다. 노래방에서 고성을 내지르고 포장마차에서 뜨거운 우동 국물을 마시고 지질한 연애 고민을 나눴다. 우리의 우정에 적신호가 켜진 건 출산이라는 사건 이후다. 출산 후에 현지는 칩거하는 사람처럼 집에서 오랫동안 나오지 않았다. 출산휴가라고 했는데 어쩐지 '출산' 뒤에 붙은 '휴가'라는 말이 어울리지 않았다.

단골 카페가 아닌 집으로 현지를 만나러 갔다. 아이가 있는 집은 조심스러워서 집에 들어가자마자 손을 깨끗하게 씻었다. 현지는 손목에 보라색 보호대를 하고 있었다. 아기를 매일 들다 보니 손목 통증이 심하다고 했다. 가느다란 친구의 팔에 통통한 아기가 얼굴을 기댔다. 백일도 안 됐는데 벌써 8킬로그램을 넘겼다는 아기는 팔뚝이 꼭 미쉐린 타이어 캐릭터처럼 살이 올랐다.

우리의 대화는 원활하지 못했다. 이야기하다 말고 현지는 아기에게 분유를 먹였고 기저귀를 갈았다. 대화를 뚝뚝 끊는 아기가 귀찮게 느껴졌다. 아무리 친구의 아기일지라도 나에게는 너무 생소한 생명체였다. 아기가 친구를 지치게 만드는 것 같아 얄미웠다.

현지는 수척해 보였다. 당시 주말 부부였던 현지는 말 그대로 24시간 '독박육아'를 하고 있었다. 물끄러미 아기를 쳐다보던 친구는 조용히 고백했다. 얼마 전 냉장고를 향해 토마토를 집어 던졌다고. 아기를 돌보는 하루하루가 지겹게 반복되던 날이었다고 했다. 갑자기 너무 화가 나고 억울한 마음이 들었다고 했다. 뭐라도 집어 던지고 싶은 충동에 친구는 토마토를 꺼내 냉장고 문을 향해 던지기 시작했다. 물컹한 토마토가 퍽퍽 터지고 빨간 즙이 바닥에 흘러 내렸다.

"바보, 그럼 네가 또 치워야 하잖아."

"그러니까."

현지가 서글프게 웃었다. 나는 그래도 계란 안 던진 게 어디냐며, 계란을 던졌으면 치울 때 더 화가 났을 거라고

16

농담했다.

그렇게 두어 시간 수다를 떨다가 일어섰다. 오래 머물면 현지가 피곤할 거라고 판단했다.

"또 와요, 이모."

현지가 아이의 손을 빌려 인사했다. 그리고 무거운 현관문이 닫혔다. 다시 현지와 아기만이 남은 세상을 뒤로하고 나는 아파트를 빠져나왔다.

지독한 신생아 육아의 고립감에 대한 이해는 더디게 찾아왔다. 첫 출산을 하고 난 후였다. 새벽 2시, 어둠 속에서 딸에게 젖을 먹이다가 현지 생각이 났다. 세상은 너무 조용하고, 오로지 딸이 쪽쪽 젖을 빠는 소리만 들렸다. 나는 젖몸살로 진통제를 먹어 가며 밤을 새우고 있었다. 남편은 다음 날 출근을 위해 옆방에서 곤하게 잠을 자고 있었다. 왜 그때 이 말이 생각났을까.

'아무도 모른다.'

갑자기 조용한 사방에 꽥 소리를 지르고 싶은 충동이 일었다. 그리고 떠올랐다. 적막한 집에서 혼자 토마토를 던지는 현지의 모습이.

어느덧 현지의 아이는 10대에 접어들었다. 안으면 어깨에 침을 흘리던 아기가 이제는 운동장에서 공을 차고 컴퓨터 게임을 한다. 현지와 나도 나란히 나이를 먹었다. 소원해졌다고 생각했던 우정은 '임출육'이라는 경험을 공유하면서 다시 진해졌다. 경험을 해 봐야만 공감에 이를 수

있다는 것이 부끄럽지만, 어쩌겠는가. 그것이 나란 인간의
한계다.

　가끔 또래 엄마들과 신생아 키울 때 이야기를 나눈다.
그럴 때면 '이제 생각도 안 난다'고 말하는 사람들이 더러
있다. 정말 생각이 안 나는 것일까. 아니면 다시 생각해도
너무 힘든 시절이라 잊고 싶은 걸까. 신생아를 키울 때는
양육자의 돌봄이 절대적이다. 아기는 목을 가눌 수도 없
고, 젖병을 혼자 들지도 못한다. 하나부터 열까지, 아침부
터 밤까지, 양육자가 붙어서 돌봄노동을 한다. 아무리 건
강한 사람도 이런 날들이 반복되면 병이 나고 말 것이다.

　산모의 몸은 더디게 회복된다. 임신 기간 동안 꾸준히
증가한 여성호르몬은 출산 후 48시간 이내에 대부분 감소
하고, 급격한 호르몬 변화는 뇌신경 전달물질 체계를 교란
시킨다. 이는 우울한 감정에 빠져드는 요인이 된다. 갑상
샘 호르몬 감소로 신진대사가 느려지며 기분이 침체되는
것이다.[+] 또한 출산은 인대, 관절 등을 약화시키고 변형시
킨다. 질에서는 오로가 배출되며, 임신으로 열 배 이상 커
진 자궁은 6주는 지나야 출산 전의 크기로 돌아온다.[++] 소
양증, 요실금도 산모에게 흔한 질환으로 꼽힌다.

[+] 　삼성출판사 편집부,《임신 출산 육아 대백과》, 삼성출판사, 2023,
　　220쪽 참고.
[++]　오로: 임신 중 두꺼워진 자궁 내막이 출산 후 수축하면서 떨어져
　　배출되는 분비물. 적색을 띠다가 차츰 흰색으로 변한다. 보통 6주 정도
　　지나면 없어진다.

산후조리원을 이용하거나 산후도우미의 도움을 받는다고 해도 한 달에서 두 달이다. 몸도 제대로 쉴 수 없는마당에 마음까지 챙기기는 더 어렵다. 오히려 엄마라는 이유로 감정을 억누를 때가 허다하다. 이런 고통스러운 인내에는 이유가 있다. 바로 학습된 모성이다. 이를테면 한국인 여성의 내면에는 이런 류의 말들이 새겨져 있다.

'엄마는 위대하다. 아이를 위해서라면 모든 것을 이겨낸다.'

'신은 모든 곳에 있을 수 없어 엄마를 만들었다.'

첫 번째 말은 엄마들이 아무리 아파도 소리칠 수 없게만들고, 두 번째 말은 엄마들에게 인간 이상의 초인적인존재로 거듭나라고 요구한다. 둘 다 엿 같은 말이라는 공통점이 있다. 만약 정말 인간을 사랑하는 신이 있다면, 출산을 마친 엄마에게 끝내주는 휴가를 줄 것이다.

산모들은 회복이 덜 된 몸으로 아기를 안고, 젖을 먹이거나 분유를 타고, 고립감에 몸부림친다. 흔한 신생아육아 현장이다. 나는 아무리 노력해도 신이 될 수 없었다.

에딘버러 검사 문항
1. 웃을 수 있었고 사물의 재미있고 흥미로운 면을 발견할 수 있었다.
2. 어떠한 것을 기꺼이(즐겁게) 바라거나 기다렸다.
3. 어떤 일이 잘못될 때면 나 자신을 필요 이상으로 탓했다.

4. 별다른 이유 없이 불안하거나 무언가를 걱정한 적이 있었다.

5. 별다른 이유 없이 두려움이나 공포감을 느낀 적이 있었다.

6. 여러 가지 일들이 힘겹게 느껴졌었다.

7. 너무 불행하다고 느껴서 잠을 잘 잘 수가 없었다.

8. 슬프거나 비참하다고 느꼈다.

9. 스스로 불행하다고 느껴 울었다.

10. 자해하고 싶은 충동이 들었다.

현재 산후우울증 선별 검사도구로 가장 많이 사용되고 있는 것은 에딘버러 검사다.✦ 나는 1번부터 10번까지 거의 모든 항목에서 높은 점수에 해당했다. 2021년 한 조사에 따르면 산후우울감을 경험한 산모는 전체 산모의 절반을 넘는다.✦✦ 통계보다 훨씬 많은 산모가 우울감을 겪을 것이라고 확신한다. 아이가 몸에서 빠져나가고 급격하게

✦ 에딘버러 산후우울증 척도(Edinburgh Postnatal De-Pression Scale, EPDS): 산후우울증 선별을 위한 검사도구 중 하나. 최근 일주일 동안 산모의 감정 상태를 나타내는 열 개의 질문에 대하여 0~3점이 매겨진 네 개의 답변 중 하나를 선택하도록 고안됨. 안치석 외, 〈산후우울증 관리를 위한 에딘버러 검사의 유용성〉, 〈대한주산회지〉 제26권 제1호, 2015 참고.

✦✦ 2021년 보건복지부 통계, 〈산후조사실태조사〉 중 '산후우울감을 경험한 산모 비율 및 경험한 기간' 참고. 조사에 응한 산모 3,127명 중 52.6퍼센트가 산후우울감을 경험했다고 답했다. 산후우울감을 경험한 기간은 평균 134.6일이었다.

변화한 몸, 익숙하지 않은 육아에 대한 스트레스, 수면 부족 등 산모를 우울하게 만드는 요소는 무궁무진하다. 물론, 아이를 낳은 기쁨과 보람도 분명히 있다. 그러나 동시에 이전에 없던 우울감도 생기는 것이다. 모든 감정은 양립 가능하다.

산후우울감은 주변의 관심과 격려로도 어느 정도 호전될 수 있지만, 방치하면 산모 및 신생아에게 심각한 문제를 일으킬 수 있다는 점에서 신속한 조치가 필요하다. 하지만 임신하고 출산 후까지 십수 번 찾게 되는 산부인과에서 산모의 정신상태에 대한 검사는 이뤄지지 않는다. 반면 스웨덴이나 노르웨이 같은 북유럽 국가들에선 출산 후 산모가 있는 집에 간호사가 방문해 아이뿐만 아니라 산모의 몸과 정신건강을 챙긴다. 이때 에딘버러 검사가 활용된다. 산후우울증이 있는 사람을 초기에 발견해 더 악화되기 전에 치료한다는 목적이다. 이미 산모의 정신건강 문제는 선진국에서 중요한 의제인 것이다.

제왕절개로 길게 생긴 흉터는 아물고 회음부의 통증도 천천히 사라지지만, 산후우울감은 끝이 보이지 않는다. 산후우울감의 이유로는 '양육 부담감', '환경 변화에 따른 스트레스', '산모의 신체건강 상태', '외형의 변화'가 높게 나타나지만 '아무 이유 없음'의 비율도 높다는 점을 주목할 만하다.[*] 그만큼 산후우울감을 설명할 단어가 부족하다는 게 아닐까. 엄마 노릇에 대한 부담감, 24시간 밀

착 육아의 고단함, 소외된 기분 등은 산후우울감을 대표하는 증상이다. 산후우울감은 산전 검진과 관리를 요하는 임신성 당뇨(2017년 기준 12.7퍼센트)보다 더 높은 확률(50퍼센트 이상)로 나타나지만, 진단과 처방에 대한 정보는 턱없이 부족하다.[++] 붓기를 빼는 데는 호박즙이 좋고, 젖몸살에는 차가운 양배추를 가슴에 붙이는 게 좋다는 사실은 쉽게 알아 가더라도, 산모의 우울감에는 무엇이 좋은지 어떻게 알 수 있는가.

첫째가 백일도 되기 전, 친구들이 나에게 두 시간의 자유를 준 적이 있다. 자신들이 아이를 볼 테니 두 시간 동안 밖에서 맛있는 걸 먹고 오라고 했다. 친구들은 내 정신건강을 위해 나타난 지상의 신이었다. 나는 그때 먹은 초밥의 맛을 잊을 수가 없다. 식욕이 동할 때 끼니를 챙겨 먹는 것, 그 당연한 일이 불가능한 시절이었다. 깨끗한 식당에서 정갈하게 차려진 초밥을 보는 것만으로 만족이 차올랐다. 돌봄이라는 긴장이 없는 공간에서, 오로지 나의 밥에

[+] 2021년 보건복지부 통계, 〈산후조사실태조사〉 중 '산후우울감의 요인별 영향 정도' 참고. 산모 1,630명이 참여했고 중복 답변이 가능했던 이 조사에서 산후우울감의 이유는 '양육 부담감' 88.6퍼센트, '환경 변화에 따른 스트레스' 82.4퍼센트, '산모의 신체건강 상태' 81.1퍼센트, '외형의 변화' 72.6퍼센트, '아무 이유 없음' 53.3퍼센트로 나타났다.

[++] 임신성 당뇨: 임신 기간 중 처음 발생했거나 발견된 당 대사장애. 임신 중후반에 호르몬의 변화 및 체지방의 증가로 인해 인슐린 저항성이 증가하고 상대적으로 인슐린 분비가 충분하지 못해 발생한다.

만 충실할 수 있는 순간이 얼마나 황홀했는지. 그것은 아이의 배냇짓이나 웃음소리에 버금가는 행복이었다.

그 시절 내게 필요했던 건 사람의 손이었다. 잠깐이라도 화장실에 갈 수 있게 아이를 안아 줄 수 있는 손, 흠뻑 젖은 기저귀를 갈아 줄 손, 잠투정하는 아이를 토닥여 주는 손, "제발 잠 좀 자라" 하고 신경질적으로 아이를 타이르는 나의 등을 천천히 쓰다듬어 줄 손. 그것이 실현되기 어려운 세상이라는 걸 깨달았을 때, 우울증은 천진난만하게 나를 덮쳤다.

가슴 수난기

나에게 가슴은 섹슈얼리티의 상징이었다. 몸의 라인이 드러나는 옷을 입을 때 적당하게 솟아오른 가슴이 제법 마음에 들었다. '여자의 가슴에서 모유가 나온다'는 말은 객관적인 사실로 알고 있었지만, 그 사실은 내게 아무런 소리도, 고통도 불러일으키지 않았다. 가슴이 내게 다른 이야기를 하기 시작한 건 출산 후 내 가슴이 '젖'으로 호명되면서다. 로맨틱한 애무의 대상이자 성애의 심볼이었던 가슴에 제2의 인생이 펼쳐졌다.

　'모유는 엄마가 아기에게 줄 수 있는 최고의 선물.' 병원이나 맘카페에서 하는 산전 교육을 들으러 가면 이런 문구가 보였다. 모유는 아기의 면역력과 지능 발달에 좋으며 분웃값을 아낄 수 있어 경제적이라는 말도 들었다. 모유 수유가 엄마라면 마땅히 수행해야 할 일처럼 느껴졌다. 여기에 기름 붓듯이, 가족과 지인들 너도나도 지금까지는 한 번도 궁금해하지 않았던 내 가슴의 안부를 물었다. "젖은 좀 나오느냐." "미역국을 많이 먹어야 젖이 잘 돈다." "초유는 꼭 먹여야 한다."+ 사방에서 쏟아지는 뜨거운 젖 문안에 몸 둘 바를 몰랐다.

　나의 혼란과는 다르게 이제는 '젖'이 된 나의 가슴은 일찌감치 준비를 마쳤다. 출산 한 달 전부터 젖꼭지에서 조금씩 노르스름한 모유가 흘러나오더니, 풍선처럼 가슴이 부풀어 올랐다. 너무나 자연스러운 몸의 변화를 마음은 따라가지 못했다.

　출산 다음 날이었다. 내 젖을 찾는 수유콜이 왔다. 이후로 하루에 열 번이 넘게, 줄기차게 전화가 울렸다. "엄마, 수유하러 오세요." 이 말은 마치 "언니, 커피 한잔하러 오세요"라는 말처럼 태연했다. 어기적거리며 몸을 일으켜 수유실로 향했다. 아직 절개하고 기운 회음부에 통증이 생생했다. 딱딱한 의자 대신 고통을 완화시켜 주는 폭신한 회음부 방석에 앉아 아기를 기다렸다. 곧 신생아실 선생님이 하얀 천에 야무지게 싼 아기를 안고 나타났다. 아기는 아직 이름이 없었다. 대신 '김수미 산모 아기'라고 적힌 이름표가 대롱대롱 달려 있었다.

+　초유: 산후 일주일 동안만 나오는 젖. 아미노산과 항체를 포함한 단백질이 보통 젖보다 네 배 많다고 알려져 있다.

출생 직후라 아기의 눈은 퉁퉁 부어 있었다. 피와 각종 분비물이 묻어 있던 몸은 하루 만에 멀끔해진 모습이었다. 하얀 태지가 묻은 붉은 얼굴을 쳐다봤다. 모유 수유라는 임무를 잊은 채, 아기의 동그란 눈동자와 눈 맞춤하며 한참을 가만히 있었다. 작은 손을 어루만지고 다리를 주물러 보기도 했다. 조금만 세게 눌러도 자국이 남을 것 같은 여린 피부를 손가락으로 살살 눌러 보며 놀다가 육아서적에서 본 대로, 어설프게 수유 자세를 흉내 내 보았다. 하지만 아기는 입을 벌려 젖꼭지를 물었다가 힘없이 툭 뱉을 뿐. 반복해서 물려 봐도 마찬가지였다.

나는 친구의 아내인 현진 씨와 전화 통화를 했다. 우리는 막역한 사이는 아니었지만 비슷한 시기에 딸을 낳았다는 공통점이 있었다. 단지 그 이유로 우리는 통화했다. 조심스럽게 내가 물었다.

"젖 먹이는 거 너무 힘들지 않아요?"

현진 씨는 처음 수유를 하며 엉엉 울었다고 말했다. 밤새 잠도 제대로 자지 못할 정도로 심한 젖몸살이 왔다고 했다. 유선을 뚫어 준다는 가슴 마사지를 받았지만 그때뿐, 다시 단단하게 가슴이 뭉쳤다고. 결국 현진 씨는 수유실 한가운데서 "나 이거 못 하겠어!" 하고 소리를 지르고 말았다. 남들이 보든가 말든가. "쪽팔린지도 모르고" 펑펑 울었다.

인구보건복지협회에서 만든 모유 수유 홍보 카탈로

그에는 모유 수유 성공의 첫 번째 조건이 이렇게 명시돼 있다.

1. 엄마의 의지가 제일 중요합니다.

누구나 처음에는 서툴고 어렵습니다. 3개월쯤 지나면 아기도 익숙해지니 포기하지 말고 언제든 주변에 도움을 요청하세요.

올바른 모유 수유 자세 혹은 요령보다 우선되는 것이 '엄마의 의지'라는 말을 어떻게 받아들이면 좋을까. 다양한 사정으로 모유를 주지 못하는 엄마들은 이 카탈로그를 보면서 어떤 감정을 느낄까.

여성의 사회 진출이 활발한 현대사회에서 모유 수유 중단은 흔히 일어난다. 생후 3~4개월 된 아기의 완전 모유 수유율은 2009년 57퍼센트 이래로 2012년 50퍼센트, 2015년 47.2퍼센트, 2018년 30.5퍼센트로 꾸준히 감소했다. 모유 수유가 중단되는 이유는 다양했다. 엄마의 모유량이 부족하거나, 엄마의 취업, 엄마의 유두 및 유방 통증, 아기가 모유를 싫어하거나 젖을 빨지 않아서다.[*] 모두 개인의 신체조건이나 환경과 상황에 따른 결정이었다. 어떤 엄마에게는 분유가 가장 합리적이고 좋은 선택이었을 것이다. 하지만 여전히 각종 육아서에서는 모유 수유의 중요성과 함께 엄마의 의지가 완모의 열쇠라고 말한다. 단유를 결정하는 엄마들에게 죄책감과 우울함을 안기는 말이다.

나보다 몇 개월 앞서 아이를 낳은 친한 언니는 당부했다. 조리원은 산모가 몸 회복하는 곳이니 잠을 푹 자 두라고. 모유 수유에 너무 집착하지 말고 신생아실에 분유 보충해 달라고 하면 된다고. 그러면서 덧붙였다. "나도 분유먹고 컸어. 그래도 이렇게 건강하잖아." 이런 말도 했다. "어차피 엄마 노릇 잘 못할 거니까 미리 걱정하지 마." 꽤 실용적인 조언이었다.

산모들이 가득한 조리원 분위기는 언니의 말과는 달랐다. 낮이고 밤이고 수유실은 모유 수유를 하는 산모들의 열기로 뜨거웠다. 나도 수유 쿠션 위에 아기를 올려 두고 젖을 먹이려 애썼다.

몇 번의 실패 끝에 알았다. 아기가 물기 힘들어하는 젖꼭지가 있다는 것을. 나는 젖꼭지가 안으로 들어간 함몰 유두여서 입이 작은 아기는 물기에 버거운 형태였다. 게다가 사출이 심해서 아기가 먹다가 얼굴을 찡그리며 입을 떼곤 했다.[+][+] 젖은 매일 들어차는데 아기가 제대로 먹질 못하니 가슴에 울혈이 잡혔고, 결국 유선염이 생겼다. 젖꼭지 끝은 갈라지고 피가 났다. 연고를 발라도 별 차도가 없

[+] 이소영 외, 〈2018년 출산력 및 가족보건복지 실태조사〉,
   한국사회보건연구원, 2018 참고.
[+][+] 사출: 젖이 생성되면서 발생하는 압력으로 인해 모유가 물총처럼
   분출되는 현상.

었다. 상처 난 젖꼭지를 아기에게 물릴 때마다 발끝이 저 릿할 만큼 아팠다. 꼭 고문을 받는 기분이 들었다. 유선염 은 나을 만하면 재발했는데, 아기가 직접 젖을 빠는 게 가 장 좋은 해결법이라고 했다. 연약한 피부를 단련하듯이 상 처를 계속 노출할 수밖에 없다는 것이 참혹했다. 잠든 아 기가 배고파 깰 때마다 공포감이 엄습했다. 다시 들이닥칠 매서운 통증이 괴로워서 눈물 바람으로 수유를 했다. 신생 아실 선생님은 아기가 자라서 젖을 빠는 힘이 세지면 저절 로 좋아질 거라고 위로했다. 이제 가슴이 문제 덩어리처럼 느껴졌다. 젖꼭지가 이렇게 아플 수 있고, 젖몸살 때문에 응급실에 갈 정도로 40도 열이 나는 엄마가 흔하다는 걸 왜 몰랐을까. 다들 그렇게 아팠으면서 왜 이런 이야기는 하지 않았을까. 했지만 내가 흘려들은 걸까.

2014년 5월 26일

저녁 수유가 끝나면 사냥을 마치고 돌아오는 어미 늑대가 된 기분이다. 먹을 것을 자식에게 내놓고 시큰거리는 손 목, 아픈 허리를 견디며 방으로 돌아올 때. 나는 한 번의 굶주림이 지나갔음에 안도하고, 사뭇 서글퍼진다. 젖꼭지 의 상처보다 새끼의 배부름을 위에 두기 시작한 요즘. 고 여 있던 젖이 빠져나갔을 뿐인데 한순간 부자에서 거지가 된 기분이 든다.

　백일도 안 된 첫째딸을 돌볼 때, 시간에 쫓겨 휘갈기듯이 수첩에 쓴 메모다. 한 아이의 먹을거리를 내가 온전히 책임진다는 사실이 기쁘기보다 서글펐다. 모유 수유와 관련된 책들을 살펴보면 모유 수유가 아기의 건강은 물론 산모의 몸과 마음에 좋다는 말이 종종 등장한다. 자궁수축을 돕고, '사랑의 호르몬'이라고 불리는 옥시토신이 분비되어 아기와의 친밀감이 높아진다고 한다. 산후 스트레스를 조절하고 우울증을 예방한다는 내용도 있는데, 적어도 나에게 해당하는 말은 아니었다. 수개월 후, 모유 수유가 익숙해지고서야 비로소 젖 먹는 아기가 예뻐 보였다.

　첫째는 15개월 정도 젖을 먹였고, 2년 후 태어난 쌍둥이들은 두 달가량 분유와 모유를 혼합해서 먹이다가 백일도 안 되어 분유로 정착했다. 세 아이는 고르게 감기와 기타 질병을 앓으며 컸다. 첫째 아이를 키울 때 모유 수유로 너무 큰 고생을 해서인지, 쌍둥이를 키울 때는 산뜻하게 분유를 선택할 수 있었다. 쌍둥이 양육자들이 모인 한 인터넷 카페에서는 '쌍둥이 완모'의 경이로운 경험이 공유되기도 했지만, 따라 하고 싶은 마음이 전혀 들지 않았다. '젖이 손가락에 달렸으면 좋겠어', '남자도 젖이 나오면 얼마나 좋을까'라는 막연한 상상은 젖병이라는 쾌적한 방법을 통해 실현될 수 있었다. 놀러 온 친구도, 양가 부모님들도 아이에게 분유를 줄 수 있었으니까. 오로지 나만 줄 수 있는 젖보다 누구나 먹일 수 있는 분유 수유가 좋았다.

분유를 먹이기로 했다고 말하면 주변 어른들은 서운한 눈빛을 보내곤 했다. 그럴 때면 분유 수유를 결정한 것이 당당하게 느껴지지 않았다. 마치 잘못을 저지른 기분이 들었다. 엄마가 된 후 '내 몸에 대한 선택권이 정말 나에게 있는가' 의심하게 된 것은 결코 우연이 아니었다.

흔들린 우정

> 이번에 신애 결혼식 와?

대학 동기 지혜의 메시지를 보고 끄응 앓는 소리가 새어 나왔다. 신애의 결혼식. 신애와 마지막으로 연락을 한 게 언제였더라. 캡 모자를 즐겨 쓰던 신애의 명랑한 얼굴이 떠올랐다. 대학 동기인 신애는 나보다 두 살이 많았다. 스무 살인 내가 살아 보지 못한 스물한 살, 스물두 살을 통과한 사람. 그만큼 이야기도 많은 사람이었다. 나는 신애가 이야기를 시작하면 속수무책 빠져들고 말았는데 논현시장의 떡볶이 가게가 얼마나 맛있는지 말할 때는 '나도 가서 먹어 봐야지' 침을 삼켰고, 애인의 친구들을 처음 만났을 때의 상황을 말해 줄 땐 꼭 청춘 드라마의 한 장면을 엿보는 기분이 들었다. 신애는 사소한 이야기도 쫀득하고 맛깔나게 하는 재주가 있는 사람이었다.

예술대학 극작과에서 만난 동기들과는 글을 쓴다는 공통점 하나로 쉽게 친해졌다. 동기들은 낯선 서울 생활을 단숨에 흥미로 바꿔 준 은인들이었다. 하지만 대학 졸업 후 고단한 서울 생활에 지쳐 갈 때, 나는 엄마의 간병을 이유로 마산으로 돌아간다는 결정을 내렸다. 극작가라는 꿈을 이룰 기회의 땅을 벗어난다는 것이, 다정한 친구들과의 헤어짐이 못내 아쉬웠다. "마산 가도 또 만나면 되지." 친구들은 그렇게 말했지만 그게 쉬운 일이 아니라는 것도 알았다.

결혼식 앨범의 페이지를 넘기면 친구들과 찍은 단체 사진이 나온다. 친구들은 마치 '우리는 네 편'이라는 것처럼 내 옆에서 든든하게 웃고 있다. 신애도 먼 거리를 달려 결혼식에 온 친구 중 한 명이었다.

'이번에는 혼자서 갈 수 있을까?'

아이를 낳고 쉽게 폐기된 약속들을 생각했다. 쌍둥이 임신으로 강의를 취소했고, 아이들이 갑자기 열이 나서 어렵게 잡은 약속을 당일 취소하는 일도 종종 있었다. "아쉽지만 어쩔 수 없지. 다 낫고 다음에 만나자!" 그때마다 친구들은 섭섭함을 감추고 너그럽게 이야기해 주었다.

휴대폰 화면에서 눈을 떼고 목에 손수건을 감은 채 치아 발육기를 빠는 쌍둥이들을 바라봤다. 아이들은 기관지염을 자주 앓았다. 겨울뿐만 아니라 철이 바뀔 때도 열이 오르고 아팠다. 아픈 아이를 돌볼 때는 몇 배나 마음이 쓰였다. 나는 연거푸 한숨을 쉬다가 마침내 답장을 보냈다.

> 아직 아기들이 어려서 힘들 듯 ㅠㅠ

> 다음 효정이 결혼식 때도 안 오면
> 앞으론 너한텐 그냥 연락 안 하는 걸로 ㅜ ㅋㅋㅋㅋㅋ

친했던 양현의 결혼식도, 신애의 결혼식도 불참. 대학 시절 단짝이었던 효정의 결혼식까지 못 가면 '쓰리아웃'이란 소리였다. 지혜는 유쾌한 친구였으므로 나도 'ㅋ'이 잔뜩 들어간 메시지로 응답했지만 쓸쓸하고 미안했다.

친구들이 서운할 법도 했다. 나의 결혼식에는 KTX를 타고 먼 거리를 달려왔는데 당사자는 아이를 낳고 매년 챙기던 친구들의 생일도 쉽게 잊었다. 1년에 한 번은 만나러 가겠다는 다짐도 무색해졌다. 내 삶은 오로지 세 아이를 중심으로 돌아가고 있었다.

가끔 아이를 재우고 휴대폰 연락처를 훑어볼 때가 있었다. 주변에 사람이 많고 친구도 적지 않다고 생각했는데 한밤중에 연락할 친구가 없었다. '내일 출근할 텐데 실례야', '오랜만에 전화해서 어색하면 어쩌지?' 다양한 이유로 전화 걸기를 포기했다.

스물여덟, 또래들보다 이르게 결혼했고 아이를 낳았

다. 친구들이 모여서 여행을 가고 맥주잔을 기울이는 모
습을 인스타그램으로만 목격했다. '나도 함께했더라면.'
부러움에 마음이 비좁아지기도 했다.

아기띠를 메고 한 손에 기저귀 가방을 든 친구를 만나
려면 인내심이 꽤 필요하다. 술집에 가는 것도 불가능하
며 수유 장소나 기저귀 갈이대가 있는 마트나 백화점 말고
는 자유롭게 갈 곳도 없다. 엄마의 사정을 가장 잘 이해하
는 건 같은 상황의 엄마다. 그래서 맘카페에는 동네 친구
를 찾는 글들이 종종 보인다. 친구를 구하는 이유는 다양
하다. 경남이라는 타지에 와서 결혼 생활을 시작한 사람도
있고, 주변에 동질감을 공유할 사람이 없다는 것도 흔한
이유다. 하지만 동네 친구를 찾는 글보다 더 빈번한 건, 아
기 친구를 찾는 글이다.

"북면맘님들 아기 친구해요."

"호랑이띠 아기 친구 구해요."

본인 친구 구하기보다 아이 친구 만들어 주기가 더 신
경 쓰인다는 걸 증명하듯, 카페 검색창에 '동네 친구'를 검
색하면 게시물이 5페이지 분량이지만 '아기 친구'를 검색
하면 20페이지가 넘게 나온다. 이왕이면 '아이 친구'로 시
작해 성향과 코드가 맞아 '엄마 친구'로 발전하면 좋을 것
이다. 나도 내 친구든, 아이 친구든 어쨌든 친구를 구하기
위해 카페에 글을 쓸까 했지만, 용기가 나지 않았다. 대신
익숙한 사람에게 말을 걸었다. 같은 어린이집에 아이를 보

내는 엄마에게 차 한잔하자고 말을 건 것이다.

우리는 오전에 만나 커피를 마시며 이야기를 나눴다. 또래 아이를 키운다는 공통점에서 대화를 시작했지만 나는 좀 더 다른 이야기로 뻗어 가길 원했다.

"어린이집 보내고 나면 뭐 하세요?"

"아기 낳기 전에 무슨 일 하셨어요?"

그러나 이야기는 돌고 돌아 다시 내년에 어떤 유치원을 보낼 것인지, 주말에 아이와 무엇을 할 것인지로 돌아왔다. '누구의 엄마'로 만나 '누구의 엄마구나'를 확인하며 헤어지는 일이 즐겁진 않았다.

그래서 남편의 동기 모임이 부러웠는지도 모른다. 10년 넘게 이어진, 이제는 가족도 함께 참여하는 그 오래된 모임이. 남편은 한 달에 한 번, 대학 동기들을 만났다. 경남의 국립대를 졸업한 남편의 친구들은 다수가 경남에 살았다. 나도 아내라는 명분으로 참석했다. 절친한 친구의 아내라는 이유로 당연한 환영을 받았지만, 그곳에서 나는 이방인이었다. 몇 번을 봐도 외워지지 않는 이름들, 어수선한 분위기. 모임에 가면 자꾸 휴대폰으로 시간만 확인했다. 함께 시절을 보낸 사람들만 아는, 서로가 목격한 이야기를 증언하며 웃음을 터뜨리는 남편을 물끄러미 쳐다봤다. 내가 소환할 추억이 없는 자리였다.

오랜만에 창원에 사는 고등학교 동창들을 만난 날이었다. 세 아이가 모두 어린이집에 가면서 전보다 홀가분하게 약속을 잡을 수 있었다. 회사 이직, 일하며 만난 진상에 대해 쉴 새 없이 이야기 나누는 친구들에게 "대단하다", "고생했겠다" 말고는 별로 할 말이 없었다. 몇 년 전 일했던 경험을 꺼내기에는 머쓱했다. 친구가 스쿼시를 하고, 여행을 다녀오고, 우쿨렐레를 배운 경험을 이야기할 때, 나도 육아를 하며 새로 알게 된 게 많다고 말하기가 어려웠다. 돌봄의 경험이 자랑스럽지 않았기 때문이다. 어느덧 말이 사라진 나를 눈치채고 한 친구는 물었다.

"쌍둥이도 많이 컸지? 이제 걷나?"

내가 잘 대답할 수 있는, 익숙한 질문이었다. 친구는 육아가 나를 위한 관심사라고 생각했을 것이다. 너스레를 떨며 답했다. "이제는 뛰어다니지!" 친구는 "지난번에 볼 땐 누워 있었는데, 진짜 빠르다" 놀라며 다시 수다를 이어 갔다. 왁자지껄함 속에 어색함이 묻혔다. 신나게 이야기하는 친구의 얼굴을 가만히 바라봤다. 친구들도 그리워하고 있을까? 밤늦게까지 광안리에서 놀다 심야버스를 타던, 함께 여행을 계획하고 훌쩍 떠나던 '수미'라는 친구를.

아이들의 하원 시간을 30분 남겨 놓고 일어섰다. 지금 가면 늦지 않게 아이들에게 갈 수 있을 것이다. 월차를 내고 오랜만에 평일에 시간을 낸 친구는 네일숍에 간다고 했다. "다음에 또 보자." 다정하게 손 흔드는 친구를 뒤로하고 카페 문을 열었다. 찬바람이 시원했다. 긴 꿈에서 깨어나는 것처럼 작게 몸을 떨며 택시를 잡았다.

쪽잠의 후유증

수시로 자다 깨는 습관은 첫째를 낳고 생겼다. 소리와 환경 변화에 민감한 딸은 밤중에 몇 번씩 깼다. 쪽잠의 원인 중 하나는 밤중 수유였다. 딸은 젖을 입에 물어야만 안심하고 잠이 들었다. 안아서 재우는 게 고단해서 쉽게 젖을 내주고 말았는데, 그게 수면 습관으로 자리 잡은 것이다. 나는 한밤중에도 몇 번이고 입을 달싹이는 딸을 끌어 당겨와 젖을 물렸다. 몇 번 젖을 빨지도 않고 딸은 다시 스르르 잠이 들었지만, 나의 사정은 달랐다. 딸이 젖꼭지를 깨무는 순간, 완전히 잠이 달아나 버린 것이다. 조용한 비극. 다시 눈을 감고 잠을 청해 봐도 갈수록 정신은 또렷해졌다.

'자야 한다. 지금 안 자면 낮에 후회해.'

억지로 잠을 청했다. 조금이라도 더 자 두지 않으면 아이와 함께하는 낮이 얼마나 길고 힘겹게 지나갈지 알고 있기 때문이다. 하지만 내 안의 악마는 속삭였다.

'어차피 길어야 두 시간 뒤에 깨잖아. 그 시간에 인터넷 쇼핑이나 해.'

결국 스마트폰으로 손이 향했다. 즐겨찾기로 저장된 쇼핑몰에 들어가 사지도 않을 옷을 장바구니에 하나둘 쟁이고 연예인들의 가십을 훑다 보면 두 시간은 금세 지나간다. 하품이 쏟아지고, 그때 아이가 깨어나는 진부한 스토리. '후회막심' 네 글자가 고개를 든다.

"언제쯤 푹 자나요?"

"통잠은 백일부터인가요?"

이는 인터넷 맘카페 엄마들의 단골 질문이다. 2021년 통계청이 산모를 대상으로 '산후조리 동안 불편했던 증상'을 조사한 결과에서도 수면 부족은 65.5퍼센트로 압도적으로 많다.[+]

100년 전 조선 땅에서 아이를 낳고 키웠던 나혜석 작가는 잡지 〈동명〉에 아이를 출산하고 키우는 고충을 고발했다.

[+] 2021년 보건복지부 통계, 〈산후조사실태조사〉 중 '산후조리 동안 불편했던 사항' 참고. 산모 3,127명이 참여했고 두 가지 중복 답변을 받은 이 조사에서 수면 부족 다음으로는 상처 부위 통증, 유두 통증, 근육통이 뒤를 이었다.

그렇게 내가 전에 희망하고 소원이던 모든 것보다 오직 아
침부터 저녁까지 똑 종일만, 아니 그는 바라지 못하더라도
꼭 한 시간만이라도 마음을 턱 놓고 잠 좀 실컷 자 보았으
면 당장 죽어도 원이 없을 것 같았다.
 − 나혜석, 〈모(母) 된 감상기〉에서

나혜석. 그는 세상이 요구하는 모성에 동의하지 않는
예술가였다. 임신한 상황에서 일본으로 두 달간 미술 유학
을 다녀왔고, 돌아와 여성 최초로 개인전을 열었으며, 타
인에게 맡길 수 없는 '오직 내가 할 수 있는 이야기가 있다'
고 목소리를 드높였다. 하지만 엄마가 된 나혜석의 욕망은
바뀌었다. 세상을 뒤흔들 글을 쓰는 것도, 그림을 그리는
것도 아닌 오직 '단 한 시간의 잠'으로.

나혜석은 또 이렇게 썼다. "모든 성공, 모든 이상, 모
든 공부, 모든 노력, 모든 경제, 모든 낙관의 원천은 오직
잠이며 보물과 같은 잠을 탈취해 가는 자식은 원수"라고.
천사 같은 아기를 원수처럼 보이게 하는 그의 수면 문제에
나는 절절하게 공감했다.

15개월의 모유 수유를 끊고 나서야 딸은 통잠을 잤
고, 2년 터울로 태어난 쌍둥이들은 생후 백일 만에 통잠을
자기 시작했다. 그렇지만 나는 이후에도 마치 신생아를 돌
보는 사람처럼 두세 시간마다 일어나 시간을 확인했다. 아
기를 옆에서 돌보는 예민함과 긴장이 몸에 밴 것이다.

수면 심리학자인 성신여대 서수연 교수는 인터뷰에서 '육아=엄마의 일'로 인식하는 한국 사회에서 잠을 희생하는 건 주로 엄마라고 말한다. 그는 "3세 미만 아이를 둔 부모 555명을 조사했더니 엄마 홀로 아이를 재우는 비율은 32.9퍼센트로 아빠 홀로 재우는 비율(5.4퍼센트)보다 여섯 배 가까이 높았다"며 "아이를 재우는 일과 관련해 엄마의 '확실한 희생'이 있다"고 말한다.✝

신생아는 통상 백일이 지나면 통잠을 잔다고 하지만, 이는 아이마다 다르다. 딸은 15개월이 걸렸고, 친구의 아들은 다섯 살이 될 때까지도 쪽잠을 잤다. 크는 동안 아이들은 수시로 잠을 설쳤다. 어느 날은 성장통으로 끙끙대고, 갑자기 열이 나거나 별다른 이유 없이 잠이 깬 적도 많았다. 기저귀를 뗄 시기에는 오줌으로 젖은 이불을 가느라 여러 차례 일어나야 했다. 수면 문제는 단지 신생아 때만 국한된 것이 아니다.

나는 늘 피곤해 보인다는 말을 듣고 살았다. 붉은 립밤을 입술에 발라 봐도 감출 수 없는 피로였다. 이벤트처럼 남편이 아이를 데리고 가서 자는 날들도 있었지만 1년에 몇 번, 손에 꼽을 만큼 적은 횟수였다. 남편은 외근이 많은 영업직 사원이고 장거리 운전이 잦다. 졸음운전으로 인한 사고를 염려해 아이들 재우기 임무는 자연스럽게 엄마인 나에게로 넘어왔다.

세 아이의 밤의 수호자가 된 나에게 수면의 질은 곤두

박질치는 것이었다. 몇 년 동안 아침을 맞이하는 느낌은 온몸을 두들겨 맞은 듯한 찌뿌둥함, 또는 어질어질함이었다. 낮에는 언제나 졸리고 멍했다. 커피라는 각성제 없이는 하루를 온전히 보내기 힘들었다. 장기적인 수면 부채는 엄마의 몸과 마음을 서서히 죽이는 심각한 문제지만, "그것도 지나간다", "엄마가 되면 다 그렇지"라는 추상적이고 낙관적인 말들이 합당한 이유라도 된다는 듯이 무시됐다.++

　　적은 빚이 눈덩이처럼 불어나 결국에는 파산을 맞이하는 비극처럼, 지속된 수면 부채는 몸과 정신을 심각하게 무너뜨린다. 암의 발병을 두 배 이상 높일뿐더러 불안과 우울을 가중시킨다. 수면 부채가 인간의 몸과 마음에 어떤 영향을 미치는지 이미 수많은 연구 결과로 증명됐다. 영국의 신경 과학자이자 수면 전문가인 매슈 워커는 "수면 부족은 뇌를 부정적인 기분으로 내몰아서 그 상태로 머물게 하는 게 아니다. 오히려 잠이 부족한 뇌는 긍정적 및 부정적 양쪽 감정의 극단 사이를 지나치게 오락가락한다"라고 말하며 "수면 교란이 많은 정신질환의 지속과 악화에 기여하는 요인임에도 제대로 평가를 못 받고 있으며, 제대로 이해하고 사용한다면 강력한 진단 및 치료 도구가 될 잠재

+　　〈"원래 애는 엄마 갈아 넣어 키운다? 여성의 불면, 수면 위로 올릴 때"〉, 〈한겨레〉 2022. 1. 5.
++　수면 부채: 적정 수면 시간을 채우지 못하는 것.

력을 지니고 있다"라고 주장한다.✦

가사노동의 부담을 줄이기 위해 로봇청소기가 개발되고 식기세척기가 사랑받는다. 직접 농약을 살포했던 농민들에게 농약 중독의 위험이 있다는 것이 밝혀지고, 드론 방제가 대중적으로 사용된다. 문제를 바꾸려는 의지로 기술이 발달하고, 세상은 변한다. 하지만 엄마의 수면 부채는 100년이 지나도 해결되지 않았다. 이는 엄마들의 수면 부족이 애초에 사회문제로 인식되지 않기 때문이다.

나의 엄마 순자 씨는 어디서든 잠을 잘 자는 사람이다. 자겠다 다짐하면 3초 안에 코 고는 소리가 들려올 만큼 빨리 잠에 든다. 누가 업어 가도 모르고 잔다는 흔한 비유가 순자 씨에게 딱 맞았다. 나는 밤에 엄마의 코 고는 소리를 녹음해 뒀다가 엄마를 놀리기도 했는데, 지금 생각해 보면 철없는 짓이었다. 그때 엄마의 하루하루는 얼마나 고단했을까. 엄마는 하루 열두 시간 식당에서 서빙하고 밤늦게 퇴근해 다음 날 가족들이 먹을 국과 반찬을 만들었다. 그리고 기절하듯이 잠들었다. 나는 엄마 옆에 누워 미간에 잡힌 내 천(川) 자의 주름살을 가만히 만져 보다가 잠이 들곤 했다. 수면 부채는 할머니에게서 엄마에게로, 그리고 엄마의 딸인 나에게로 이어진 오래되고 서글픈 유산이다.

✦ 매슈 워커, 《우리는 왜 잠을 자야 할까》, 열린책들, 2019, 216쪽, 219쪽.

고통의 이름표

죽음이라는 가능성이 때로 힘이 된다. 스물세 살, 방송작가로 일할 때였다. 써야 하는 글들이 나보다 크게 느껴졌다. 갑자기 작고한 정치인의 다큐멘터리를 만들거나 60분분량의 특집방송 원고를 쓰는 일이 버거웠다. 내가 가진상식이, 사고의 깊이가 늘 부족하고 얕다고 느꼈다. 하지만 방송은 약속이므로 정해진 시간에 프로그램을 내보내야 했고, 부끄러운 실력을 매주 드러내야 했다. 피디에게대본을 보여 줄 때마다 검증의 공포를 느꼈다. 그 무렵부터 스트레스를 받으면 혼자 헛구역질을 하는 버릇이 생겼다. 매일 써야 할 원고가 부담감이 되어 어깨를 짓눌렀다.그럴 때 생각했다.

'괜찮아. 나는 죽을 수 있잖아.'

죽음. 그것은 가진 것이라곤 몸뚱어리밖에 없던 20대 초반의 내가 오롯하게 할 수 있는 선택이었다. 삶을 거부할 수 있는 유일한 카드, 죽음을 생각하면 배짱이 생겼다. 죽음의 편에서 보면 삶은 구차하고 작았으니까. 죽음은 때로 희망이 될 수 있었다.

10년 후, 나는 다시 죽음을 떠올렸다. 15개월에 접어든 쌍둥이 아들들이 어린이집에 가면서다. 어린이집에 보내기에는 너무 어린 나이가 아닌가 염려도 됐지만, 남편은 "그래야 너도 쉬지" 하고 입학에 힘을 보탰다. 덕분에 함께 한집에서 살며 육아를 했던 나의 엄마도 자신의 일상을 되찾았다. 손자 육아에서 벗어난 엄마는 1년 반 만에 다시 아침에 원하는 시간에 눈을 뜨고, 시장에 가고, 식당에서 일하고 돌아와 편안하게 혼자 잠들 수 있었다. 자기 집으로 돌아간 엄마는 이렇게 고백했다. "육아보다 일이 낫더라."

엄마가 떠난 자리는 금방 표가 났다. 깨끗한 싱크대, 곰팡이 없는 욕실, 따뜻하고 맛있는 식사는 엄마의 노력과 시간 덕분에 누릴 수 있었던 쾌적함이었다. 엄마가 주도했던 살림과 돌봄 공백을 메꿔야 하는 것은 남편과 나였다. 우리는 결의하듯 다짐했다. "대충 살자!"

밥도 간단하게 먹고, 청소도, 정리도 대충하며 살기. 살림에 쓰는 에너지를 최소한으로 줄이자는 것이었다. 하지만 매일 5인분의 삶이 굴러가기 위해서 필수적으로 해야 할 가사노동이 있었다. 너저분하게 쌓이는 빨래도 이틀에 한 번씩은 해야 했고, 하루 두 번 이상 아침과 저녁 식사 준비도 빠뜨릴 수 없었다. 방치하면 쉽게 곰팡이가 피던 욕실도, 먼지가 두껍게 쌓이는 방도 이틀에 한 번씩은 청소해야 했다. 육아에 '대충'이란 말은 심리적인 쿠션이 되어 줄지는 몰라도, 애초에 불가능했다. 사람들은 "이제 세 아이 다 어린이집 가니 몸 좀 편하겠다"는 말을 얹었지만, 나는 더 바쁜 나날을 보냈다.

"엄마, 안녕."

오전 9시, 어린이집 현관에서 아이들과 인사를 하고 돌아서면 모래시계가 뒤집혔다. 앞으로 주어진 자유 시간은 일곱 시간. 모래가 바닥으로 다 떨어지기 전에 의뢰받은 일을 하고 글을 써야 했다. 몇 년 만에 주어진 혼자만의 시간이었으니 알차게 쓰고 싶었다. 나는 육아를 하면서 한동안 멈췄던 일을 다시 시작했다. 프리랜서는 일하는 모습을 주변에 알려야만 또 다른 일이 들어왔다. "저 작가는 애 키운다고 바빠서 일을 안 받더라"는 소문이 퍼지길 원하지 않았다. 할 수 있겠다는 판단이 드는 일들은 모두 수락했다. 여전히 나를 찾아 주는 사람이 있다는 게 고마웠고, 나의 쓸모를 알아주는 사람들이 있다는 게 기뻤다. 적은 돈이었지만 통장 입금내역을 확인하는 재미도 쏠쏠했다. 자서전 대필, 매거진 취재, 다큐 구성안. 정신없이 일하고 돌아서면 어느새 오후였다. 아이들을 데리러 가야 하는

4시가 가까워졌다. 《어린 왕자》에서 여우가 남긴 명대사 "네가 4시에 온다면, 나는 3시부터 행복해질 거야"는 내게로 와서 이렇게 바뀌었다.

"네가 4시에 하원한다면, 나는 3시부터 우울해질 거야."

하원 시간이 다가올수록 침울해지고 1분 1초가 지나가는 것이 아까웠다. 왜 사랑하는 아이들을 만나는 일이 이토록 두렵고 침울할까. "아이들 학교 마치는 시간이 기다려진다. 아이들이 보고 싶다." 똑같이 아이 셋을 키우며 일하는 작가의 소셜미디어에서 이런 문장을 봤을 때도 비슷한 생각을 했다. '왜 난 그렇지 않을까.' 이제 엄마가 됐다고 생각했는데, 엄마답지 못해서 미안했다. "엄마, 보고 싶었어!" 하고 안기는 아이들을 보면 죄책감이 들었고, 나는 처음부터 엄마 될 자격이 없는 인간이었다는 생각에 다다랐다.

삼남매 육아는 하루도 쉬운 날이 없었다. 이제 익숙해졌다 싶으면 새로운 고민이 생겼고, 예측 불가능한 갈등과 사고 들이 이어졌다. 한편 나는 일을 하고 글을 써야 했다. 이 모든 것을 현명하게 조정하기가 어려웠다. 몸이 두 개, 세 개는 있어야 가능한 일이었지만, 잠을 줄여 가며 하나씩 쳐냈다. 오로지 아이들을 재우고 찾아오는 밤의 새까만 고요를 기다리며 그 밖에 다른 것들을 이를 악물고 해냈다. 가끔 아이들이 심하게 장난을 치거나 자지 않겠다고 떼를 부리는 일도 있었다. 그럴 때면 아이들이 원망스럽고 미워서 눈물이 났다. 아이들에게 소리를 지르고, 엉덩이를 때렸다. 겁에 질린 아이들을 보면서 자책감이 밀려왔다. 문을 잠그고 엉엉 울기도 했다. 그때부터였을까. 삶의 모든 징후와 현상과 사건이 어떤 답을 가리키고 있다고 믿기 시작한 게.

'죽어야 해. 이건 내가 죽어야만 끝나는 게임이야.'

싸우면 질 수밖에 없는 게임 캐릭터가 된 것만 같았다. 아침에 눈뜨면 '오늘 하루는 또 어떻게 버티지?' 절망감이 밀려왔다. 영원히 반복될 것 같은 고통을 끝낼 방법은 하나뿐이었다. 하지만 어디에도 죽고 싶다는 말을 뱉지 못했다. 트위터에 익명 계정이라도 만들어서 흘려보내면 나을까 싶었지만 나는 겁쟁이였다.

남편에게도 거짓말을 했다. 내 이야기가 아닌 것처럼 이야기를 꺼냈다. 우울증으로 아기와 함께 베란다에서 떨어진 엄마들의 기사를 봤다고, 나는 그들이 이해된다고. 신문을 넘기던 남편이 멈췄다. 그리고 나지막이 말했다. "그건 비겁한 짓이야. 가정도 이루고 아이도 낳았으면 책임을 져야지. 혼자서 편안하게 죽겠다는 건 잘못된 일이야." 나는 아무 말도 더 하지 못했다. 당신 옆의 아내는 비겁하게 달아나고 싶다고, 말하지 못했다.

수개월이 지나고 드디어 죽고 싶다는 말을 소리 내서 말했다. 남편이 느낄 부담과 낭패감보다 자살에 대한 갈망이 더 커졌기 때문이다.

"죽고 싶다. 힘들어서 그만 죽고 싶어."

남편은 말했다.

"뭐가 그렇게 힘들어? 애들 보내고 좀 쉬라니까. 빨래
도 놔둬. 내가 퇴근해서 돌리고 널면 되니까."

그리고 달래듯 말했다.

"최대한 회식 안 할게. 밤에 술자리도 줄일게."

남편은 약속을 지키고자 노력했지만 내 상태는 좋아
지지 않았다. 자살충동은 오히려 더 빈번해졌다. 표정 없
는 얼굴로 설거지하면서 나는 어떤 방법이 좋을까 생각했
다. '단단한 밧줄이 좋을까, 약이 좋을까.' 실현할 생각을
하자 오히려 마음이 차분해졌다. 정해진 일을 앞두고 있는
기분이었다. 그때 세 아이가 사과를 집어 먹고 있는 모습
이 눈에 들어왔다. 순간 나는 자살이 혼자만의 일이 아니
라는 것을 깨달았다. '피해'라는 단어가 떠오르기도 했다.
내가 죽은 후, 곁에 있는 사람들이 맞을 파장을 상상했다.
'내가 사라지고 난 빈자리를 아이들이 어떻게 느낄까, 어
떻게 살아갈까.'

아이들을 재운 밤, 나는 남편에게 울면서 말했다. "죽
고 싶어. 이제는 어쩔 수가 없어." 자살의 구체적인 방법을
떠올리기 시작했다고 말했다. 남편의 눈이 벌겋게 변했다.
죽고 싶다는 말이 힘듦의 최상 표현이 아니라 어떤 의지로
변했다는 것에 남편은 놀란 것 같았다. 아무 말도 못 하고
나를 바라만 봤다. 그리고 한참 후 입을 뗐다.

"어떻게 하면 될까."

'어떻게 하면 네가 살 수 있을까.' 내가 죽고 싶은 방법을 강구할 때, 남편은 나를 살리기 위한 방법을 찾기 시작했다. 날이 밝는 대로 아이들을 어린이집에 보내고 함께 정신과에 가자고 약속했다. 혼자선 엄두가 안 났던 곳이었다.

휴대폰으로 '창원 정신과'를 검색했다. 30개 정도의 병원명이 화면에 떴다. 어디가 좋은지 알아보려고 했으나 별다른 정보가 없었다. 일단 가까운 시내의 병원을 찾기로 했다.

첫 번째 병원은 입구를 보고 돌아섰다. 출입문 앞에 붙은 공지문에 쉬운 맞춤법이 틀려 있었다. '이 병원은 섬세하지 못하구나, 매일 손님들이 보고 들어올 출입문에 크게 써 붙인 공지문의 오류를 바로잡지 않을 만큼.' 작은 부분이었지만 신뢰가 떨어졌다. 가까운 다른 병원을 찾았다. 그리고 긴 대기실 복도에 앉아서 이름이 불리기를 기다렸다.

그날 나는 정신과 세 곳을 찾았다. 두 번째 방문한 정신과에선 증상을 듣고 정밀한 검사를 받을 수 있는 다른 병원을 추천해 주었다. 이어서 마지막 세 번째 병원에 도착했다. 환하고 밝은 분위기의 대기실을 거쳐 안내데스크로 향했다. 데스크 직원에게 초진이라고 말하자, 우울과 불안도를 측정할 수 있는 검사지를 건넸다. 나는 검사실에 앉아서 볼펜을 들고 항목에 하나씩 체크했다. 그러고는 남편과 같이 진료실에 들어갔다. 얼마나 긴장했는지 진료실이 꽤 넓다는 것도, 책상 옆에 커다란 책장이 있다는 것도 보이지 않았다. 오로지 내가 앉을 작은 의자만 덩그러니 보였다.

"안녕하세요. 어떤 일로 오셨어요?"

"……죽고 싶어서요."

"언제부터 그런 생각이 드셨어요?"

의사는 차분히 하나씩 질문을 던졌고, 나는 할 수 있는 대답을 했다. 의사는 사전 검사에서도 우울도가 크게 나타났다고 말하며 약을 처방해 주겠다고 했다. 며칠 먹어보고 다시 방문하라는 것이다. 나는 고통의 이름을 정확하게 알고 싶었다. 그래서 물었다.

"병명이 뭔가요?"

"우울증이죠."

우울증. 막연하고 두려운 고통이 아니라 누군가에게 설명할 수 있는 언어가 생겼다는 게 왜 그렇게 후련했는지 모른다. 의사는 남편에게 따로 할 말이 있다고 말했고, 나는 남편을 두고 혼자 진료실을 빠져나왔다. 무거운 문이 천천히 닫히며 철컥, 소리를 냈다.

대기실에 앉아 남편을 기다리는 동안 왜 '행운아'라는 말이 떠올랐을까. 차를 타고 병원에 가는 동안 정신과 검사비와 진료비가 너무 비싸면 어쩌지 염려했었다. 몸도 아닌 정신에 이렇게 시간과 돈을 써도 되는 것일까? 내가 정 말 우울한가? 끝까지 의심했다. 나는 다행히 3만 원씩 하는 진료비를 걱정 없이 낼 수 있는 통장 잔고가 있고 진료 에 시간을 낼 수 있는 여유가 있었다. 남편이라는 보호자 가 있다는 것도 큰 다행으로 느껴졌다. 그리고 행운의 건 너편에 있을 이름 모를 여자들을 생각했다. 어떤 여자는 죽고 싶어도 이를 악물고 참을 것이다. 어떤 여자는 자신 이 아픈 상태라는 것을 모른다. 어떤 여자는 아파도 정신 과에 갈 시간과 금전적 여유가 없다. 왜 그 여자들과 내가 이어져 있다고 느꼈을까.

"김수미 님, 약 나왔습니다."

이름을 부르는 소리에 일어났다. 3일 치 약이 담긴 봉 투를 건네받았다. 정신과에선 약국에 들르지 않고도 바로 약을 받을 수 있었다. 집에 돌아와 약봉지를 열어 보았다. 약이 세 알씩 소분되어 있었다. 흰색 약봉지 겉에 적힌 약 의 이름을 하나씩 읽어 보았다. 자나팜정, 아빌리파이정, 산도스 에스시탈로프람정. 낯선 약의 이름을 익숙해질 때 까지 몇 번이고 읽었다.

2장.

집을 지키는 모험

'엄마'라는 지위

하루 종일 잠이 쏟아졌다. 정신과 약을 먹은 지 3일째. 밤잠은 물론이고 평소에 안 자던 낮잠도 잤다. 나른하다. 글 쓰는 사람으로 살면서 예민함은 생존 도구라고 믿었는데, 어째서 생활하기에는 조금 무딘 편이 나은 걸까. 약을 먹고 나서부터 아이들을 대하는 것도 상대적으로 수월해졌다. 화가 누그러진달까. "그만 좀 해!" 꽥 소리를 지르고 손으로 아이들 등을 후려치면 부메랑처럼 돌아오던 후회와 한 걸음 멀어진 기분이 들었다.

3일 치 약을 다 먹은 날, 다시 정신과를 찾았다. 그동안의 변화를 듣고 난 의사는 "먹자마자 그럴 리가 없는데" 하고 고개를 갸웃했다. 빨라도 일주일에서 2주일은 지나야 약의 효능이 드러난다는 말이었다. 듣고 나니 조금 머쓱해졌다. 약을 먹는다는 행위가 주는 심리적 안정감이 컸던 걸까. 플라세보(위약효과)일까. 의사는 물었다.

"약은 잘 맞는 것 같아요?"

약이 잘 맞다는 건 어떻게 판단할 수 있을까. 부작용은 어떤 형태로 나타나며, 부작용이 당장 없다면 잘 맞다고 할 수 있을까. 겨우 3일 치 약을 먹은 걸로는 알 수 없었다. 다만 온순해진 내가 마음에 들었다. 아이들에게 소리를 지르지 않는 것만으로도 괜찮은 하루가 됐으니까. 아이들에게 화를 내지 않을 수 있다면, 아이들을 때리지 않을 수 있다면, 평생 약을 먹어도 좋다고 생각했다.

"수미 씨가 잠을 많이 자서 걱정스럽다고 하셨잖아요. 더 자도 괜찮아요. 그동안 육아하면서 잠도 많이 못 주무셨잖아요. 좀 자고 나면 몸도 가뿐해지고, 컨디션도 좋아지죠."

의사의 말은 틀리지 않았다. 나는 잠에 관대하지 못했다. 아이들을 등원시키고 낮잠이라도 잔 날은 하루를 망친 것만 같았다. 귀한 시간을 엉뚱하게 써 버렸다고 후회했다. 시간 빈곤에 시달리며 줄일 수 있는 건 수면 시간밖에 없다고 생각했다.

의사는 약이 잘 맞을 가능성은 열 사람에 세 명 정도 된다고 설명하며, 앞서 처방한 약의 용량보다 조금만 더 올려 일주일 치 약을 처방하겠다고 말했다. 나는 정신과 약을 한번 먹기 시작하면 끊을 수 없다는 세간의 말이 과장인지 왜곡인지 사실인지 알고 싶었다. "정신과 약은 중독된다고 하던데" 하고 조심스럽게 질문하자, 그는 단호하게 "그건 사실이 아닙니다"라고 말했다. 정신과 약이라는 심리적 장벽이 있어서였을까. 살면서 병원에서 처방해 준 숱한 약을 아무런 의심 없이 삼켜 왔으면서, 어째서 정신과 약에는 불신이 앞설까.

정신과를 다니면서 느낀 점 중 하나는 여성 환자의 비율이 월등히 높다는 것이다. 청소년부터 청년, 중년, 노년의 여성까지 다양한 연령대의 여성 환자들이 정신과를 찾았다. 실제로 한국의 정신건강 성별 격차는 극명하게 나타난다. 주요 우울장애의 평생 유병률(평생 동안 특정한 장애를 한 번 이상 경험할 확률)은 여성이 남성보다 두 배 이상 높다.[+] 이는 서구사회에서도 마찬가지다. 우울증 대표서라 불리는 《한낮의 우울》의 저자 앤드류 솔로몬은 그 이유를 여성이 남성에 비해 가난해지기도, 폭력의 희생자가 되기도 쉬우며, 결혼 후 남편에게 종속되기 쉬워 나이가 들면서 사회적 지위를 잃을 확률이 커지기 때문이라고 말한다. 영국의 심리학자 조지 브라운은 여성의 우울증이 자식에 대한 걱정과 관련 있다고 주장했다. 이를 제외하면 남녀 우울증 발병률이 비슷하다는 것이다. 그는 우울증 발병률의 성별 차이는 상당 부분 역할 차이의 결과라고 말한다.[++]

집은 작은 사회다. 상대적으로 사회적 역할이 많은 아

빠의 위상은 높고, 사회적 역할이 적은 엄마의 위상은 낮다. 정신건강 불평등, 자살, 행복, 삶의 질에 대해 연구하는 중앙대학교 사회학과 이민아 교수는 책 《여자라서 우울하다고?》에서 피라미드 내의 위치, 즉 사회경제적 지위는 정신건강의 수준을 형성하는 매우 중요한 요인이라고 말한다. 사회경제적 지위가 낮을수록 정신건강의 수준이 낮으며 저소득, 저학력, 미취업 상태 등 사회경제적 지위가 낮은 상황에서 살아간다는 건 고난의 연속이라는 것이다.[+++]

　한국 사회에서 엄마의 위상, 혹은 지위는 어디쯤에 있을까. 언젠가 댄서 아이키가 한 예능 프로그램에 출연해서 자신은 결혼했다는 사실을 타인에게 이야기하는 걸 좋아하지 않는다고 말했다.[+] 아무리 동료가 "정말 멋지고 자랑스러운 어머니고 여자"라고 사람들에게 소개해도 싫어했다. 아이키는 익살맞은 표정으로 "솔로인 척하고 싶어가지고", "프레쉬한 팀 이미지를 위해서"라며 농담했지만 나는 본능적으로 느꼈다. "아이 엄마", "기혼 여성"이라고 밝히는 일이 감점 혹은 약점이 되는 순간을 얼마나 많이

[+]　보건복지부 실시 〈2016년도 정신질환실태 조사〉 중 '평생 유병률' 조사 참고. 5,102명을 대상으로 한 이 조사에서 우울증 평생 유병률은 남성 3퍼센트, 여성 6.9퍼센트로 나타났다.

[++]　앤드류 솔로몬, 《한낮의 우울》, 민음사, 2021 참고.

[+++]　이민아, 《여자라서 우울하다고?》, 개마고원, 2021 참고.

[✧]　TVN, 〈유퀴즈온더블럭〉 74회, 2020년 9월 30일 방영분 참고.

겪었을지 말이다.

몇 년 전, 출판 관련 미팅에 참석했을 때다. 나는 원고를 의뢰한 사람이 두 아이의 아빠라는 사실을 듣고 반가웠다. 양육자라는 공감대 때문이었다. 나도 세 아이의 엄마임을 밝히자, 그는 얼굴을 찡그렸다.

"에이, 그럼 글 쓸 시간도 없겠네."

'엄마'라는 사실을 밝힌 순간 나는 전문성 있는 작가에서 '애 엄마'가 됐다. 그의 무례함에 얼굴이 달아올랐지만, 곧장 대꾸할 말이 떠오르지 않았다. 그가 아빠라는 사실은 내게 책임감 있고 의젓한 어른이라는 의미였지만, 내가 엄마라는 사실은 그에게 일에 제대로 집중하지 못하는 장애 요소에 불과했다. 내 인생의 우선순위에 세 아이가 존재한다는 것은 부정할 수 없는 사실이기도 했다.

세 아이를 데리고 외출할 때면 나는 종종 "애국자" 소리를 듣는다. 요즘 한 명 낳아 키우기도 힘든데 셋을 낳았으니 대단하다고. 애국자라는 말을 들을 때마다 낯설고 어색하다. 당연하게도 나는 추락하는 이 나라의 출생률을 위해 아기를 낳은 게 아니므로 애국자라는 말이 내 어깨를 펴 주진 못한다. 오히려 아이들과 외출할 때면 자주 움츠러든다. '맘충'이란 소리를 듣지 않기 위해 스스로 태도와 행동을 검열한다. 식당에서 아이가 울기 전에 휴대폰으로 유튜브 영상을 보여 주고, 식사를 마친 자리가 너무 더럽진 않은지 살펴보고 나온다. 그렇다고 누가 '개념맘'이라고 불러 주는 것도 아닌데. 밖에서 실수를 저지른 아이에게 훈육할 때도 모르는 타인을 몹시 의식한다. 아무도 강요한 적 없지만 현명하고 다정한 엄마, 좋은 엄마임을 세상에 증명해야 할 것 같은 압박을 느낀다.

　한국 사회에서 엄마는 무거운 책임감을 안고 과도한 희생을 하는 데 비해 사회적 지위는 낮다. 다만 '명문대에 자식을 보낸 엄마', '남편 내조를 잘하는 아내'일 때는 상황이 달라진다. 자녀의 성적표와 남편의 사회적 성취에 따라 엄마이자 아내의 지위도 변화하는 것이다. 옛날에 비해 요즘 여성들의 지위가 훨씬 향상됐다고 한다. 하지만 여전히 건재한 가부장제 사회 속에서 엄마, 그들의 지위는 그대로다.

누가 응답하는가

정신과 약은 부엌 선반에 두었다. 늘 꺼내는 밥그릇과 국 그릇 옆에. 거기에 두면 약 복용을 잊지 않을 것 같았다. 꼬박꼬박 챙겨 먹는 끼니처럼, 정신과 약도 그렇게 내 생활의 일부분이 됐다. 창문 너머로 어둠이 내리기 시작하면 크나큰 기쁨도, 깊은 절망도 없는 밋밋한 하루에 감사하며 기도하듯 약을 삼킨다. 하루가 무사히 지나갔다는 안도감과 알 수 없는 서글픔이 함께 밀려온다.

밤과 함께 서서히 찾아오는 침묵은 사랑스럽다. 종일 활기차게 움직인 아이들도 자야 할 시간이 가까워지면 텐션이 낮아진다. 아이들은 곧 잠이 들 것이고, 별일이 없다면 이 고요함은 아침까지 이어질 것이다. 쉴 새 없는 '엄마 호출'에서 벗어나는 시간.

　　서울대학교 비교문화연구소 지은숙 교수는 돌봄을 '다른 사람이 부르면 응답하는 것'이라고 정의했다.✦ 그의 온라인 강연을 보면서, 하루에도 몇십 번씩 나를 부르는 아이들의 목소리를 떠올렸다.

　　"엄마, 누나가 내 코 찼어."

　　"엄마, 화장실에 휴지 떨어졌어."

　　"엄마, 안아 주세요."

　　때로는 주어 없이 부르거나, 세 아이가 동시에 부를 때도 있었다.

　　"목 말라."

　　"화장실 같이 가 줄 사람."

　　"사과 먹고 싶어."

　　이때 필요한 건 사방팔방 뻗어 나가는 가제트 팔이다. 다용도실에서 휴지를 꺼내 오고, 주전자를 씻어 보리차를 끓이고, 냉장고에 있는 사과를 꺼내 깎아 줄 만능 로봇 팔. 하지만 나는 두 팔, 두 다리가 전부이므로 가제트보다 분주하게 움직일 수밖에 없다. 우리 집의 양육자는 남편과 나, 두 사람이다. 혼자 있을 땐 어쩔 수 없다 하더라도, 남편과 함께 있을 땐 응답의 의무가 줄어들어야 하는 게 아닐까?

✦　2022년 11월 비영리단체 '다른몸들'이 주최한 4회 차 강연 〈돌봄 정밀 지도 그리기〉 중 지은숙 교수의 강연 '초고령사회 일본의 돌봄과 남성성' 참고.

저녁식사가 끝나고 다섯 명의 가족구성원은 거실 긴 테이블에 둘러앉아 각자 하고 싶은 일을 했다. 나는 소설을 읽고, 남편은 골프 영상을 보거나 신문을 읽었다. 세 아이는 그림을 그리거나 동화책을 꺼내 봤다. 모두가 자유롭게 자신이 하고 싶은 일을 한다는 감격은 5분을 넘어서지 않았다.

"근데 '본'은 어떻게 써?"

색연필을 든 막내의 동그란 눈과 마주쳤다. 아이의 요청대로 메모지에 '본'을 써서 전해 주었다. '엄마'나 '아빠', 아무런 주어 없이 부르는 말이었음에도 나는 본능적으로 고개를 들었다. 흘깃 옆에 앉은 남편을 쳐다봤다. 그는 혼자서 아무런 소리가 들리지 않는 진공 공간에 있는 것처럼 미동 없이 앉아 있었다. 그때 둘째 아이가 고개를 들어 말했다.

"엄마, '집'은 어떻게 써?"

나는 작게 한숨 쉬며 이면지를 집어 들었다. 그리고 착 가라앉은 목소리로 말했다.

"이 공간에 너희들의 양육자가 둘 있어, 엄마와 아빠. 아빠에게 좀 물어봐."

콕 짚어 '아빠'를 호명하자, 남편은 결국 신문 읽기를 중단하고 아이의 요구를 들어줬다.

왜 늘 무엇이 문제인지 짚고 넘어가야만 귀를 열까. 혼자서 귀마개를 한 것도 아니고, 아이들의 목소리가 남편에

게 안 들릴 리 없었다. 한번은 물어본 적이 있다. 왜 당신은
아이들 말에 응답하지 않냐고. 나는 남편의 대답을 듣다
가 말고 "잠깐"을 외쳤다. 노트북을 가져와서 대화를 기
록하기 위해서다.

나: 왜 나랑 같이 있을 땐, 아이들의 요구에 반응을 안 하
는 거야?

남편: 나는 돈과 시간을 맞바꾼 사람이잖아. 집에 오면 신
문을 읽을 짬 정도는 필요해. 내 시간을 보내는데 아이들
의 요구가 있으면 그땐 쉬는 중이니까 방해받고 싶지 않아
서 무응답 하는 거야.

나: 그럼 나는 노는 사람이야? 나도 일을 하고, 창작을 해.
거기에 육아까지. 어째서 같이 있을 때 돌봄은 나만의 몫이
되지?

남편: 당신은 작업 일정을 조정할 수 있는 프리랜서잖아.
백화점에서 옷을 살 수도 있고, 좋아하는 책을 읽을 시간
도 있고. 피곤하거나 컨디션이 안 좋으면 쉴 수 있는 여유
도 있잖아. 나는 정시에 출근해서 퇴근하는 직장인이라 그
런 여유가 아예 없어. 나는 회사에 구속된 사람이라고. 아
침 9시부터 오후 6시까지, 당신은 하루 계획을 스스로 짤
수 있지만 나는 그렇지 못해. 방송작가로 일해 봐서 감정
노동에 대해서 잘 알잖아. 나는 감정노동이 많은 영업직이
야. 그래서 당신이 어느 정도 이해를 해 줬으면 좋겠어.

나: 만약에 내가 회사에 출근하는 정규직이라면 공평하게 육아와 돌봄을 분담할 수 있단 말이야?

남편: 그래. 하지만 지금 상황에서는 아니야.

나: 내가 당신과 평등해지려면 정시 출퇴근하는 회사에 다녀야만 한다는 거지?

남편: 그렇지. 직장생활하는 맞벌이라면 가사노동도 같이 하는 게 맞아. 그럼 내가 회사 일을 마치고 와서 육아와 가사노동을 반반하는 게 맞다고 생각해.

남편은 자신의 생존에 혼자만의 시간이 절대적으로 필요하다고 말했다. 생활비의 대부분을 책임지고 있다는 게 집에서 아이들의 응답을 거부할 자격이라고 굳건히 믿고 있는 듯했다. 남편의 손에는 자주 은퇴와 재테크에 관한 책이 들려 있었다. 철강 영업사원인 남편. 우리에게는 갚아야 할 대출금이 있고, 커 가는 세 아이가 있다. 고정 지출을 감당하려면 일을 쉴 수 없다. 남편은 은행 업무를 보면서도 전화를 받고, 점심식사 또한 대부분 접대의 시간으로 보낸다. 퇴근하고 집에 와선 누구의 방해도 받지 않고 고요히 있고 싶다는 남편의 말은 정당해 보였다. 내게는 '생계의 부담', '월급의 위력'에 맞설 수 있는 대등한 언어가 없었다. 나는 그래도 우린 같은 부모이지 않냐고, 아이들의 부름에 적어도 한 번씩은 돌아가며 응답해 줘야 하는 것 아니냐는 말을 끝내 하지 못했다.

이번에는 막내가 쑥스러워하며 말했다.

"화장실 같이 가 줄 사람."

이번에도 남편에게서 일어나겠다는 의지가 전혀 느껴지지 않는 게 짜증이 났다. 최근에 무서운 귀신 나오는 애니메이션을 보고부터 화장실 혼자 가는 걸 무서워하는 막내의 사정을 모두가 아는데. 결국 꾹 억눌린 목소리로 말했다. "가자." 열어 놓은 화장실 앞에서 가만 서 있는 그 짧은 시간에 글 읽던 감각은 금방 휘발됐다. 다시 테이블에 돌아와 좀 전까지 읽던 소설 페이지를 넘겼지만 그사이 재미가 한 김 식었다. 이후에도 아이들의 부름과 요청이 계속 이어졌다. 결국 나는 소설책을 덮었다. 속도 모르고 자꾸 부르는 아이에게도 화가 났고, 돌부처처럼 앉아 신문만 읽는 남편에게도 화가 났고, 넘기지 못한 페이지에도 화가 났다.

타인의 부름을 놓치지 않고 그에 응답하는 의무는 돌봄의 기본값이다. 그래서 돌봄노동자는 언제 부를지 몰라 대기하는 긴장의 상태를 자주 겪는다. 그 고단한 지속성. 지은숙 교수의 강연을 듣고 나서 하나 깨달은 사실이 있다. 엄마인 나는 아이들이 부르면 응답하는 수준에서 한 걸음 더 나아가, 부르지 않아도 응답하는 사람이라는 것이다. 딸이 밥을 먹다가 입맛을 다시면 "짜? 물 줄까?" 먼저 물어보고, 둘째가 귤을 까는데 낑낑거리면 "도와줄까? 까 줄까?", 막내가 눈을 비비면 "잠 와? 자러 갈까?" 선수

치며 반응했다. 아이의 눈빛과 표정만 봐도 컨디션과 원하는 바를 캐치할 수 있다는 게 엄마 된 사람의 자랑이라 생각했다.

왜 아이를 보는 일이 피로한지 새로이 자각했다. '본다'는 건 눈이라는 신체기관만 동원되는 일이 아니었다. 온몸, 온 감각, 느낌을 동원해 상대방에게 이해와 공감을 쏟아야만 수행할 수 있는 종합적인 일이었다. 돌봄은 침묵을 허용하지 않는다. 상대의 요구, 그리고 반드시 반응해야 하는 의무 속에 상호작용이 일어난다. 돌봄노동자는 언제나 들을 준비가 되어 있어야 한다. 상대의 욕망과 불편을 눈치채는 데 도가 터야 한다. '집에서 애나 보면서 논다'는 말은 그래서 엉터리다. 행여 뾰족한 모서리에 이마를 부딪힐까 걱정하며 쳐다보고, 싸우거나 삐진 아이의 표정을 살피고, 휴대폰을 달라고 조르는 아이들에게 안전한 콘텐츠를 골라 보여 준다. 사소해 보이지만 예민하게 신경을 써야만 하는, 애정이 수반된 일들이다. '본다'는 것은 그렇게 온 마음, 온몸을 다해 살펴야만 가능하다. 또한 돌아오는 눈빛을 받아 내는 일이기도 하다.

아이들과 함께 산 지 10년. 아이들은 자연스럽게 엄마인 나를 주 양육자로 받아들였다. 함께 있는 시간이 훨씬 많으니 그게 자연스러웠을까. 나는 부담스러운 주 양육자의 무게를 무던히도 남편에게 나눠 가져야 한다고 말했고, 참다 못해 울기도 했고 소리도 쳤으나 쉽게 바뀌지 않았다.

언젠가 막내와 단둘이 집에서 한나절을 보낸 적이 있다. 갑자기 열이 오른 아이를 혼자 돌볼 때 집에 흐르던 적막감. 가만히 소파에 앉아 있는 아이와 눈이 마주쳤을 때, 나는 그 눈동자에서 알 수 없는 압력을 느꼈다. '지금 뭐가 필요한 걸까? 같이 놀던 형제들이 없으니 나라도 놀아 줘야 하나.' 침묵하는 아이를 그대로 받아들이지 못했다. 강박적으로 먼저 원하는 바를 알아채고, 그걸 해 줘야 한다고 생각했다. 과연 같은 상황에서 남편이라면 어땠을까? 당신도 침묵 속에서, 당신을 빤히 쳐다보는 아이의 눈동자를 보면서 나와 같은 압력을 느낄까. 우리는 정말 공평하게 엄마, 아빠가 된 것일까.

소아과에서 야단을 듣다

"올가을은 병치레 없이 지나가네."

남편이 무심코 말했다. 우리는 한동안 테이블에 작은 약병이 없었음을 기억했다. 아이들이 아플 때마다 늘어나던 약병. 병의 전염성에 대해선 세 아이를 키우며 실감하고 있다. 특히 쌍둥이 감기에 걸렸다 하면 중이염으로 번진다. 항생제를 먹어야 빨리 낫는다고 병원에서 처방해 준 분홍색 항생제를 병에 담을 땐 찝찝한 기분이 든다. 먹기 싫은 약을 삼키는 아이들의 표정을 옆에서 볼 때면 똑같이 인상이 써진다. 나는 아이들이 다 나으면 지긋지긋한 약병부터 식탁에서 싹 치운다.

그날 밤이었다. 깊이 잠든 줄 알았던 둘째 아이가 뒤척이며 일어났다. 몸을 일으켜 앉더니, 말릴 새도 없이 토를

했다. 서둘러 아이의 입 아래에 양손을 받쳐 보았지만, 토
사물은 손에서 벗어나 아래로 흘러내려 이불 위로 죄다 떨
어졌다. 더는 토할 것이 없을 만큼 실컷 쏟아 낸 아이에게
"괜찮아, 괜찮아"를 되뇌며 욕실로 함께 들어갔다. "괜찮
아"라는 말은 놀란 아이에게 하는 말이자 나에게 하는 말
이었다.

 아이를 씻기고 깨끗한 내복으로 갈아입혔다. 오염된
이불을 끄집어내고, 잠든 두 아이를 옆으로 밀어 깨끗한
이불을 꺼내 깔았다. 새벽 3시의 왁자한 소동에 옆방에서
자고 있던 남편도 깼다. 토사물이 잔뜩 묻은 걸레와 휴지
를 보더니 남편이 말했다.

 "토했어?"

 상황을 파악한 남편의 얼굴이 어두워졌다. 병원이 문
열기까지 아직 여섯 시간이나 남아 있었다. 잠이 쉬이 오
지 않았다. 열은 없으니 단순한 배탈일까. 또 일어나 토를
할 수 있으니 마음 놓고 잠을 청하기 어려웠다. 대신 휴대
폰 포털사이트 검색창에 '어린이 장염'을 검색하며 시간을
죽였다. 검색어를 포함한 수많은 블로그 포스트와 기사
가 떴다. 노로바이러스가 기승이니 개인 청결에 주의하라
는 무미건조한 기사를 읽고, 맘카페와 개인 블로그에 엄마
들이 올린 글들을 읽었다. 아이가 열이 났고 아프고 토했
다는 이야기 끝에 '나았다'는 결론이 나올 때까지 이어진
포스트를 계속 클릭하며 읽었다. 아이들이 아픈 와중에도

포스팅을 하는 엄마들의 부지런함에 감탄하고 그 기록들
에 기대어 걱정을 삭이는 내가 있었다. 그래, 이것도 며칠
고생하면 지나갈 거야.

종합병원 소아과는 언제나 대기가 길었다. 아침 9시가
되자마자 전화를 걸어도 불통이었다. 기다려 달라는 안내
음만 끝없이 흘러나왔다. 결국 남편이 출근길에 병원에 들
러 현장 접수를 하고 둘째와 나는 집에서 기다리기로 했
다. 일단 어린이집에 멀쩡한 두 아이를 등원시키고, 둘째
아이와 함께 택시를 잡았다. 한 손으로는 휴대폰 병원 예
약 앱에서 대기 순서가 하나씩 지워지는 걸 초조하게 확인
하면서.

택시에서 내리자마자 병원으로 뛰어 들어갔다. 혹시나
차례를 넘길까 봐 마음이 조급했다. 다행히 대기실의 네모
난 모니터에는 아직 아이의 이름이 떠 있었다. 아침 9시가
조금 넘은 시간. 유치원 원복을 그대로 입고 온 아이, 환자
복을 입고 손등에 링거를 꽂고 있는 아이, 포대기에 싸여
예방접종을 기다리는 신생아도 있었다. 그 옆을 지키는 부
모들의 생기 없는 얼굴이 보였다. 아픈 아이를 돌보는 일
의 고단함이 묻어나는 얼굴들을 보면서 휴대폰 액정에 비
친 내 얼굴을 확인했다. 나는 저들과 얼마나 닮았을까.

곧 아이의 이름이 호명됐다. 나는 다급하게 "네!" 하
고 크게 외쳤다. 마치 용수철처럼 벌떡 일어나 아이의 손을
잡고 진료실로 향했다. 간호사가 열어 준 진료실 문 안으

로 들어서자 사뭇 긴장됐다. 어째서 '아이의 보호자'나 '환자의 엄마'라는 사실에 떳떳해지지 않는 걸까. 나는 의사 앞에서 본능적으로 순진한 표정을 지으려 애썼다.

"어디가 아파서 왔어요?"

"밤에 아이가 토를 했어요. 아침에도 했고. 한 세 번 정도. 열은 없고요."

의사는 청진기를 아이의 배에 가져다 대며 말했다.

"엄마가 뭘 잘못 먹였네."

처음엔 무슨 말인지 몰랐다. 그 말의 의미가 확 다가 왔을 때는 이렇게 받아치고 싶었다. "다시 말해 봐." 하지만 변명하듯 평소보다 작은 목소리가 흘러나왔다.

"어제 미역국이랑 계란말이……."

"배에 가스가 차 있고, 장 상태도 안 좋고."

토사물이 묻은 이불을 샤워기로 대충 씻어 내며 나는 저녁에 먹인 것들을 생각했었다. 미역국에 든 조개가 신선 하지 않았던 걸까? 아니면 밥을 평소보다 많이 먹어서일까? 그것도 아니면 그 뒤에 먹은 젤리가 문제일까? 사과를 너무 많이 먹어서일까? 다 같이 먹었는데 한 아이만 아픈 이유는 뭘까? 동영상 재생 탭을 제일 앞으로 끌고 가 하나씩 분석하듯 아이가 하루 동안 먹은 것들을 추측하고 떠올리며 괴로워했다. 원인이 무엇이든 아이가 아프다. 그 결론만으로 이미 나는 벌을 받은 기분이 들었는데.

"그럼 장염인가요?"

"그렇죠. 유산균이랑 약 5일 치 드릴 테니까 먹고, 그래도 아프면 와요."

"노로바이러스는 아니에요?"

"아닙니다."

의사는 약을 처방하느라 모니터로 고개를 완전히 돌린 뒤였다. 나는 "감사합니다" 말하고 진료실을 빠져나왔다. 아이가 아픈 이유를 알려 주어서, 병이 나을 수 있도록 약을 지어 주어서. 그게 감사의 이유였다. 병원을 나오며 심호흡을 크게 했다. 종합병원 앞 약국에 처방전을 접수해 놓고 마치 업무를 보고하듯 남편에게 전화를 걸었다. 아이는 그새 간호사에게 받은 뽀로로 캐릭터가 그려진 비타민을 먹고 있었다. 짧은 통화 연결음 후에 남편이 전화를 받았다.

"병원에서 뭐래?"

"장염이래. 그래도 노로바이러스는 아니래."

"응, 응."

짧은 대꾸. 통화 중에 거래처에서 전화가 오는 모양이었다.

"수고했어, 자기도 집에 가서 같이 좀 쉬어."

그렇게 빠르게 대화를 마무리하고 약사가 내미는 약봉지를 챙겨 택시에 올라탔다. 택시를 타서야 길게 한숨이 흘러나왔다.

집에 돌아와 아이의 외출복을 실내복으로 갈아입히고

따뜻하게 이부자리를 펴 주었다. 그러고는 식탁 위에 약봉
지를 풀었다. 오리 모양 뚜껑이 달린 작은 플라스틱 약병
에 가루약을 조심스레 쏟아 넣었다. 주변으로 노란 가루
가 풀풀 날렸다. 물약을 삼키는 아이의 얼굴을 물끄러미
쳐다볼 때 나는 다시 떠올렸다. "엄마가 뭘 잘못 먹였네"
하던 의사의 말을.

　　여덟 살 아들을 키우는 엄마 인남도 비슷한 무례함을
겪었다고 했다. 갑자기 피부가 발갛게 부풀어 오른 아들
을 데리고 소아과를 찾았을 때 의사는 대뜸 인남에게 말
했다. "엄마, 청소 언제 했어요?" 엄마가 아이가 먹고 자
는 공간을 깨끗이 관리하지 않아서 아이에게 피부병이 생
겼을 거라는 단정이었다. 그때 인남은 어떤 표정을 숨겨야
했을까. 혹은 드러낼 수 있었을까. 마치 원죄처럼 아이의
병과 통증을 양육자의 불찰과 잘못으로 쉽게 단정지어 말
하는 의사의 말은 사람의 몸과 마음을 보살피는 의료인의
직업윤리에 위배되지 않나.

　　"많은 엄마들이 애가 아프면 자책을 해요. 얼른 치료해야
　　한다는 마음에 쉽게 조급해지기도 하죠. 엄마 잘못도 아
　　니고 조급해하는 만큼 빨리 낫지도 않는데 말이에요. 엄
　　마 마음이 편해져야 아이도 더 좋아집니다. 엄마 잘못 없
　　다고, 지금까지 잘해 왔다고, 애들은 아플 수 있다고 격려
　　하고 위로해 주는 것도 소아청소년과 의사의 중요한 역할

이라고 생각해요."+

　김교순 건국대학교 소아청소년과 교수 인터뷰 기사 중 책갈피처럼 꽂아 보관하고 싶었던 말이다. 세 아이를 키우는 동안 의사에게선 한 번도 듣지 못한 말을 기사를 통해서나마 듣고 위로받을 수 있었다. 그의 말을 나도 따라 해 본다. "애들은 아플 수 있다. 엄마 잘못이 아니다."

　나도 이왕이면 양육자를 다그치거나 혼내지 않는 소아청소년과를 찾고 싶었다. 그러나 평판 좋은 소아과는 차를 타고 20분 넘게 가야 하거나 예약부터 만만치 않았다. 처음에는 집에서 가장 가까운 소아과를 찾았다. 그곳은 과잉 진료로 유명했고 지나치게 겁을 줬다. 조금만 열이 나도 "밤에 고열이 계속 나면 큰일납니다. 내일이라도 아침에 열이 나면 다시 와야 해요. 알겠죠? 큰일납니다"라며 의사는 '큰일'을 거듭 강조했다. 아직 일어나지 않은 가상의 일을 빌미로 불안감을 증폭시켰고 '꾸준한 진료'를 여러 차례 강조하는 것도 잊지 않았다. 또 다른 소아과는 아이에게 불필요한 스킨십이 많았다. 손가락으로 아이의 볼을 톡톡 건드리거나, 아이 이마에 자신의 이마를 대는 일도 자주였다. 그가 아이의 볼을 늘리며 귀엽다고 할 때마다 소름이 끼쳤다. 의사에게서 퀴퀴한 입 냄새가 났다. 그때마다 불쾌함을 느꼈지만, 만지지 말라고 이야기하지 못했다. 아픈 아이에게 불이익이 갈 것 같아서다. 대신 발길을 끊었다. 그나마 평범한 곳이 종합병원 소아과였다. 좋은 곳을 선택한 것이 아니라, 덜 불쾌한 곳을 선택한 것을 과연 좋은 선택이라 할 수 있겠냐만은.

　이 글을 쓰면서 소아청소년과 의사와 의료진의 고충이 담긴 글들을 찾아 읽었다. 공통으로 등장하는 말은 소아환자 부모의 폭언, 폭력, 갑질이었다. 아픈 아이와 양육자는 예민하고 까다로워 민원이 많다고. 심지어 한 의사는 칼럼에서 "선배의 양심"으로 후배들에게 "소아청소년과는 피하라"고 조언했다고 고백한다. 표면적으로 보면 갑질하는 양육자와 무례한 의료진의 갈등으로 볼 수 있다. 그러나 서로를 향한 뾰족한 칼날의 뒤에는 양질의 의료 서비스 보장을 힘들게 하는 사회 시스템이 있다.

　출생률이 가파르게 하락하면서, 소아청소년과 지원율도 급격히 떨어지고 있는 현실이다. '아이'라는 수요가 사라지니 공급도 줄어든다. 보건복지부 통계에 따르면 2017년부터 2022년 8월까지 연평균 소아병원 132곳이 폐원했다. 저출생, 저수가, 코로나의 여파다. 환자 수가 계속 줄어들고 진료 부담이 높은 환경에서, 좋은 진료를 담보하기 힘든 것이다.[**] 높은 노동강도에 시달리는 의료진,

---

✦　〈"오다가다 편하게 들르는 그런 소아과가 많아져야"〉,〈한국일보〉 2014. 5. 8.

✦✦　〈"입원 진료 중단" 소아과 의료진 부족 심각〉, KBS 뉴스, 2022. 12. 14. 참고.

폭압적인 의료 환경은 의료 하향화로 양육자와 아이에게 고스란히 돌아간다. 합계출산율이 0.78퍼센트를 기록했다는 뉴스에 '국가적 위기' 운운하면서도 아픈 아이가 갈 수 있는 병원의 인력 부족 현상에는 적극적으로 나서지 않는 정부를 보면 아직도 뭐가 문제인지 파악을 못 한 것 같다.

내가 바라는 소아과는 집에서 가깝고, 양육자를 질책하지 않으며, 병에 관해서 담백하게 설명해 주는 의료진이 있는 곳이다. 하지만 이 바람은 영원한 희망사항으로 남을지도 모르겠다.

엄마의 번아웃

오랜만에 효정과 전화통화를 했다. 효정은 대학 친구로 네 살 딸을 키우고 있었다. 20대에 효정과 나눈 우정은 바닷가에서 주운 오묘한 빛깔의 조개껍데기처럼 희소한 아름다움으로 남아 있다. 동기들은 효정의 유머코드가 마이너하다는 말을 자주 했는데, 그렇다면 나는 축복받은 마이너였다. 그가 입을 열면 웃기 바빴다. '나만의 찰리 채플린'은 다리도 길고 팔도 길어 춤도 개그도 모두 엉성했는데, 그래서 무척 사랑스럽기까지 했다.

효정이 결혼하고 아이를 낳으면서, 그 모습을 못 본지 3년이 넘어서고 있었다. 우리가 사는 지역은 자동차로 다섯 시간 달려가야 할 만큼 멀었다. 거리는 서로의 눈빛과 표정을 살피며 대화할 수 있는 기회를 축약시켰다. 나는 효정을 잊지 않았음을 확인하듯, 몇 개월 만에 한 번씩 효정에게 전화를 걸곤 했다. 하지만 효정이 신생아를 돌볼 때는 그마저도 종종 부재중 전화로 남았다. "미안해, 아기가 자고 있어서." 효정의 늦은 답장을 읽으며 그가 통과하고 있는 시간을 상상할 수 있었다. 내가 겪은 지난한 시간이 효정에게도 되풀이되고 있을까?

평일 오후 3시. 아이들을 데리러 가기 한 시간 전에 작업을 마치고 집으로 향하면서 효정에게 전화를 걸었다. 다행히 우리의 무료한 순간은 겹쳤다. 효정도 집으로 돌아가는 길이라고 했다.

"별일 없지? 아이도 남편도 잘 지내고?"

물어 놓고 아차 싶었다. '별일'이라고 말할 수 있는 사건들이 인생에 얼마나 될까. 스페셜하지 않은 많은 보통 날들을 별거 아닌 날들로 만들어 버린 것 같아 후회스러웠다. 좀 더 다르게 안부를 물을 순 없었을까. 잠깐 생각에 빠진 동안 효정은 대답했다. 많은 일들이 일어난 것 같은데, 기억이 잘 안 나는 것 같다고. 아이를 낳고 특히 그렇다고. 그러더니 내 이야기를 했다.

"넌 육아하면서 일도 하고 글도 쓰잖아. 뭔가를 계속 이어서 하고 있다는 게 대단해."

"꾸역꾸역 하는 거지, 입금됐으니 하는 거야."

나는 얼른 말해 버렸다. 친구의 눈에 비친 내 모습은 인스타그램에 올리는 성취의 게시물처럼 빛났을까. 인스

타그램에는 강연을 하고, 책 이야기를 하고, 새로운 책 계
약에 들뜬 모습이 트로피처럼 박제되어 있었다. 효정이 말
했다.

"난 아무것도 하기 싫어. 번아웃이 왔어. 정말 아무것
도 하기 싫어. 아이가 어린이집에 가면 뭔가 할 수 있을 것
같았는데."

신호등 불이 바뀌었다. 초록불로 바뀐 횡단보도를 분
주하게 걸으면서 이야기를 들었다. 내가 아는 효정은 하고
싶은 것도, 먹고 싶은 것도, 가고 싶은 곳도 많은 사람이었
다. 효정 덕분에 서울의 선유도 공원에 처음 갔고, 붐비는
홍대 술집에도 발을 디뎠다. "여기 정말 가 보고 싶었어,
너랑 오면 좋을 것 같았어." 그렇게 말하는 효정의 얼굴을
기억한다. 잡지사에서 일하며 받은 화장품 샘플을 챙겨 주
던 마음도, 남들과 다른 기사를 쓰기 위해 했던 여러 노력
도 기억하고 있다. 생전 처음 해외여행을 제안한 것도 효정
이었다. 안목이 좋은 효정은 인테리어와 패션에도 관심이
많았고, 인스타그램에 차곡차곡 예쁜 집 사진을 올려 사
람들의 하트를 참 많이 받기도 했다.

"아이 키우면서 우울하지 않고 어떻게 배겨."

툭 튀어나온 진심. 우리는 대화를 이어 나갔다. 대학
동기의 결혼식 이야기부터 재밌게 보고 있는 웹툰까지. 한
참 대화를 주고받다, 어린이집과 학교로 아이들을 데리러
가야 하는 각자의 사정에 맞춰 통화가 끝났다.

효정이 말한 번아웃 증후군이 잊히지 않았다. '엄마'와 '번아웃'을 같이 놓는 게 이질적으로 느껴졌던 이유가 뭘까. 보통 번아웃 증후군 하면, 과한 업무로 인한 탈진 증상으로 넋이 나간 직장인이 떠오른다. 마치 완전히 방전된 배터리를 연상케 하는 번아웃 증후군은 몸과 마음의 모든 에너지가 소모되어 무기력증이나 자기혐오, 직무거부 등에 빠지는 현상이다. 서비스직 같은 감정노동자들이나 윤리적 책임감이 높은 사회복지사 등이 정서적 소진으로 번아웃 증후군에 빠지기 쉬운 직종에 속한다. 그렇게 생각하니 엄마 또한 굉장히 강도 높은 감정노동자다. 직장인은 사표를 낼 수 있고, 월차를 내거나 안식년을 가질 수도 있지만 엄마는 어떤가. 육아 사표는 불가능하다. 이혼하고 양육권을 넘기더라도 깔끔한 정서적 분리는 어려운 영역이다. 엄마는 한마디로 연료가 다 떨어졌음에도 멈출 수 없는 존재다.

아이들을 재우고 나면 '방전'이라는 말이 떠오를 때가 있다. 밖에서 저녁 약속이 잡히는 것도 달갑지 않았다. 손가락 하나 까딱할 수 없을 만큼 피로했기 때문이다. 누구보다 번아웃을 자주 겪었으면서, 왜 '엄마'와 '번아웃'의 연결을 의아하게 느꼈을까.

세계보건기구(WHO)는 번아웃 증후군을 "제대로 관리되지 않은, 만성적 직장 스트레스로 인한 증후군"으로 정의하고 국제질병표준분류상 직업 관련 문제 현상으로 분류하고 있다. 일하는 사람의 질병이라는 것이다. 그렇다면 엄마에게 가정은 직장이며, 엄마라는 역할은 직업이 될수 있을까. 부끄럽게도, 10년 동안 몸과 정신을 갈아, 그것도 모자라 정신과 약을 먹어 가면서 엄마의 책임을 온전히 감당하려 했으면서도, 스스로 육아를 엄연한 노동이라고 여기지 않았다. 효정에게 물었던 안부 "별일 없지?"에서 우리의 육아와 가사노동은 제외됐다. 언급할 만큼 가치 있는 '일'이 아니었기에.

　많은 기혼 유자녀 여성들이 집에서 애 보는 것보다 밖에 나가 일하는 게 낫다고 말한다. 직장에서 일하면 돈도 벌고 사회에서 근로자로 인정받는다. 돌봄과 가사 노동은 몇 년 사이 급격히 외주화됐지만, 여전히 엄마의 돌봄과 가사 노동은 재화로 환산되지 못한다. 엄마에게 주어진 보상은 가족의 칭찬 정도이지 않을까? 그마저도 인색하지만. 사회적 지위 또한 낮다. 설거지와 바닥 청소, 밥 차리기와 아이들 재우기는 너무 당연하고 하찮은 일이다. 코로나 시대를 지나며 돌봄과 살림에 대한 이슈가 부상했지만 "집에서 살림이나 하라"는 말은 여전히 모욕으로 통한다.

　한병철 독일 베를린예술대학교 교수는 《피로사회》에서 "우울증에 자주 선행하여 나타나는 소진(Burnout)은 자기 자신의 주인이 될 힘이 빠져 가는 주권적 개인의 증상이라기보다는 자발적인 자기착취의 병리학적 결과"라고 말한다. 개인의 안전과 건강 모두 자기관리의 성과라고 말하는 신자유시대를 살아가는 오늘날의 엄마들은 자기 착취를 해서라도 육아를 해내야 한다는 강박에 시달린다. 때로 부담과 책임에서 회피하고 싶은 마음은 무기력으로 이어진다. 많은 엄마들이 "탈진된 것 같은 몸", "완전히 소진된 마음"을 토로하지만 우리가 사는 한국 사회는 의아한 얼굴로 되묻는다. "엄마가 왜 번아웃이 와?" 많은 이들이 장시간 노동에 시달리는 한국 사회에서 엄마의 과로는 생략된 페이지다. 한국 사회에서 육아는 엄마 홀로 고군분투하는 생존게임이다.

당신은 긴급합니까

"집에 마스크 얼마나 있지?"

현관에 선 남편이 로퍼에 발을 집어넣으며 말했다. 황사나 미세먼지가 심할 때 쓰려고 사 둔 여분의 마스크가 두 통 있었다. 이 정도면 그래도 한 달은 쓰지 않을까? 남편은 동네 약국에서 9시부터 줄 서면 마스크 두 장을 받을 수 있다고 말했다. 마스크 품절 사태가 났던 때였다. 남편은 내가 줄 서기에 동참하길 내심 바라는 것 같았지만 나는 그저 "잘 다녀와"라고만 인사했다. 그날 퇴근길, 남편의 손에는 마스크 두 장이 들려 있었다.

2019년 12월, 중국 우한에서 집단 발생한 폐렴의 원인을 조사하는 과정에서 밝혀진 신종 코로나 바이러스. 나는 이 역시도 사스나 에볼라처럼 시끄럽지만 곧 지나갈 거라고 무심하게 생각했다. 아직은 '물 건너 일'이니 나에게 직접적인 영향을 주지 않겠지, 하고. 방관 너머 지금까지 겪지 못했던 전염병의 시대가 나를 기다리고 있었다.

요란한 소리와 함께 매일 긴급문자가 도착했다. 확진자 수와 확진자 동선이 빼곡하게 적힌 문자. 지인들과 나누던 "오늘 날씨 좋네요"라는 일상적인 인사말에 "확진자 수"와 "동선"이 추가됐다. "오늘은 좀 적네" 하다가도 다음 날이면 두세 배로 확 솟구치는 확진자 수에 마음을 졸였다. 확진자와 동선이 겹친다는 말은 그 자체로 재난처럼 느껴졌다.

식당을 운영하는 친구 아영에게 전화가 왔다. 보건소에서 연락이 왔다고. 코로나 확진 손님이 가게에서 밥을 먹고 갔다고. 마스크를 쓰고 장갑을 끼고 주문받았던 아영도 밀접 접촉자로 분류되어 10일을 쉬어야 한다고 했다. 나는 두 아이, 남편과 함께 고립된 아영의 집 앞으로 커피와 케이크를 사다 주었다. 아영은 나와 조금이라도 닿을 수 없다는 듯, 문을 열지 않고 집 안에서 소리쳤다. "언니, 현관문 밖에 두고 가세요. 언니 가면 가져갈게요. 고마워요!"

어느 식당에서 밥을 먹고, 몇 번 버스를 타고, 어디에서 일을 했는지, 한 사람의 구체적인 사생활이 '확진자 동선'이라는 정보로 휴대폰에 도착했다. 때때로 자주 갔던 단골 식당, 카페, 친구의 남편이 다니는 회사의 이름이 명시됐다. 그때마다 관계된 사람들의 안부를 물었다. 확진자의 실명은 밝혀진 적 없었지만 입소문과 카톡을 타고 구체적 정보가 오가기도 했다. 한번은 맘카페에서 어느 아파트 몇 동에 사는 사람이라는 확진자 개인정보가 드러났다가 순식간에 지워지는 걸 목격했다.

　감염 불안의 크기만큼 감염자에 대한 질타와 비난의 수위도 무섭게 높아졌다. 병에 걸렸을 뿐인데 '조심하지 않고 마음대로 나돌아 다니다가 병을 옮긴 민폐자'가 됐다. 언제까지 내가 걸리지 않고 가족이 걸리지 않는 놀라운 행운이 지속될 수 있을까. 언론에서 말하는 코로나 종식이 정말 가능하긴 한 걸까.

　그 무렵 뉴스를 통해 안타까운 소식을 들었다. 진주에서 코로나 판정을 받고 완치한 60대 여성이 자살했다는 뉴스였다.[*] 경찰이 자살 동기를 조사할 예정이라는 앵커의 목소리를 들으면서 생각에 빠졌다. 확진자가 음압병동에서 치료받으면서 느낀 고립감과 우울감을 압도한 것은 소중한 가족에게 병을 옮겼다는 죄책감과 주변 사람들에게 피해를 주었다는 자책감이 아니었을까. 2년 후에는 코로나가 인구 대부분이 걸리는 흔한 병이 되고, 확진자라는 사실이 더는 큰 비난으로 작용하지 않는다는 걸 미리 알 수만 있었다면, 그는 다른 선택을 할 수 있었을 텐데. 병의

---

[*] 〈확진자, 의료진, 유족…… '코로나 트라우마' 시달리는 국민〉, YTN 뉴스, 2020. 5. 26. 참고.

증세보다 코로나 확진자라는 낙인이 훨씬 두려운 시기였다. 나 역시 순식간에 '공공의 적'으로 찍히는 비극을 겪고 싶지 않았다.

아이들의 단체 생활에도 빨간 불이 켜졌다. 코로나 바이러스라는 불청객이 어린이집과 유치원만 완벽하게 피해 갈 리 없었으니까. 아무리 마스크를 쓰고 손을 씻는다 해도 다 같이 밥을 먹고 숨가쁘게 뛰어다니며 생활하는 아이들에게 사회적 거리두기는 애초에 가능하지 않았다. 영아의 경우는 작은 얼굴에 마스크를 씌우는 것 자체가 위험했다. 낮잠을 자는 시간에 호흡곤란이 올 수도 있었다.

다섯 살에 접어든 쌍둥이는 KF94 마스크를 거부했다. 착용했다가 벗어 던지기를 반복했다. 한동안 천 마스크를 씌워 보내다가 '덜 불편한 마스크', '숨 쉬기 좋은 마스크'를 검색해서 주문했다. 아이들은 쓰지 않겠다고 떼를 쓰거나 울기도 했다. "이걸 안 쓰면 어린이집에 못 가." 아이들은 엉엉 울며 눈물 젖은 마스크를 쓰고 어린이집에 갔다. 어른인 나도 몇 시간 동안 마스크를 쓰고 있으면 귀가 아프고 머리가 어지러웠다. 아이들은 그걸 쓰고 일곱 시간씩 시간을 보냈다.

사회는 '일시 멈춤'을 선언했다. 회식도, 운동회도, 모임도 잠시 멈출 수 있었지만 돌봄은 멈출 수 있는 일이 아니었다. 돌봄은 사회적 거리두기가 불가능한 영역이었다. 씻기고, 먹이고, 재울 때는 체온을 나누고 숨을 나누어야 했다. 거리두기 단계가 조정될 때마다 혼란스러웠다. 동네에 휴점하거나 폐장하는 식당과 가게가 눈에 띄게 늘어났다. 어린이집도 언제 문을 닫을지 몰라 마음을 졸였다.

결국 어린이집에서 두 장짜리 공문이 도착했다. 거리두기 단계 격상으로 무기한 휴원에 들어간다는 이야기였다. 이윽고 진한 글씨체에 밑줄까지 쳐진 문장이 눈에 들어왔다.

긴급 돌봄은 가능합니다.

한참 생각했다. 나의 상황은 과연 긴급에 해당하는가. 심란한 마음을 나누고자 평소 알고 지내던 어린이집의 한 엄마에게 메시지를 보냈다.

공문 받으셨죠?

네. 애들 어린이집 보낼 거예요?

저는 보내려고요.

나도 보내고 싶은데, 일도 안 하니까……
샘들한테 눈치 보여요.

그 집은 둘째가 어리잖아요.

그니까요 ㅜㅜ 모레 병원 예약도 잡아 뒀는데.

"그럼 보내요"라고 답장을 보냈지만 그 엄마는 둘째 아이가 아직 어리고 혼자서 집에서 아이를 보기가 벅차다는 것만으론 자신의 상황이 '긴급'이 될 수 없다고 판단했다. 그렇다면 나는 긴급 상황이라고 당당하게 말할 수 있을까. 어린이집에서 말한 긴급 돌봄의 대상은 어떻게 정해지는가. 그나마 프리랜서로 일하고 있다는 사실이 아이들을 어린이집에 보낼 심리적 사회적 명분이 되어 주었다. 게다가 우울증이 깊어진 상태에서 세 아이를 보는 게 힘에 부쳤다. 다른 사람들은 어떻게 지내고 있는 걸까? 일하는 엄마들은 일을 그만두기라도 한 걸까? 다들 어떻게 이 시간을 통과하고 있는 걸까.

코로나 초기, 영유아 자녀를 둔 가정은 어린이집, 유치원, 학교 등의 긴급 돌봄을 활용하기보다 집에서 아이를 직접 돌보는 선택을 더 많이 했다. 코로나 이전에는 72.8퍼센트였던 어린이집 보육이 2020년 3월에 접어들면서 30.1퍼센트로 급감했다. 대신 부모, 조부모, 친인척의 돌봄이 두 배로 뛰었다. 긴급 돌봄이 가능한 조건이어도 확진의 불안 때문에 직접 돌봄을 선택한 것이다.[+]

2021년 인구주택총조사 표본 집계 결과를 보면 코로나19를 겪으며 부모의 직접 육아 부담이 늘어난 걸 확인할 수 있다.[++] 국내 0~12세 아동 중 주간에 부모가 돌본다고 답한 비율은 60.2퍼센트였는데, 이는 2015년 조사 당시 50.3퍼센트에 비해 9.9퍼센트 높아진 것으로, 2005년

(65.7퍼센트) 이후 15년 만에 최고 수준이다.

　나는 '이렇게 죽으나, 저렇게 죽으나'라는 생각으로 세 아이를 어린이집에 보냈다. 온종일 우울증을 견디면서 집 안에서 아이를 돌보는 일이 더 처참하리라 생각했다.

　'오늘은 몇 명이나 왔을까.'

　아이들의 손을 잡고 어린이집에 도착하면 평소에 빼곡하게 아이들 신발이 차 있던 신발장이 텅 비어 있었다. 마스크를 쓴 선생님이 세 아이를 맞았다. 나는 텅 빈 신발장을 보며 말했다.

　"오늘 우리 아이들 말고, 아무도 안 오나 봐요?"

　"네" 하고 선생님이 대답했다. 그래도 세 아이가 함께 있으니 다행인 걸까. 선생님은 비접촉 온도계로 아이들의 열을 재고 소독제를 뿌려 주었다. 아이들은 손에 발린 알코올 냄새를 킁킁거리며 어린이집으로 들어갔다. 신발만 벗고 활기차게 뛰어 들어가던 과거의 등원 풍경은 체온 재기와 소독이라는 엄숙한 절차로 대체됐다.

　선생님도 또래 아이를 키우는 엄마라는 걸 알고 있었다. 아이들의 상담 시간에 안 사실이었다. 같은 나이의 딸을 키우고 있다는 선생님 말에 친밀함을 느꼈었는데. 나는 담임 선생님의 아이들은 지금 어디에 있을까 궁금했다. 시

✦　이동선, 〈코로나19 이후 일, 돌봄 변화와 돌봄정책 개선 과제〉, 한국여성정책연구원, 2021 참고.
✦✦　인구주택총조사: 5년마다 실시. 직전 조사 연도는 2015년도.

가와 친정의 도움을 받는 걸까. 다른 어린이집에 보낸 걸까. 어디에 맡기고 일하고 계신 걸까. 궁금함이 차올랐지만 묻지 못했다.

연세대학교 문화인류학과 김현미 교수는 신종 코로나 사태가 여성의 노동, 공감 및 돌봄 능력에 기대어 해결되고 있지만, 정작 우리나라 정부는 이들의 피해나 기여를 망각한다고 말한다.[+] 특히 코로나19 사태로 인해 보육교사들의 업무량은 얼마나 가중됐는가. 방역 업무와 더불어 심리적 긴장감과 불안감도 커졌음은 물론이다. 나는 또 다른 여성인 어린이집 선생님에게 돌봄의 짐을 나눠 준 채 글을 썼다. 글이 잘 써지는 날도, 안 써지는 날도 같은 생각을 했다.

'과연 이 글이 코로나 시국에 아이들을 어린이집에 보내고 쓸 만큼 가치 있는 걸까.'

불편한 마음이 끝없이 차오를 때면 비슷한 처지의 아영에게 털어놓았다. 아영은 씩씩하게 말했다.

"그래도 별수 없잖아요, 일해야 하는데. 언니도 글 써야 하는데 당연히 보내야죠! 다른 엄마들도 다 보내야 돼!"

돈가스 튀긴 냄새가 저녁이 되어도 몸에서 안 빠진다고 툴툴대는 아영. 아영의 두 아이도 매일 유치원에 갔다. 아이들을 위험한 바이러스에 내놓고 돌아선, 자기 일만 하는

[+] 김현미, 〈코로나19와 재난의 불평등〉,《코로나 시대의 페미니즘》, 김은실 엮음, 휴머니스트, 2020 참고.

매정한 엄마로 스스로 인식하며 괴로워하다, 그때만큼은
공범자가 된 것처럼 둘이 함께 웃을 수 있었다.

이웃집 가해자들

어린이집의 긴급 돌봄도 불가능한 날들이 불쑥불쑥 들이
닥쳤다. '접촉', '양성' 두 글자가 주는 공포는 힘이 셌다.
코로나 바이러스가 점차 거리를 좁혀 오고 있었다. 어린이
집 조리사 선생님이 밀접 접촉자가 됐고, 한 학부모의 일터
에 확진자가 다녀갔다는 이야기가 들렸다. 코로나 시대는
우리가 얼마나 많은 익명의 타인들과 관계하며 살고, 서로
만나지 않아도 영향을 미치고 사는 존재들인지 새삼 느낄
수 있는 시간이었다. 나는 돌봄이라는 짐을 나눌 타인이
필요한 동시에 타인이 두려웠다.

아이들은 이유야 어쨌든 등원하지 않는 걸 기뻐했다.
마치 주말처럼 늘어지게 TV를 보고, 2층 장난감 방으로
올라가 실컷 놀았다. 독특한 구조의 땅콩집으로 이사 온

지 3년째에 접어들었다. 나와 남편은 땅콩집이 한눈에 마음에 들었다. 계단을 따라 올라가면 층마다 새로운 풍경이 펼쳐지는 것도 즐거웠고, 어린 시절에 품었던 다락방의 로망이 실현된 것 같아 설렜다. 놀이터 같은 집이었다. 하지만 집에 놀러 온 양가 어른들은 마뜩잖아 하셨다. 단칸방처럼 좁고, 청소하기도 어렵고, 어린아이들이 종일 계단을 오르내리는 것도 위험해 보인다고. 함께 생활했던 엄마 역시 "그래도 살기엔 전에 살던 아파트가 좋았지" 하고 아쉬운 소리를 했다.

엄마가 말한 집은 신혼집이었다. 17평의 단층 아파트는 남편과 내가 살게 된 첫 집이었다. 남편 회사에서 제공한 사택이라는 점을 생각하면, 그 집을 떠나온 건 여러모로 아까운 일이었다. 시장과 마트도 가깝고 언제나 활기가 흘렀던 동네 풍경. 그 일이 없었다면 오래 머물고 싶었을 것이다.

층간소음의 가해자로 처음 지목된 순간을 기억한다. 딸이 걸음마에 익숙해졌을 때였다. 경비실에서 전화가 왔다. 아이가 아장아장 걷고 음악에 소리를 지르고 엉덩이를 흔드는 모습을 지켜보는 기쁨이, 아랫집에 고통이 된다는 걸 그때 알았다. 건령 25년 된 아파트는 소음에 취약했다. 오래된 아파트는 소음의 전시장이었다. 배수구에서 물이 흐르는 소리, 마늘 찧는 소리, 현관문이 닫히는 소리, 드르륵 드릴 박는 소리…… 모든 생활소음을 들을 수 있는 곳이었다.

　나는 그때까지 사람이 살아가는 데 소음은 필연적이라고 생각해 왔다. 그동안 살면서 느낀 소음에 비하면 아파트의 생활소음은 고상한 편이었다. 어릴 적, 사료 가게를 했던 부모님의 집은 매장과 딱 붙어 있었다. 새벽 이른 시간부터 트럭에 사료를 싣는 소리, 불쑥 문을 열고 사료를 사러 온 손님의 목소리, 저녁이면 종종 몰려와서 떠들썩한 술자리를 펼치는 이웃들의 목소리. 우리 집은 조용함과는 담을 쌓은 공간이었다. 아버지의 사업 실패로 마산으로 이사 왔을 땐 1층에 철물점이 있는 다세대 주택에 살았다. 대문이 없는 집에서 바깥의 소음과 공존하며 살았다. 오래된 창문은 헐거워서 바람이 불면 덜컹거렸고, 골목으로 오토바이가 지나는 소리, 마트 문 여는 소리가 선명하게 들렸다. 가끔 자던 아빠가 발에 쥐가 난다고 비명을 지르는 소리에 깼고, 늦게까지 회식한 엄마가 토하는 소리에 잠을 설치기도 했다. 우리 집도 시끄러웠고 주변도 모두 시끄러웠으니, 서로의 사는 소리를 견뎌 내며 사는 게 삶이라 생각했다.

　"아래층에서 아이가 쿵쿵 뛰는 소리가 시끄럽다고 민원이 들어왔어요. 좀 조심해 주세요."

　아파트 관리 직원의 차분한 목소리를 듣는데 얼굴에 열이 훅 올랐다. 세 살 된 딸아이 한 명을 키울 때였다. 나는 아이가 아침 9시에 어린이집에 나가 오후 4시에 들어온다고, 저녁을 먹고 8시에는 잠이 든다고 빠르게 설명했다. "아이가 한 명밖에 없어요? 그럼 아래층이 너무 예민한데." 관리 직원은 그렇게 말을 붙이며, 그래도 조심해 달라고 부탁했다. 전화를 끊고 아래층에 누가 살고 있는지 떠올렸다. 오가는 계단에서 마주치면 목례를 하던 여자, 작은 아이의 손을 잡고 계단을 오르는 그의 뒷모습을 기억했다.

아래층에 사람이 산다는 자각이 새롭게 몸에 새겨졌다. 아이가 조금이라도 뛸라치면 안아서 다른 방으로 옮겼고, 층간소음 매트를 거실과 놀이방에 깔았다. 하지만 전화는 계속 울렸다. 저녁 밥을 준비하고 있을 때도, 아이가 쪼르르 달려올 때도.

한번 '귀가 트이면' 계속 들린다고 하던데 그런 걸까. 항의를 피하고자 결국 밖으로 맴돌 수밖에 없었다. 희뿌연 새벽에 아이가 눈뜨면 업고 놀이터에 나가고, 어린이집에서 마치면 밖을 쏘다니다 어두워져서야 집에 돌아왔다. 그럼에도 불구하고 전화는 계속 울렸다. 나도 노력하는데 몰라 주는 것 같아 억울하고 서운했다. 고민하다 아랫집을 찾아가 문을 두드렸다. 그리고 빼꼼 고개를 내민 여자에게 휴대폰 번호를 알려 주었다. 요즘 많이 조심하는데 그래도 시끄러우시냐고, 그럴 땐 문자를 달라고.

나는 그 일을 곧 후회했다. 여자의 연락이 수시로 이어졌기 때문이다. 종종 스팸 문자나 다른 사람에게 문자가

올 때도 층간소음 항의 문자일까 봐 몸이 경직됐다. 어디
선가 쿵쿵 하고 소리가 울리면, 또 우리 집을 의심할까 봐
선수 쳐서 "지금 소리, 우리 집 아니에요" 하고 문자를 보
내기도 했다. 온 신경이 소음에 집중됐다. 어느 날은 새벽
3시에 문자를 받았다. "자요?" 두 글자에 잠이 확 달아났
다. 나는 홀린 듯이 밖으로 나갔다. 아랫집 여자에게 확실
하게 이야기를 해야겠다고 생각했다. 여자와 나는 2층과
3층 사이, 계단참에 서서 조용히 대화를 나눴다.

　여자는 말똥말똥한 얼굴이었다. 애초에 잠이 들지 않
은 사람처럼. 나는 항변했다. 지금 모두가 잔다고, 아이는
9시가 되기도 전에 잠들어서 6시나 7시에 깬다고, 이 소음
은 우리 집이 아니라고. 우리는 각자의 상황만 도돌이표
처럼 말했다. 여자는 새벽마다 자꾸 쿵쿵거리는 소리가 난
다고, 시끄러워서 잠을 못 자겠다고 했다. "들어가 보시겠
어요? 정말 다 자고 있어요." 내가 그렇게까지 말하자, 여
자는 손을 저으며 다시 집으로 돌아갔다. 며칠 후, 층간소
음 분쟁위원회에서 연락이 왔다. 처참했다.

　층간소음 분쟁위원회에서 나온 사람은 아랫집에 먼저
다녀왔다고 말하며 누구의 편도 들지 않았다. 이런 소동
과 갈등이 익숙하다는 듯 초연하게 나의 말을 경청했다.
그리고 실험이라도 해 보는 것처럼 주먹으로 벽을 쿵쿵 쳐
보기도 했다. 그는 소음이 잘 울리는 집이라고 말하며 오
래된 아파트일수록 소음에 취약하다고 했다. 아랫집 윗집

뿐만 아니라 대각선으로도 소음이 전달되고, 제일 꼭대기 층에서 나는 소음이 아래아래 집까지 들릴 수도 있으며, 아래층 소음이 위로도 전달된다고. 똑같은 내용을 아래층 사람에게도 설명했다고 했다. 그는 소음 측정기를 가져왔지만 사용할 필요는 없을 것 같다고, 가져온 서류에 확인 서명을 하라고 종이를 내밀었다. 그가 떠난 자리에는 세 살 아이가 신으면 걸을 때마다 헐떡거릴, 한참 큰 어린이 층간소음 방지 슬리퍼가 남았다.

그즈음 나의 배 속에서는 쌍둥이가 자라고 있었다. 앞으로 세 아이가 살아갈 집을 생각하면 숨이 막혔다. 세 아이가 생활할 집은 절대 조용할 수 없을 테니까. 일상에서 소리만 깨끗하게 제거할 수는 없는 노릇이었다. 층간소음의 해결 방법은 아랫집과 윗집 중 한 집이 이사를 가는 거라고 하던데. 나는 결국 마지막 방법인 이사를 택했다. 더는 견디기가 어려웠다.

이사를 결정하고 나니 내내 쪼그라들었던 마음이 펴지는 기분이 들었다. 이사는 아랫집을 위한 최대한의 성의이자 노력이었으니까. 나는 아랫집 여자에게 이사 전에 밖에서 밥 한 끼 하자고 했다. 그동안 서로 힘들었던 마음을 밥 먹으면서 풀고 떠나고 싶었다. 밥을 다 먹어 갈 무렵, 여자는 말했다. 아이를 낳고 친구들이 몰라 볼 만큼 살이 쪘고, 운동도 하고 보약도 먹었지만 살이 빠지지 않아 스트레스가 크다고. 거울을 볼 때마다 우울했고 밤마다 잠이 오지 않았다고. 낮에 자고 밤에 깨어 있는 생활이 오랫동안 이어지고 있다고. 사방에서 쿵쿵거리는 소리가 들릴 때마다 기도를 했다고. 이 소리를 멈추게 해 달라고.

그리고 여자는 약간의 뜸을 들이고 말했다. 당신 집의 층간소음에 대해 항의했다고 주변에 이야기했을 땐 모두가 말렸다고. 너도 아이를 키우는데 남에게 박하게 굴면 안 된다는 말에 참아 보려고도 했다고. 하지만 도무지 소음 때문에 잘 수가 없었다고. 하루는 같은 단지에서 오랫동안 산 할머니 할아버지를 따로 모셔 와서 함께 잠을 자 보기도 했지만 아무에게도 그 소리가 들리지 않았다고. 스스로 우울증인 걸까 미친 걸까 의심도 했다고…….

중언부언하는 여자의 말을 묵묵히 듣고 있었다. 나도 당신만큼 괴로웠다고, 하루하루 살아가기가 살얼음판을 걷는 것처럼 긴장되고 성격도 신경질적으로 변했다고, 아이가 걸어오는 모습이 더는 예뻐 보이지 않는다고, 집이 지옥같이 느껴진 지 오래라고……. 치밀어 오르는 말을 삼키기 위해 눈앞에 놓인 물을 마셨다. 그 여자에게 들릴 소음을 줄이기 위해, 소음을 해명하기 위해 노력한 시간이 주마등처럼 스쳐 지나갔다. 여자가 미웠고, 동시에 안쓰러웠다. 나는 침묵을 선택했다. 그리고 집에 돌아와 남편에게 말했다. 빨리 이사 가는 게 좋겠다고.

이사 갈 집을 고를 때, 첫 번째 조건은 주택 1층이었다. 틈틈이 부동산 홈페이지에 들어가 전셋집 매물을 확인하고 밑품을 팔았다. 주택 전세의 경우, 보통은 1층은 주인 집이 살고, 2층만 세를 주는 경우가 많았다. 주택 1층 전 세는 귀했다. 우리는 곧 깨달았다. 가진 돈만으로 괜찮은 집을 구하기는 불가능하다는 것을. 집을 보러 갈 때마다 실망과 더불어 가진 돈의 부족함만 깨닫고 돌아오길 반복 했다. 그러던 중 땅콩집을 만났다. 호불호가 많이 갈리는 집이라는 공인중개사의 설명을 들으며 집 안으로 들어섰 을 때, 나는 작게 감탄사를 내뱉었다.

좁은 대지에 여러 세대가 살 수 있게 건축된 땅콩집. 내가 살 집을 만나면 푸근한 느낌이 든다더니, 처음 둘러 봤을 때 느낌이 왔다. 계단을 타고 올라가며 3층까지 이어 진 집이 마음에 쏙 들었다. '여기다!' 두 번째 들르고 결정 했다. 하루라도 마음 편히 살고 싶다는 욕망이 이끈 집이 었다. 그리고 2년 동안 아이들이 내는 소리를 무심히 넘기 며 살 수 있었다.

하지만 코로나가 장기화하면서 아이들과 집에 머무 는 시간이 늘어난 시기, 다시 초인종이 울렸다. 옆집 남자 였다. 금방 잠에서 깬 듯한 부스스한 얼굴, 반바지 아래로 훤히 드러난 맨다리.

"진짜 너무 시끄러워요. 그 집 아이들이 모닝콜입니다."

주택에 살면 층간소음에서 해방인 줄 알았는데, 벽간 소음도 있다는 걸 그때 알았다. 세대를 구분하는 벽이 얇 아서 발생하는 불행이었다. 특히 계단을 오르는 소리가 옆집에 고스란히 전달된다고 했다. 나는 깊은 밤 옆집에서 나는 개 짖는 소리를 그러려니 하고 넘겼는데, 그들에게 아침을 깨우는 아이들의 소리는 참을 수 없는 소음이었던 것이다. 옆집 부부는 밤늦게 퇴근해 오전 늦게까지 잠을 잤다. 일찍 자고 일찍 일어나는 우리 집과 전혀 다른 라이프 스타일. 두 집의 사정은 충돌했다.

한국환경공단이 운영하는 층간소음 이웃사이센터 홈페이지에 들어가 봤다. 층간소음 이웃사이센터 자료에 따르면 층간소음 신고는 2021년 46,596건으로 2019년 26,257건에 비해 두 배 가까이 늘었다. 홈페이지에는 층간소음 줄이기 생활수칙이 나와 있었다. 심야에 세탁기나 청소기 돌리지 말기, 화장실 및 부엌 사용 자제 등 권고가 있었다.[+] 그중 눈에 띄는 건 거실에서 아이들이 뛰는 소리와 문을 쾅 닫는 소리가 가장 거슬리는 소리라고 분명하게 명시한 점이다. 왜 아이들이 뛰는 소리가 가장 거슬리는 소리에 뽑힌 걸까. 나는 어디까지가 용인할 수 있는 소음이고, 어디부터가 용인할 수 없는 소음인지 생각했다. 도시는 소음의 왕국이다. 어딜 가나 공사 현장은 흔하고, 언제나 건물을 부수고 짓는 소리를 들을 수 있다. 자동차 경적소리, 싸우는 소리, 시끄럽게 떠드는 소리, 위잉 벽을 뚫는 드릴 소리, 우지끈 하고 부서지는 소리, 철거물을 트

[+] 환경부 층간소음 이웃사이센터 www.noiseinfo.or.kr

력에 옮기는 소리. 도시에서 공사 소음은 새소리만큼 흔
하다. 왜 어떤 소리는 감내할 수 있고, 어떤 소리는 거슬리
는가.

두 번째로 옆집 남자가 집에 찾아온 날, 그는 경고했
다. "뉴스에서 나쁜 마음 먹고 옆집 찾아가는 게 이해돼
요." 남자는 나를 찌르지 않았지만, 그 말은 몇 번이나 살
아나 나를 찌르고 갔다. 지난 아파트의 충간소음 공포와
불안이 겹쳤다. 한번 겪어 봤던 일이라 더 끔찍한 실감이었
다. 아이들의 모든 행동이 신경 쓰여 미칠 것 같았다. '계
단을 오를 땐 조심조심, 소리 지르거나 과격한 놀이는 금
지.' 다시 금지 목록이 늘어났다. 하지만 잠시뿐, 아이들은
다시 까르르 웃고 떠들고 싸웠다. 그럴 때마다 초인종이
울릴 것 같았고, 굳은 얼굴의 남자가 현관문 앞에 서 있을
것만 같았다. 아이들이 어린이집에 간 후에 혼자 집으로
돌아와 아침식사 후에 쌓인 설거지를 할 때도 떨어지는 물
소리가 거슬렸고, 그릇을 놓는 손길도 조심스러웠다. 실
수로 휴대폰을 떨어뜨리거나 세탁기가 탈수 중일 때도 신
경이 바짝 곤두섰다. 나는 과일과 케이크라는 뇌물을 옆집
에 두고 오기도 하고, 편지를 써서 나의 사정을 털어놓기
도 했다. 심지어 마스크를 쓰고 가서 눈물로 호소하기도
했다.

이웃집 부부는 복수처럼 이따금씩 친구들을 불러 새
벽 2시까지 파티를 벌였다. 벽을 타고 웃음과 고함이 섞인

왁자한 소리가 들릴 때면 눈이 떠졌다. 그때부터 마음속 깊이 참을 수 없는 분노가 올라왔다. 억울한 마음이 자꾸 커졌다. 남편은 옆집과 닿은 벽을 쾅쾅 두드리기도 했다. 모두 괴물이 되어 가는 것 같았다.

1년을 버티다 이사를 결정했다. 하지만 전세금이 치솟고 집값이 폭등하는 나날 속에 살 수 있는 집을 구하기는 어려웠다. 나는 옆집 여자를 찾아가 말했다.

"코로나 때문에 아이들이 집에 있는 시간이 늘어났어요. 저도 어린이집에 너무 보내고 싶어요. 확진자나 격리자가 계속 발생하니까, 마음 편히 갈 데가 아무데도 없어요. 날 좋으면 되도록 공원에 나가요. 하지만 미세먼지도 많고 추울 땐 갈 데가 정말 없어요. 집에서 아이들을 통제하기 너무 힘들어요. 하루 종일 TV를 틀어 놔도 한두 시간뿐, 계단을 오르고 놀고 싸워요. 당장 이사 가고 싶은 마음이 굴뚝같아요. 그렇지만 새집을 구할 돈이 금방 마련되지 않아요."

여자는 한숨을 푹 내쉬었다. 그날의 대화를 통해 옆집의 사정도 알게 됐다. 처음 옆집 남자가 우리 집을 찾아온 날은 일터에 코로나 확진자가 다녀가서 강제로 쉬어야만 하는 날이었다고 했다. 돈도 못 버는데 집에서 낮에 제대로 쉬지 못하니 화가 났다고. 덧붙여 옆집 여자가 물었다.

"우리 집 소리도 다 들려요?"

나는 생활패턴이 정말 다른 것 같다고 말했다. 우리는

밤에 깊이 자기 때문에 웬만한 소음에는 깨질 않지만 종종 심하다고 느낄 때도 있었다고. 혼자 깨어나서 그 소리를 가만히 듣기도 했다고. '밤늦게 식사하는구나, 친구들이 왔구나.' 개 짖는 소리도 자주 들렸다고. 우리 집에는 아이가 셋이었고, 옆집은 개가 세 마리였다.

　무리해서 또 한 번의 이사를 계획했다. 이사를 준비 중이란 말에 옆집 부부의 감정은 많이 누그러졌다. 시간이 지나면서 서로를 겨눴던 화살은 점차 다른 곳으로 향했다. 우리는 설거지하는 소리가 옆집에 고스란히 들리도록, 조금만 크게 웃어도 옆집에 다 전달되도록 소음에 취약한 집을 지은 건축가와 집주인을 원망했다. 이쪽 집의 계단과 저쪽 집의 거실 벽을 맞닿게 건축해서 생긴 문제를 왜 세입자들이 고스란히 감당해야 하는가. 더 나아가 이런 집을 짓도록 누가 용인했을까.

　공동주택에 사는 사람들이 층간소음과 벽간소음으로 얼마나 큰 갈등을 빚는지는 포털사이트 사회면만 봐도 알 수 있다. 층간소음 사건에 대한 기사 댓글은 언제나 몇백 개를 넘어선다. 온라인에서 가해자와 피해자로 나뉘어서 피 튀기는 설전을 벌이는 모습도 쉽게 목격할 수 있다.

　2018년, 2019년 두 해에 걸쳐 새 아파트 약 200단지의 바닥을 조사한 결과, 아파트 건축 기준의 소음 등급을 지킨 경우는 단 40퍼센트였다고 한다.✝ 60퍼센트의 아파트는 법이 정한 최소 기준에조차 못 미친 것이다. 이런 아

파트에서 충간소음은 매트를 깔고 두꺼운 슬리퍼를 신어
도 해결될 문제가 아니다. 그냥 생활을 할 뿐인데 이웃을
증오하게 만드는 집을 짓고 허가한 기업과 국가는 한 번이
라도 사과한 적이 있는가.

충간소음 문제가 날로 심각해지자 정부는 2022년 8월
부터 아파트를 짓고 난 뒤 충간소음 성능을 평가하는 사
후확인제를 도입했다. 또한 산학연 10개 기관이 공동으
로 참여하는 충간소음 정책협의체를 구성해 충간소음 분
쟁 해결방안과 소음저감 구조개발 지원 등을 추진한다고
밝혔다.[++] 충간소음 문제를 해결하기 위해 대책을 강구하
는 건 다행이지만, 사후확인제는 신축 아파트에만 해당된
다는 한계를 가지고 있어 이미 지어진 수많은 아파트 문제
는 여전히 입주자들의 몫으로 남겨졌다. 그리고 이웃들이
충간소음의 가해자로 서로를 고발하는 사태 속에서 집에
가장 오래 머무는 사람들은 주로 아이들을 책임지고 있는
엄마들이다.

몇 개월이 지나서야 드디어 이사 갈 집을 구할 수 있
었다. 나는 이 소식을 쪽지에 적어 가장 먼저 옆집 문 앞에
두었다. 누구보다 기뻐할 사람들이라고 생각했다. 다음
날, 현관 문고리에 와인 한 병이 걸려 있었다. 옆집 부부의

[+] 〈충간소음은 "사람들 잘못"이라고? 거대한 거짓말입니다〉, SBS 뉴스,
2022. 12. 28. 참고.

[++] 〈10개 기관 참여 '충간소음 정책협의체'〉, KTV 뉴스, 2023. 7. 26. 참고.

선물이었다. 종이가방에 삐죽 튀어나온 카드에는 "새로 이사 갈 집에서 마음 편히 와인 한잔하세요"라고 적혀 있었다. 우리는 서로가 살아가는 소리를 죽도록 미워했고, 마침내 멀어짐으로써 우아한 안녕을 할 수 있었다.

'예스'와 '노' 사이에서

"여기선 마음껏 뛰어."

공원에 도착해 집에서는 결코 할 수 없는 말을 아이들에게 했다. 집 근처에 넓은 공원이 있다는 건 행운이다. 즐겨 찾는 용지문화공원에는 야외 공연장, 놀이터, 그네 벤치, 분수, 화장실이 있다. 가까운 거리에 편의점과 카페도 있다. 가져온 물을 다 마셨거나 화장실이 급할 때 안심할 수 있다.

공원은 모두에게 열린 곳이다. 운이 좋으면 비슷한 또래를 키우는 양육자와 어울리며 시간을 보낼 수 있다. 시간 제한도, 출입 허가도 필요 없는 땅. 노인도, 아이도, 청년도, 개도, 모두가 자유롭게 오갈 수 있는 땅. 주말에는 피크닉 온 사람들로 붐비지만, 평일의 공원은 한적한 편이다. 가벼운 공놀이를 하는 가족들과 킥보드나 자전거를 타는 아이들이 자유롭게 오가는 평일의 공원은 평화롭다.

몇 년 동안 누벼 이제는 공원 지리에 빠삭해진 아이들은 세 갈래로 흩어져 각자 자신이 원하는 곳에서 놀았다. 나는 아이들이 어디에 있는지 파악하기 위해 높은 곳에 올라가 파수꾼처럼 아이들을 정찰했다. 그리고 날이 어둑해지면 아이들을 모아 집으로 향했다. 장시간 야외에서 아이를 보면 피로하지만 집에서 층간소음과 벽간소음에 마음 쓰는 것보다 나았다. 그러나 공원 역시 영원한 안전지대가 될 수 없다.

공원을 찾는 사람들은 다양하다. 바지춤에 손을 넣고 돌아다니는 할아버지도 그중 한 사람이었다. 할아버지는 눈치를 보며 계속 바지 지퍼를 내렸다 올렸다 했다. 나는 불안한 마음에 눈으로 부지런히 할아버지의 동선을 쫓았다. 아이들이 뛰노는 놀이터 근처에 오는 건 아닌지 뚫어져라 쳐다봤다. 시선을 느낀 할아버지는 한참을 놀이터 주변에서 머무르다 사라졌다. '금연구역'이라고 적힌 표지판 옆에서 담배 피우는 아저씨를 만날 때도 더러 있었다. 나는 용기를 내서 이야기했다.

"여기 금연구역인데요. 담배 피우면 벌금 물어요."

아저씨는 표지판과 나를 돌아가며 응시하더니 "스미마셍"이라고 말했다. "미안해요"라는 말을 죽어도 못 하겠다는 듯 일본어로. 이어 담배꽁초를 땅에 버렸다. 하지만 얼마 후면 다시 놀이터에 담배 냄새가 퍼졌다. 아저씨를 다시 쳐다보는 데도 용기가 필요했다. 혹시나 홧김에 거친 욕설을 하거나 몸싸움을 걸면 어쩌지, 두려움이 앞섰다. 내게 딸린 아이들을 떠올렸다. 아이들의 보호자로 한 공간에 존재하는 한, 그에게 제대로 대응하기 힘들다는 걸 본능적으로 알았다. 세 아이는 어느새 초록 불에 맞춰 횡단보도를 건널 수 있었고, 현관문 비밀번호를 외워 문을 열 수 있었다. 스스로 판단하고 할 수 있는 일은 늘어났지만 나는 마음을 놓을 수 없었다.

  하루는 아이들이 놀이터 미끄럼틀 타기를 주저하고 있었다. 안에 사람이 있다고 했다. 원형 미끄럼틀 안에 한 청년이 웅크리고 있었다. "저기 좀 나와 주시면 안 될까요?" 그에게 말을 걸었다. 그는 말없이 미끄럼틀에서 나와서 벤치에 앉더니 우리 쪽을 계속 지켜보았다. 집에 돌아와서도 기분이 찝찝했다. 혹시나 해서 성범죄자 신상정보 앱을 깔아 동네 거주자를 확인했다. 얼마 전 동네로 전입했다는 정보가 적힌 성범죄자의 얼굴이 떴다. 놀이터에서 만난 남자와 닮은 얼굴이었다. 그는 다른 지역에서 미성년자를 성폭행한 현행범이었다. 심장이 저 아래로 쿵, 떨어지는 것 같았다. 내가 본 사람이 맞는 걸까? 동네 친구인 아영에게도 소식을 알렸더니, 이미 그 사람을 알고 있다고 했다. 얼마 전에 여성가족부에서 성범죄자가 동네로 전입했다는 통지서를 받았고, 누구의 아들인지도 알고 있다고 했다.

　나는 관할 지구대에 전화를 걸었다. 성범죄자로 등록된 남자가 놀이터 미끄럼틀 안에 앉아 있었으니 순찰을 나와 달라고 요청했다. 그가 벤치에 앉아 아이들을 계속 주시했다는 말도 덧붙였다. 이야기를 하면서 알 수 없는 무력감이 들었다. 감정적인 위협을 피해라고 말할 수 있을까? 그가 성범죄자라는 걸 안 순간 머리카락이 쭈뼛 설 만큼 공포와 불안을 느꼈는데, 직접 본 현장을 주절주절 말하는 동안 '내가 유난을 떠는 건가' 의심이 들었다.

　몇십 분 후 지구대에서 연락이 왔다. 알려 준 놀이터로 출동했지만 그런 사람은 보지 못했다고 했다. 또한 아무리 성범죄자로 등록된 사람이라도, 의심 가는 행동만으로는 동선을 제한할 수 있는 권리가 없다는 설명도 이어졌다. "어떤 사고와 명백한 피해가 일어나야만 대응이 가능하다는 건가요?"라고 되물었다. 대낮의 놀이터에서도 이렇게 불안을 느끼며 살아야 하는 걸까. 경찰은 대신 낮에 놀이터 주변으로 순찰을 좀 더 돌겠다고 했다. 아이들이 그네의 손잡이가 닳도록 자주 가는 놀이터였다. 경찰의 대답을 들은 후부터는 아예 걸음 할 수 없었다.

　도시에서 아이들과 갈 수 있는 곳 중 최소한의 안전이 보장된 곳은 그나마 돈을 지불해야 들어갈 수 있다. 키즈카페, 백화점, 마트. 그곳에서 나는 돈을 쓰는 고객이므로 환대를 받을 수 있었다. 고객이 될 때만 이 도시에서 시민으로서 자긍심을 가질 수 있는 걸까. 나는 세 아이가 먹고 쓰고 입는 제품을 살 확률이 높은 소위 '파워 소비자'였다. 살 게 있다는 건 언제나 부담이자 기쁨이었다. 살 게 있다는 마음가짐이 당당하게 마트를 찾는 심리적 출입증이 되어 주었다.

비가 많이 오거나 미세먼지가 심한 날에는 키즈카페를 찾아갔다. 아이들을 위한 대형 트램펄린, 오락기, 대여용 드레스, 편백나무 놀이 공간, 볼 풀장, 슬라임. 부대시설이 다양한 키즈카페는 아이들의 천국이었다. 요즘에는 양육자를 위한 노래방과 안마기계까지 마련된 곳도 있다고 한다.

키즈카페에선 계절을 느낄 수 없었다. 언제나 적당히 시원하고 따뜻했다. 여러 대의 공기청정기가 부지런히 돌고 있었고, 수시로 직원들이 청소기를 들고 먼지와 부스러기를 청소했다. 화장실에는 아이들이 편안하게 손을 씻을 수 있게 작은 계단이 놓여 있었다. 키즈카페에선 시끄럽게 떠들어도, 방방 뛰어도 좋았다. 다만 흐르는 시간만큼 요금이 불어났다. 한 시간에 7천 원씩, 세 아이가 두 시간 놀고 나오면 음료값을 포함해 5만 원이 넘는 돈이 훅 나갔다. 여기에 별도 비용을 지불해야 하는 부대시설(슬라임, 촉각 놀이, 레고)을 이용하면 세 시간에 10만 원은 금방이다. 아이들은 종종 키즈카페에 가길 원했지만 매일 갈 수 없는 가격이었다. 나는 이벤트처럼 한 달에 한두 번 키즈카페를 찾았다.

키즈카페처럼 모든 곳이 돈을 지불했다고 상품과 서비스를 제공하는 것만은 아니다. 언젠가부터 식당과 카페를 고를 때 '노키즈존'인지 아닌지를 먼저 확인하게 됐다. 외식 장소를 선택할 때 가장 먼저 보는 것은 맛보다 아이들이 함께 식사하기 불편하지 않은지다. 이제 여기에 '노키즈존'인지를 확인해야 하는 절차까지 더해졌다.

이미 국가인권위원회는 2017년 노키즈존을 "나이를 이유로 한 합리적 이유가 없는 차별 행위"라고 판단했고 아동을 배제하지 말 것을 권고했지만 한국에서 노키즈존은 일종의 규범이 되어 가고 있다. 사업장이 노키즈존을 선택하는 데는 어떤 기준이 없으며 아무런 규제도 없다.

최근에는 '예스키즈존'이라고 표기된 식당을 보면서 기분이 묘했다. 이런 시혜적인 배려에 감사해야 하나. 예스키즈존이 늘어날수록, 역설적으로 노키즈존의 존재가 뚜렷하게 느껴졌다. 어린이가 들어갈 수 있는 공간이 제한적이라는 사실이 명백하게 느껴졌다. 어른들이 공간에서 누리는 쾌적함은 경제 논리와 직결된다. 노키즈존을 외치는 사람들에게 아이들과 양육자는 함께 세상을 살아가는 동등한 시민이 아니라 귀찮고 피곤한 소비자에 불과하다. 효율과 속도에 방점을 둔 사회에서 어린이들은 언제까지나 불청객일 것이다.

도시의 공간을 구성하는 데 있어서 아이들의 목소리는

쉽게 배제된다. 천편일률적이라 비난받는 알록달록한 놀이터도 아파트 단지 내에서나 흔하지, 주택가에서는 찾기 어렵다. 창원은 계획도시라 공원과 놀이터가 주거지 곳곳에 있는 편이지만, 제대로 관리가 되는지 의문이 들 때가 많다. 깨진 미끄럼틀이 한참 방치되고(민원을 넣었으나 두 달 동안 그대로였다. 출입을 금하는 안내문만 붙었을 뿐), 안전을 위해 깔았다는 우레탄 소재 바닥은 여름이면 운동화에 쩍쩍 달라붙고 수상한 냄새가 났다.

엄마들에게 집을 지키는 일은 험난한 모험이다. 층간 소음 항의를 들을까 마음 졸이고, 미디어와 친숙한 아이들이 각종 유해 동영상이나 혐오 게시물을 접할까 신경 써야 한다. 거기에 반복되는 가사노동까지 더해지면서 엄마의 몸과 마음은 지쳐 간다. 바깥세상도 안전하지 못하다. 과연 아이들, 그리고 아이들과 함께인 엄마들이 편안한 마음으로 찾을 수 있는 곳은 대한민국 어디에 존재할까. 갈수록 각박해지고 위험해지는 세상 속에서 아이들을 지키는 일에 목소리를 드높이는 것은 왜 엄마들만의 몫일까.

침대 위의 평등

나는 섹스를 글로 배웠다. 즐겨 봤던 인터넷 소설, 팬픽, 만화의 세계에선 성애가 중요한 요소였다. 반하고 만나고 헤어지고 다시 만나는 그 격정 서사에서 가장 기다려지는 건, 역시 섹스 신이었다. 본격적인 섹스 전의 오묘한 긴장, '이성의 끈이 끊어졌다'라고 표현하는 난해한 순간, 어느새 온갖 신음으로 도배된 페이지. 읽다 보면 외음부 부근이 찌릿찌릿하고 머리가 몽롱해졌다. 낭만적이고, 격렬하고, 과격하고, 반드시 오르가슴에 오르는 환상적인 섹스. 피임과 청결보다 스릴과 감정이 우선인 세계. 나는 이왕이면 섹스라는 걸, 빨리 했으면 좋겠다고 바랐다. 성관계의 유무로 어른과 아이를 구분짓는 게 구태의연했다. 먼저 해버린 친구가 부러웠고 어떤 느낌일까 정말 너무 궁금했다.

그로부터 20년이 흐른 지금 나에게 섹스란 무엇인가. 두 개의 해시태그로 표현한다면 애석하게도 #노잼 그리고 #초과근무라고 말할 수 있다. 종일 일하고, 글 쓰고, 밥 차리고, 아이들을 씻기고 재우고 나면 그야말로 녹초가 됐다. 밤을 즐기는 일은 식사에 맥주 한 잔 곁들이는 걸로 충분했다. 아이들을 재우고 그대로 곯아떨어지지 않는다면, 네모난 휴대폰 액정으로 숨어들었다. 전자책 앱을 열면 도서관에 꽂힌 책처럼 읽은 책과 읽다 만 책, 읽고 싶은 책이 촘촘히 진열되어 있었다. 거기서 한 권을 선택했다. 19금 웹소설을 읽는 건 아주 쾌적한 성생활이었다. 땀 흘리지 않아도, 상대방과 나의 컨디션을 따지지 않아도 누릴 수 있는 성적 쾌감이 거기에 있었다. 하지만 나의 아늑한 쾌락은 종종 침범당했다.

"뭐 해, 미팅 한번 할까?"

은근한 제안. 남편은 섹스하고 싶을 때 '미팅'이라는 말을 빌렸다. 어쨌든 섹스도 만나야 이뤄지는 일이니 아주 틀린 말은 아니지만, 어째서 그 말에는 아무런 흥분도 기대도 되지 않을까. 나는 미지근한 커피 두 잔을 앞에 두고 마주 앉은 건조한 두 사람이 연상됐다. 다시 웹소설 주인공의 파란만장한 섹스에 몰입하고 싶었다. 하지만 웹소설 읽느라 당신과 섹스하지 못하겠다는 말은 차마 나오지 않았다.

"오늘은 컨디션이 별로야. 그냥 자는 게 좋겠는데."

말을 흐리며 거절의 의사를 밝히면 남편은 "알겠어" 하고 쉽게 받아들였다. 어색함이 잊힐 때까지 가만히 눈을 감았다.

남편과 결혼한 이유 중 하나가 이것이다. 그는 내가 섹스를 거부했을 때 유일하게 바로 받아들인 남자였다. 대개 남자들은 섹스하기 싫다는 말을 곡해했다. 내숭이고, 좋은데 한번 튕겨 보는 거라고 여기기까지 했다. 나의 섹스 거부 의사에 "널 지켜 줄게"라고 엄숙하게 선언한 남자도 있었다. 나의 성적 결정권을 전혀 염두에 두지 않는 무례한 발언에 나는 코웃음 치며 반문했다. "지켜 줘? 언제까지 지켜 줄 건데? 할머니 될 때까지?" 그 남자는 끝까지 그 상황을 낭만으로 생각하는 듯했지만.

어느새 남편은 옅게 코를 골고 있었다. 숨을 내쉴 때마다 고르게 오르락내리락하는 남편의 등을 보고 살며시 휴대폰 화면을 켰다. '해 줬어야 했나.' 찝찝한 마음이 들었다. '할걸 그랬나'와는 다른, 비참하지만 솔직한 심정이었다.

내게 오랫동안 공포였던 부부관계의 전제 중 하나는 아내는 남편의 성적 욕망을 채워 줘야만 한다는 것이다. 남편의 요구를 거절하면서도 불편한 마음이 금방 가시지 않은 이유였다. 남편이 강압적으로 섹스를 요구한 적도 없고, 섹스 거부를 수용하지 않은 적도 없지만 나는 이 무게를 분명히 느끼고 있었다. 우리는 침대 위에서 공평하지 않다.

성생활 고민을 주변의 기혼 친구들에게 털어놓을 때면 순식간에 공감의 울타리가 만들어진다. 남편과의 섹스에 불만이 없는, 적어도 할 만하다고 말하는 여성은 손에 꼽을 만큼 희소했다. 대부분은 섹스가 귀찮다고, 되도록 피하고 싶다고 말한다. 하기 싫은 체위를 억지로 하거나, 피곤한 상황에서도 해 줘야 할 것 같은 무거운 부담을 토로한다. 그것은 우리가 서로 알고 있는 고통이다.

한국 기혼 여성의 섹스 만족도가 궁금해서 찾아봤다. 하지만 통계를 찾기가 몹시 어려웠다. 책을 쓰며 자주 드나들던 통계청 홈페이지 역시 기혼 여성의 성생활을 조사한 항목은 '피임 결정권'이 전부였다. 대신 TV 프로그램 〈오은영 리포트—결혼 지옥〉에서 자체 공동조사한 결과가 눈에 띄었다. 기혼자 중 잠자리를 먼저 요구하는 쪽은 절반이 남성이며(반반이 40.8퍼센트) 여성은 6.4퍼센트에 그쳤고, 자위하는 기혼자 역시 남성은 82.6퍼센트로 높으나 여성은 38.6퍼센트로 큰 차이가 났다. 또 한 가지 주목할 통계는 섹스리스(성관계를 월 1회 이하로 하거나 거의 하지 않는 경우) 부부가 40.8퍼센트로 2016년 35.1퍼센트에서 증가한 것이다. 세계 순위로 보면 일본에 이어 2위다.[+]

물론 모든 섹스리스 부부가 문제가 되는 건 아니다. 통계에서 '섹스리스'의 '섹스'는 삽입 섹스만을 기준으로

삼았을 확률이 높다는 것을 고려할 필요도 있다. 성기 삽
입이 아니어도, 포옹과 키스만으로 충족감을 느끼는 부부
들도 있으리라. 한 논문에 따르면 합의된 섹스리스 부부
의 경우, 부부의 친밀성이 유지됐다.[**] 하지만 섹스리스에
불만이 있는 경우를 살펴보면, 성별에 따라 불만의 정도와
이유 차이가 컸다. 거부당하는 쪽이 여성인 경우는 우울
하거나 심리적 불안이 쌓였고, 남성은 성적 불안을 외도로
해소하거나 거부당한 아내에게 폭력을 행사했다. 남성은
적극적으로 성관계 거부에 대한 스트레스를 풀려고 하는
반면, 여성은 자신의 성적 욕구에 대해 모욕감을 느끼거나
남편과의 관계를 회의하고 자책했다.

　동일한 사람과 몇 년, 몇십 년 섹스하면서 항상 좋을
수는 없다. 섹스는 차츰 심플해지고, 기대도 낮아지며, 횟
수 역시 줄어든다. 비극은 파트너의 요구에 산뜻하게 응
하거나 거절하기가 어려운 성별이 있다는 것이다. 많은 여
성이 자신의 성적 취향과 성적 요구를 파트너에게 말하는
것이 익숙하지 않다고 말한다. 거절 의사를 밝히는 것도
어려워 성관계를 눈 질끈 감고 감내하는 일도 더러다. 이런
이야기는 그야말로 '집안일', '부부의 문제'로 취급받으며,

[✦]　MBC〈오은영 리포트─결혼 지옥〉에서 '강동우성의학연구소',
　　'우리피플즈'와 함께 자체 공동조사한 통계. 2022년 6월 27일, 7월 4일
　　방영분 참고.
[✦✦]　정소은,〈섹스리스 부부의 친밀성과 관계유지에 대한 여성주의적 분석〉,
　　동덕여자대학교, 2018 참고.

말할 수 있는 문이 굳게 닫혀 있다. 성 착취, 성폭행 등 성범죄가 끝없이 발생하는 한국에서 여성에게 성 경험 말하기는 어떤 위험을 무릅쓰는 일이기도 하다.

최근에 만난 한 친구는 부부 모두가 가지는 부담에 대해서 털어놓았다.

"여전히 남편이 좋아. 젊을 때처럼 타오르진 않아도 섹시해. 근데 섹스하다가 자주 멈춰. 성기가 안 서니까. 그럼 남편이 너무 미안해하는 거야. 차라리 자기 성기가 사라졌으면 좋겠다고 자학까지 한다니까. 안타깝기도 하고."

현명한 데다가 다정하기까지 한 친구는 남편에게 이렇게 말한다고 했다.

"괜찮아, 다음엔 더 좋을 거야."

그다음이 또 만족스럽지 않을 거라는 걸 알면서도 말이다. 남편과 샤워를 하고 맛있는 걸 먹으며 다시 기분을 좋게 만드는 데 집중한다는 친구의 노력은 어떤 의미에선 눈물겹다. 그러나 오직 단단한 성기로만 성적 만족감에 다다를 수 있을까. 이토록 일방적이고 단순해서 슬픈 이야기는 많은 곳에서 재현되고 있었다.

나는 남편에게 당신도 친구들과 섹스 고민을 이야기하냐고 물었다.

"하지. 섹스가 부담이라는 남자들 많아. 와이프가 샤워하는 소리가 들리면 자는 척한다는 형도 있고."

'가족끼린 섹스 안 해', '밤이 무서워요'처럼 유머로 소비되는 섹스의 공포는 현실의 문제다. 인터넷 커뮤니티에는 조루, 발기부전과 관련한 게시물이 차고 넘친다. 남성들 역시 파트너의 만족을 위해 부담을 안고 있다. 오로지 꼿꼿한 남자의 성기에 의존한 삽입 섹스는 부부 모두에게 부담스러울 뿐만 아니라 섹스의 재미를 국한시킨다. 만약 성기를 대신할 섹스토이가 있다면, 사정이 목표가 아닌 섹스를 추구한다면, 좀 더 자유로운 섹스를 즐길 수 있지 않을까?

더 좋은 섹스에 대한 상상이 힘든 것은 기혼 남녀만의 문제가 아니다. 한국은 1인당 섹스 산업에 대한 소비가 세계에서 가장 높지만, 섹스 만족도는 세계에서 가장 낮은 국가에 속한다.[+] 전국 만 18~54세 남녀 천 명을 대상으로 한 조사에서 코로나19의 영향으로 성관계 횟수가 감소했다고 대답한 사람은 24.9퍼센트였다. 이유는 스트레스, 시간 부족, 개인 생활 공간의 부족 순이었다.[++] '숟가락 들 힘만 있으면 섹스할 생각이 난다'는 말은 과한 농담이 됐다. 과로에 시달리는 사람에게 상대방과 관계를 맺고 섹스에 공을 들일 시간을 상상할 여유가 있을까. 섹스 역시 말 그대로 '초과 업무'가 될 수밖에.

한국 사회에서 섹스는 여전히 말하기 힘든 주제지만

[+] 〈한국인 성생활 만족도 조사대상 18개국 중 17위〉, 〈스포츠서울〉 2018. 6. 2. 참고.

[++] 성인용품 전문기업 '텐가코리아'의 자체 조사 결과 참고. selfpleasurereport.com

120

기혼 여성일 경우, 더욱 어렵다. 얼마나 많은 부부들이 섹스 문제를 덮어 두고 있는 걸까. 혹은 괜찮다고, 부부란 원래 이런 것이라고 자위하고 있을까. 많은 부부에게 섹스는 파트너와 유대감을 느끼는 기쁨이 아니라 의무고, 때로 절망이다. 나는 궁금했다. 기혼 여성들에게 성별에 따른 불평등이 즐거운 섹스를 막는 큰 걸림돌이라면 동성애 커플은 어떨까.

성과학자들은 엄밀히 따지면 동성간 섹스가 이성간 섹스보다 만족도가 높을 수밖에 없다고 말합니다. 나와 상대의 몸에 관한 이해도가 동성간에 더 높을 수밖에 없다는 점, 몸 말고도 일상생활의 문화까지 공유하기 때문에 몸짓과 눈짓을 잘 이해해서 더 자연스럽게 보디랭귀지를 나눈다는 점, 미리 정해진 형식과 구실이 없기 때문에 더 풍부한 성적 상상력을 발휘하고 새로운 시도를 한다는 점 등을 장점으로 꼽습니다.
– 한채윤, 《여자들의 섹스북》에서

나는 친한 레즈비언 친구에게 물었다. 파트너에 대해서 성적 만족감이나 의무를 얼마나 느끼는지. 친구 커플은 같은 성별이므로 서로의 몸에 대해서 잘 알고 있다는 게 큰 장점이라고 말했다. 꼿꼿하게 선 성기에 대한 부담이 없었으며, 오로지 서로의 질이 얼마나 젖어 들어가는지

가 중요했다. 친구가 섹스에 쏟는 열정은 아름답기까지 했
다. 다양한 섹스토이, 때로 얼음을 동원하기도 했고, 많은
시간을 애무에 할애해 파트너의 성감대를 탐구해 갔다. 물
론 세월이 흘러 그들의 섹스가 어떻게 달라질지는 모른다.
하지만 지금 그들의 섹스에서 위계는 없어 보였다.

　지난여름, 단편소설을 한 편 썼다. 제목은 〈서칭 포 오
르가슴〉. 한겨레문화센터에서 조우리 작가가 강의하는 단
편소설 수업 과제로 냈다. 출산과 함께 오르가슴과 완전히
멀어진 여성 '고정'의 이야기였다. 에세이인지 소설인지 분
간이 안 될 정도로 나의 욕망이 진솔하게 투영된 소설이었
는데, 도무지 결론을 짓기가 힘들었다. 무엇이 고정의 욕
망을 위한 길인지, 어떻게 하면 잃어버린 오르가슴을 찾을
수 있을지 확신이 들지 않았다. 결국 고정은 성인용품 가
게에서 딜도를 사서 멋진 호텔에서 혼자 자위를 하는데,
어쩐지 그 결말이 시원하지 않았다. 고정이 혼자 절정에 오
르는 장면이 좀 고독해 보였다. 자신 있는 결말이 아니어
서 소설은 어딘가에 공개되지 못한 채 다시 노트북 속에서
잠들게 됐다.

흐르는 시냇물처럼

우울증이 끔찍한 이유 중 하나는 무기력에 있다. 아무것
도 할 수 없고, 하고 싶지 않은 시간의 연속. 아침에 눈뜨
면 거부할 수 없는 진실과 함께 깊은 절망감이 밀려온다.

다시 하루가 시작됐다.

아이들은 눈뜨자마자 경쟁하듯 품에 안긴다. "엄마
(자는 동안) 보고 싶었어"를 외치며 팔에 얼굴을 비빈다.
안아 달라고 칭얼대는 아이들의 등과 머리를 쓰다듬어 주
며 나는 아침이 왔음을 겨우 받아들인다. 아이들의 아침
밥을 차려야 하고, 등교 준비를 해야 한다는 사실을 계속
떠올린다. 내가 일어나야만 완료되는 타인의 어떤 순간.

부엌에서 계란프라이를 부치고, 조미용 김을 뜯고, 찌개를 데웠다. 그나마 기력이 있을 때 만들어 둔 찌개나 국이 있어서 다행이었다. 세 아이는 자신이 먹고 싶은 만큼 밥을 퍼서 자리에 앉았다. 남편은 밥을 먹을 때도 있고, 사과나 샐러드를 먹고 갈 때도 있었다.

아이들이 등교하면 설거지거리를 개수대에 밀어 넣고 샤워를 한다. 에너지가 올라왔을 때 씻는 게 좋다. 온몸을 따뜻한 물에 씻고 나면 더 좋아진다는 걸 믿는다. 집 밖으로 나가지 못하더라도, 외출 준비가 되어 있는 몸을 만들어 두면 분명 언제든 도움이 될 테니까.

아이들이 큰 가방을 메고 등교를 하는 것처럼, 나도 노트북과 책이 든 가방을 들고 카페나 도서관에 가서 작업하는 게 평일의 루틴이지만 무기력이 찾아오면 자석에 끌리는 철처럼 다시 집으로 돌아오곤 했다. 아무에게도 들키고 싶지 않은, 충분히 한심해도 좋은 시간. 다시 잠옷으로 갈아입고 침대 속으로 기어들었다. 죄악처럼 느껴졌던 낮잠이 아무렇지도 않다. 이불 속은 훌륭한 피난처다. 햇빛이 닿으면 타들어 가는 드라큘라처럼 이불을 머리끝까지 뒤집어쓴다. 몸을 웅크리고 가만히 있으면 스르르 잠이 든다. 잠이 깨 시간을 확인해 보면 겨우 오전 11시쯤이 돼 있다. 지금 나가도 늦지 않을 텐데.

일어나서 할 수 있는 일들을 떠올려 봤다. 글을 쓰고, 책을 읽고, 바뀐 계절의 바람도 느낄 수 있을 것이다. 나간

김에 마트에 가서 저녁거리를 사 와도 좋고. 집에만 있어
도 할 일은 얼마나 많은가. 쌓인 빨래를 돌리고, 보리차를
끓이고, 아침 설거지를 할 수 있다. 그리고 앉아서 몇 줄이
라도 쓸 수 있다면. 할 수 있는 일을 생각하는 건 그쯤에서
그만뒀다. 다시 눈이 감겼다. 잠 속으로 거역할 수 없이 끌
려 들어갔다. 낮에 30분에서 한 시간만 눈을 붙여도 개운
했던 20대 시절을 떠올리면 분명 이상했다. 무기력증이 심
할 땐 자도 자도 졸렸다. 쉬고 나면 기분이 나아질 거라 기
대하는 마음은 애초부터 존재하지 않았다.

　사람들에게 무기력을 설명할 때가 가장 창피하고 어렵
다. '아무것도 하고 싶지 않은 상태'는 누구나 바라는 휴
식의 상태기도 하니까. 무기력하다는 고백은 자신의 몸과
컨디션을 조절하는 데 실패한 사람, 게으른 사람, 엄살이
심한 의지박약의 사람처럼 느껴지게 했다. 나는 그 편견에
서 자유롭지 못했다. 처음 무기력증이 찾아왔을 때 스스
로가 한심하고 미웠다. 남들은 다 하는 일상생활을 제대
로 하지 못한다는 낭패감, 겨우 외출 준비를 마치고 운동
화를 신고 현관문을 열고 나갔다가 엘리베이터 버튼을 누
르지 못하고 다시 집으로 돌아와 가방을 내려놓을 때의
절망감.

　카메라 앱에서 필터를 선택하는 것처럼, 우울증이라는
필터로 본 세상은 달랐다. 내리쬐는 햇살이 아름다운 축
복처럼 느껴지는 날이 있는가 하면, 어느 날의 햇살에서는

고통스러운 절망을 느꼈다. 내가 어떤 상태인지에 따라 세상을 보는 필터가 완전히 달라지는 느낌이었다. 의욕이 솟는 날도 있었지만, 깊은 우울에 잠겨 사라지고 싶은 날이 있었다. 3년간 나의 우울증을 지켜본 정신과 의사는 '반복성 우울증'이라고 진단했다.

"완치할 수 있나요?"

의사에게 물었다. 매일 자살충동에 경도됐을 때보다는 나은 상태라고 생각했다. 이만하면 우울증도 견딜 만하다고 여긴 적도 있다. 하지만 이를 비웃듯이 끔찍한 무기력과 우울증이 다시 덮쳤다. 평생 이 절벽 같은 간극을 반복하며 살아야 할까. 언젠가 이 지긋지긋한 우울증과 영원히 작별할 수 있을까.

"어렵죠. 감기에 취약한 사람이 있다고 상상해 봐요. 남들보다 더 신경 쓰고 자신의 몸을 더 돌보잖아요. 우울증도 마찬가지예요. 수미 씨는 남들보다 감정에 더 취약한 사람인 거죠. 힘들 때 조금 더 쉬어야 하는 사람."

이후로 나는 조금 좋아졌다고 방심하지 않고 꾸준히 정신과 약을 챙겨 먹었다. 그리고 아이들이 하교하기 전에 30분이라도 쉬는 시간을 확보하기 위해 애썼다. 지친 몸으로 아이들을 만나면 작은 갈등에도 화가 나고 또 스스로를 미워할 게 분명했다. 나 혼자의 우울은 감당할 수 있었지만, 아이들에게 퍼져 나가는 우울함은 견디기가 힘들었다. 죄책감에 스스로를 파괴하고 싶어지는 최악의 상태는 면하고 싶었다.

글을 쓰는 일이 우울을 증폭시킬 때도 있었다. 어느 날 나는 쓸 수 없다고 느꼈다. '나는 우울증에 대해서 쓸 자격이 없어. 분명히 독자에게 공격당할 거야.' 불안과 망상에 사로잡혔다. 마침 정신과에 가는 날이었다. 택시 안에서부터 눈물이 주룩주룩 흘렀다.

"너무 겁이 나요. 글을 못 쓰겠단 생각이 들어요."

의사는 내가 우울증에 대한 책을 쓰고 있다는 것을 알았다.

"수미 씨, 다시 시작할 수 있어요. 다시."

의사는 '다시'라는 말에 힘을 주어 말했다. 정말 다시 쓸 수 있다고 믿고 싶을 정도로 명료하게. 행운을 빌어 주듯 따뜻하게. 나는 '다시'라는 말을 되새기며 병원을 벗어났다. 며칠 후, 놀랍게도 의사의 말대로 다시 글을 쓸 수 있었다.

우울증과 함께 살아간다. 행복과 보람이 그러하듯, 진득하게 고인 우울함도 언젠가는 흘러간다. 불현듯 찾아오는 무기력과 우울함을 바라보는 건 여전히 고통스럽지만, 이 책을 쓰는 동안만큼은 좋은 재료가 됐다. 쓰는 사람이기 때문에 고통도 자원이 될 수 있었다.

어느 아침, 세 아이의 현장체험 도시락을 싸기 위해 볶음밥을 만들고 있을 때였다. 지루한 식사 준비 시간을 견디기 위해 나는 종종 음악을 틀어 놓곤 했다. 그날은 다니

얼 시저의 〈올웨이즈Always〉를 반복해서 들었다. 호소력 짙은 그의 목소리를 듣다 보니 야채 볶기도 애틋해졌다. 눈물이 날 것 같았다. 결국 조리를 중단했다. 막내가 곁에 다가와 있었다.

"노래가 너무 감동적이야."

눈물이 맺힌 채로 막내에게 말했다. 미친 사람처럼 보이는 것, 밥하다 우는 이상한 엄마로 비춰지는 것이 두렵지 않았다. 막내를 안고 블루스 추는 것처럼 몸을 흔들었다. 나는 충동적으로 퇴근길에 광안리 가는 버스를 타고 바다를 보러 갈 만큼 낭만을 사랑하는 사람이었다는 걸 새로이 자각했다. 순간 내가 잃어버린 것과 얻은 것이 동시에 느껴졌다. 블루투스 스피커를 연결해, 듣고 있던 노래가 거실에 울려 퍼지게 했다.

"이 노래 너무 좋다, 다 같이 듣자."

세 아이에게 이렇게 말하며 노래가 흐르는 거실에 우뚝 서서 일상의 고단함과 음악이 주는 황홀을 느꼈다.

함께 있을 수 없다고 생각한 것들도 실은 공존할 수 있다. 시냇물에 선을 그을 수 없듯이 인생의 불행과 행복도 명료하게 나눌 수 없다. 소셜미디어에 박제된 순간의 기쁨과 우아한 슬픔은 삶의 아주 작은 부분만을 보여 줄 뿐이다. 삶의 우울함 속에도 기쁨이 있고, 기쁨 속에도 우울함이 있다. 모두 뒤섞이고 한데 뭉쳐 굴러간다. 끝없이 변주하며 흘러간다.

3장.

엄마이기만
해서는
곤란한

애 엄마의 커리어

금요일 저녁, 오랜만에 친구 아영이 아이들을 데리고 집에 놀러 왔다. 몇 개월 만에 보는 반가운 얼굴들이었다. 아영은 현관에 들어서며 선물을 건넸다. 일하는 가게에서 자신이 만든 마카롱이라고 했다. 곱게 포장된 흰 상자를 여는 마음이 설렜다. 상자 속에는 요거트, 레몬, 치즈…… 다양한 맛의 마카롱이 가득 들어 있었다. 아이들이 환호성을 지르며 너도나도 손을 뻗어 좋아하는 맛의 마카롱을 하나씩 가져갔다. 나도 얼른 솔티캐러멜 맛을 집었다. 비닐을 벗겨 민트색 마카롱을 한입 베어 물었다. 적당히 달고 짜고, 내가 딱 좋아하는 맛. "너무 맛있어요" 하고 호들갑을 떨며 아영의 솜씨를 경탄했다.

거실에 둘러앉아 우리는 서로의 안부를 바쁘게 나누

었다. 나는 물끄러미 아영의 거친 손을 바라보며 그동안 그가 만든 마카롱은 몇백 개나 될까 생각했다. "일은 할 만해요?" 내가 묻자 아영이 대답했다.

"언니, 저 독으로 일해요. 일하는 엄마들은 다 독품꾼 이라니까요."

'독품꾼'이라는 표현에 웃음이 터졌다. 아영은 디저트 가게에서 일했다. 평소 제과제빵에 관심이 많았던 아영에 게는 돈 벌면서 일을 배운다는 게 보람이었다. 그래서 '독 품꾼', 말 그대로 독을 품고 일했다. 주어진 한 시간의 점 심시간도 다 사용하지 않았다. 누구는 노동자의 당연한 권리를 왜 반만 누리냐고 못마땅하게 말했지만, 아영에게 는 사장에게 성실한 직원으로 인정받는 게 그렇게 중요한 일이었다. 자신의 쓸모를 절절하게 증명해야만 정직원이 될 수 있다고 믿었다. 남들처럼 평범하게 일하는 것으론 부족하다고, 그렇게 해야 '학원비 벌러 나온 애 엄마'가 아 닌 '성실한 직원'으로 인정받을 수 있다고 생각했다.

디저트 가게에는 직원이 세 명 있었다. 그들은 모두 아 이를 돌보는 엄마였고, 최저시급을 받으며 일했다. 아영의 눈에는 보였다. 일터에서 흠 잡히지 않기 위해 아득바득 살아가는 모습들이. 함께 일하는 현정 씨는 아홉 살 아이 를 둔 엄마였다. 그는 2년 동안 일하면서 한 번도 지각을 한 적이 없었다. 월요일부터 토요일까지 꼬박꼬박, 아이가 아플 때는 친정엄마에게 아이를 맡기고 출근했다. 아영은 일하는 엄마의 고충을 아는 현정 씨와 마음이 잘 통했다. 현정 씨와 바쁜 와중에도 농담을 주고받으며 일의 고단함을 나눴다.

현정 씨는 대학에서 한식 조리를 전공했다. 스물한 살에 아이를 낳은 후 백화점 판매직, 박람회 단기 알바, 식당 홀서빙, 카페 음료 제조 등을 하며 쭉 쉬지 않고 일했다.

"아이 맡길 데는 있어요?"

업주들은 현정 씨의 아르바이트 경력보다 아이를 맡길 곳이 있는지를 먼저 궁금해했다. 그 질문은 이를테면 최후의 관문이었다. 현정 씨는 급하면 아이를 맡길 시댁이 집 근처에 있다고 꿋꿋하게 말했다.

'애 엄마'라는 사실이 장점으로 통한 유일한 일터는 유아용품점이었다. 아이를 키우는 엄마이기 때문에 유아용품에 대해 더 잘 알 거라고 생각했을까. 하지만 유아용품의 세계는 방대했고, 현정 씨도 당연히 모르는 게 많았다. 한 시간 일찍 가게에 도착해 개월 수에 맞는 젖병을 고르는 법, 옷 상세 사이즈, 각기 다른 브랜드의 유아차 접고 펴는 법을 달달 외우다시피 했다.

다양한 일을 해 봤지만, 디저트 만들기는 처음이었던 현정 씨는 관련 경력이 없는 자신을 사장님이 "써 줘서" 고맙다고 말했다. 야단을 맞거나 힘들어서 그만두고 싶을 때마다 함께 일하는 아영을 보면서 이겨 냈다.

아영은 일한 지 다섯 달 만에 정규직이 됐다. 마침 직원한 명이 그만뒀기 때문이다. 가게에서 4대 사회보험을 들어 주긴 했지만, 최저시급을 받던 파트타이머 시절에 비해 월급이 크게 오르진 않았다. 대신 남은 재료를 파악해서 제때 거래처에 주문해야 하는 등 책임져야 할 업무는 훨씬 늘었다. 그래도 아영은 정직원이 되어 좋아한다. 어딜 가도 이만한 대우를 받지 못할 거라고 말한다. 아영은 남편과 운영하던 식당을 접은 후 한식, 중식, 양식 조리사 자격증을 땄지만 그 자격증이 취업에 큰 도움을 주진 않았다. 30대 중반의 나이, 육아하는 엄마라는 말에 프랜차이즈 카페에서도, 또 다른 빵집에서도 번번이 취업에서 미끄러졌다. 아영 또한 자격증들이 월급을 올려 받을 수 있는 '자격'이 될 수 있다는 생각은 하지 못했다. 식당에서 일할 때, 아영은 손이 빠르고 일머리가 좋은 홀서버였다. 하지만 이런 아영의 경력 역시 채용 과정에서 별다른 득이 되지 않았다.

마침 나도 파트타임 일자리를 찾던 중이었다. 들쭉날쭉한 돈벌이 대신 매일 출근해서 일한 만큼 돈을 벌고 싶었다. 한 달에 80만 원이라도 고정수입이 있다면 얼마나 좋을까, 글쓰기 말고 할 수 있는 일이 뭐가 있을까, 매일 궁리했다. 아이들이 유치원과 학교에 간 사이, 오전 9시부터 오후 2시까지 할 수 있는 일을 찾다 보면 대개 마트, 카페, 식당, 편의점이 후보에 올랐다. 빵 포장이나 음료 만들기는 20대에도 여러 번 해 본 적 있으니 금방 배울 수 있으

리라 자신했다. 그러나 동네 빵집 구인광고의 자격 요건에
는 명료하게 적혀 있었다. "휴학생, 대학생 우대." 시내 카
페도 마찬가지였다.

임신, 출산, 육아로 인한 여성들의 커리어 중단은 흔
한 이야기다. 아무리 학력이 높아도, 경력이 대단해도 여
성들은 '경력단절'이라는 벽에 부딪힌다. 경력단절 여성이
직장을 그만둔 사유로는 육아가 가장 많다(42.8퍼센트).
그 뒤로 결혼(26.3퍼센트), 임신출산(22.7퍼센트), 가족돌
봄(4.6퍼센트), 자녀교육(3.6퍼센트) 순이다.[+] 대부분 엄
마들은 커리어를 유지하는 데도, 커리어를 중단하는 데도
고통이 따른다. 엄마 역할에 대한 기대와 압력이 높은 사
회에서 여성들은 육아와 일, 둘 중 하나를 선택해야만 하
는 갈림길에 선다. 육아휴직 쓰기가 눈치 보이는 직장문화
나 대체인력이 부족한 상황은 개인의 능력만으로 해결할
수 없다.

그리고 커리어 자체가 없는 엄마들이 있다. 10대 후반
이나 20대 초반에 아이를 가진 여성들이 그렇다. 그들은
대학 진학이나 사회 진출을 할 시기에 육아 집중기를 거친
다. 진로를 고민할 시간도, 자기 자신을 탐구할 시간도 주
어지지 않는다. 애초에 단절될 경력도, 돌아갈 일터도 없
다. 경력 있는 여성들도 다시 일을 시작하기 힘든 세상에서

[+]　통계청, 〈2022년 상반기 지역별 고용조사 기혼여성의 고용 현황〉 참고.

이들이 가질 수 있는 선택지는 몇 개 없다. 그들은 더 열악한 환경, 질 낮은 일자리, 비정규직, 파트타임을 숙명처럼 받아들인다. 이런 환경에서 최저시급은 최소한의 안전 보장이다.

친구 인남은 얼마 전 콜센터에 면접을 보고 왔다. 아들이 여덟 살에 접어들며 잔병치레도 줄고 기관에 안정적으로 맡길 수 있는 시간도 늘어나면서, 고정적인 일 생각이 커지던 참이었다. 단정하게 옷을 챙겨 입고 면접 장소로 향하면서 인남은 어떤 계획을 세웠을까.

꼿꼿하게 허리를 세우고 나란히 앉은 면접자들에게 면접관은 공통 질문을 했다. 당신의 장점은 무엇이냐고. 인남은 당당하게 말했다.

"아들을 신생아 때부터 지금까지 8년 동안 혼자 키웠어요. 저는 이렇게 책임감이 강한 사람입니다."

면접관의 표정이 미묘하게 달라졌다. 이후 인남은 다른 면접자들이 여러 질문에 답할 동안 아무런 질문을 받지 못했다. 인남에게 육아는 자긍심을 주는 일이었지만 이혼 후 혼자서 아들을 키웠다는 사실은 취업에 경력도 장점도 되지 않았다. 또 다른 편견으로 작용했을 뿐이다.

돌봄이라는 무지막지한 책임감을 온몸으로 수행하는 엄마들은 누구보다 책임감이 강하다. 하지만 세상의 일터에서 엄마는 '언제든지 그만둘 것 같은 책임감 없는 노동자'로 취급된다. 그래서 일을 원하는 엄마들은 스스로 '독

품꾼'이 돼야 한다고 세뇌한다. 경제협력개발기구(OECD) 회원국을 대상으로 2013년부터 실시한 유리천장지수 평가에서 11년째 꼴찌인 한국에서 여성이 아이를 낳는 일은 여전히 나쁜 거래다.[+]

✦　1) 〈한국 여성에게 결혼은 '나쁜 거래'…… 성평등 없이 출산율 반등 없다〉, 〈한국일보〉 2022. 9. 29. 참고.
　　2) 유리천장지수: 영국의 시사주간지 〈이코노미스트〉가 OECD 30여 개 회원국을 대상으로 직장 내 여성차별 수준을 평가해 발표하는 지수.

200만 원이면 어깨가 펴진다

2021년 봄, 첫 책을 세상에 내보냈다. 어떤 우연과 행운이 불현듯 교차하며 생긴 놀라운 사고였다. 책을 내기 얼마 전, 나는 육아와 글쓰기를 병행하는 게 불가능하다고 느꼈다. 10년 이상 방송 프로그램 원고, 매거진 기사, 신문 칼럼 등 다양한 글을 써 왔다. 육아하면서 꾸역꾸역 시간을 만들어 냈지만, 코로나 사태까지 맞물리자 시간을 쪼개는 것도 한계에 다다랐다. 아이들의 성장과 더불어 새롭게 해야 할 일은 점점 늘어났고, 나는 작업과 육아, 둘 중 하나를 선택해야 하는 벼랑으로 몰렸다. 마침내 '포기'라는 말을 떠올렸다. 나의 첫 책 《애매한 재능》은 '마지막으로 딱 한 번만 더 써 보자' 하는 미련과 끈기가 낳은 글들이었다.

출간 직후 흥분과 우울, 두려움과 기쁨이 뒤섞인 기묘한 날들이 이어졌다. 동료 작가는 그걸 '출간 블루'라고 부른다고 알려 주었다. 1년 가까이 고생해서 책이 나왔다는 감동, 알 수 없는 울적함에 롤러코스터에 올라탄 듯 감정이 오르내렸다. 마음도 조급해졌다. 더 다양한 소재로, 더 많은 글을 써서 독자와 업계 사람들에게 작가로서의 가능성을 증명해야 한다고 느꼈다. '더 많은 이야기가 있다고 보여 줘야 해. 반짝 관심으로 그쳐선 안 돼. 이 기회를 또 다른 제안으로 이어 가야 해.'

글쓰기 플랫폼에 글을 쓰기 시작했다. 1년 정도 꾸준히 글을 올렸다. 새 글에 독자들의 댓글이 달리면 기뻤지만, 기고나 출판 제안으로 이어지지는 않았다. 그 사실이 절망스러웠다. 속을 파고드는 자괴감에 괴로웠다. 《애매한 재능》에서 무언가가 되는 일에 집착하기보다 그냥 하고 싶은 일을 계속하자고, 그 꾸준함을 소중히 여기자고 열렬히 말해 놓고 다시 '두 번째 책을 낸 작가 되기'에 바둥대는 꼴이라니.

평소 알고 지내던 리포터 언니에게서 방송작가 자리를 제안받은 건 그 무렵이었다. 마침 언니가 속한 팀의 서브 작가가 임신으로 일을 그만두게 됐다고 했다.

"매일 출근 안 해도 되고, 작은 코너 맡는 거니까 크게 부담도 없을걸? 무엇보다 팀원들이 정말 좋아. 옛날처럼 힘들게 일하지도 않고."

언니와 함께 일했던 추억들이 하나둘씩 떠올랐다. 하지만 방송작가로는 20대에 5년 정도 일한 경험이 전부고, 방송 일을 그만둔 지도 10년이나 지났으니 공백을 무시할 수 없었다. 방송 일은 절대 안 하겠다고 방송사를 뛰쳐나왔던 과거도 발목을 잡았다. 방송작가가 되고 싶었던 날들도 있었지만, 죽어도 방송작가는 하기 싫은 날들이 있었다. 프리랜서 작가라는 불안정한 위치, 적은 급여, 주말도 없이 일해야 했던 노동강도는 10년 전과 얼마나 달라졌을까. 그땐 딸린 식구라도 없었지만, 세 아이가 갑자기 아플 수도 있고, 방학 때는 시간을 내기가 더욱 불가능하다.

머뭇거리는 나를 언니는 끈질기게 설득했다. 정 안 되겠으면 하루 정도 촬영에 빠져도 된다고, 그 정도 사정은 봐 줄 수 있는 팀이라고 강조했다. 그리고 결정타를 날렸다. 한 편당 원고료가 50만 원쯤 된다고. 한 주에 한 편씩, 회당 50만 원이면 한 달에 200만 원이었다. 아이를 낳고 나서 그렇게 정기적으로 목돈을 번 적이 없었다.

다음 날 〈비닐회담〉이라는 TV 프로그램의 메인작가라고 자신을 소개하는 차선영 작가에게서 전화가 왔다. "여보세요." 목소리 톤에서 그가 연륜 있고 일 잘하는 작가라는 확신이 들었다. 끊김 없이, 어색함 없이 말이 흘러나왔고, 상대에게서 어떤 말이 나오더라도 설득하고 말겠다는 자신감이 넘쳤다. 그와 대화하면서 섭외가 8할인 방송작가의 일이 실감 나기 시작했다. 결국 차선영 작가는 내게서 오케이를 끌어냈다.

"정말 괜찮으시겠어요?"

메인작가는 마지막 확인처럼 되물었다. 고민이 많았던 내가 어느새 힘주어 대답하고 있었다.

"네."

KBS창원 〈비닐회담〉의 서브작가가 된 나는 3분 분량의 코너를 맡았다. 메인작가가 아니라는 점, 짧은 구성 원고를 쓴다는 점이 오랜만에 방송 일을 한다는 부담을 덜어 주었다.

제작진과 첫 미팅을 위해 방송사를 찾은 날. 나는 모처럼 코트를 꺼내 입었다. 겨울에는 패딩, 봄 가을에는 점퍼, 여름에는 티셔츠를 유니폼처럼 입고 다니다가 이날은 구두를 꺼내 신고 립스틱을 발랐다. 함께 일할 동료들에게 잘 보이고 싶었다.

제작진은 한 사람을 제외하고 모두 젊은 여성이었다. 따뜻한 커피를 앞에 두고 일 이야기를 차분히 나누었다. 방송 일이 오랜만이니 잘 보고 배우겠다는 나의 말에 메인작가는 단호하게 말했다.

"배움은 무슨, 작가님이 우리에게 힘이 돼 줘야죠!"

냉정하지만 맞는 말이었다. 덕분에 나도 정신을 차렸다. 겸손은 접어 두고, 할 수 있는 최선을 다해야지.

〈방송작가 집필 표준계약서〉라는 문서는 메신저로 전송됐다. 원고료를 가장 먼저 확인했다. "원고료 55만 원."

책 한 권을 팔면 정가의 10퍼센트인 1,500원이 내 몫으로 돌아왔고, 매거진 원고는 한 편 쓰면 30만 원(보통 한 달에 두 편 정도를 썼다), 신문 칼럼은 한 편당 4만 원이 고료였다(7주에 한 편씩 기고했다). 모두 합쳐 한 달에 60만 원 정도를 벌었다. 원고료 55만 원에서 3.3퍼센트의 세금을 떼도 50만 원이 넘었다. 나는 매달 200여 만 원을 벌 수 있다는 사실에 들떴다. 벌써 통장에 돈이 입금된 것처럼 든든했다. 매주 통장에 50만 원이 입금되면 어떨까. 우선 망설이지 않고 먹고 싶은 디저트를 살 것이다. 아이들이 원하는 장난감도 덜 고민하며 살 수 있을 것이다. 배달음식을 시킬 때 중자와 대자 사이에서 고민하는 일도 줄겠지.

첫 미팅을 마치고 집을 향해 걷던 중에 식물 카페 앞에서 걸음이 멈췄다. 다양한 생김새와 크기의 화분들이 진열되어 있었다. 얼마 전 친구에게 몬스테라 화분을 선물받으며 식물 키우기에 흥미를 느끼고 있었다. 새로운 무늬의 연둣빛 잎이 싱그럽게 펼쳐진 모습을 바라볼 때의 신기함, 흙을 만져 보고 물을 흠뻑 줄 때의 책임감, 식물과 함께 살고 있다는 감각이 좋았다. 몬스테라가 잘 자라는 걸 보면서 식물을 더 키우고 싶다는 열망이 들었었다.

평소 물건을 살 때는 아무리 마음에 들더라도 가격부터 살폈다. 자리에도 없는 남편 얼굴이 떠올랐다. 나보다 훨씬 많은 돈을 월급으로 받는 남편. 나는 가사와 돌봄,

그리고 간간이 외주 일을 하면서도 놀고 있다는 생각이 들었고, 결혼 초반에는 스스로를 남이 벌어 온 돈에 붙은 기생충처럼 인식하기도 했다. 가족 모두를 위한 소비가 아닌 오직 나의 취향을 위한 소비를 할 때 죄책감은 더 컸다. 200만 원은 그런 죄책감을 떨쳐 주는 금액이었다.

식물 카페로 들어가는 계단 입구에 진열된 한 화분에 눈이 갔다. 붉은색과 초록색이 섞인 긴 이파리들이 주욱 늘어진 모습이 신비롭고 아름다웠다. 직원에게 물었다.

"이 식물 이름이 뭔가요?"

"드라세나 마지나타라고 해요. 보통은 이파리가 초록색인데 얘는 붉은색이 섞여 있어요."

"얼마예요?"

9만 원이라고 했다. 가슴께까지 올 만큼 큰 화분이었다. 화분을 사는 데 이렇게 큰돈을 쓴 적이 없었다. 하지만 더 고민하지 않고 말했다. 이번에는 가뿐하게 사고 싶었다.

"이거 주세요."

앞으로 벌 돈을 생각하면 겁나지 않는 소비였다. 커다란 화분을 집으로 옮기기 위해 택시를 탔다. 잎이 다칠까 봐 노심초사하며 화분을 붙잡았다.

마침내 드라세나 마지나타를 거실 한편에 내려놓고 분무기에 시원한 물을 담아 와 칙칙 물을 뿌렸다. "우리 집에 온 걸 환영해." 드라세나 마지나타는 월 200만 원의 삶처럼 화창했다.

방송 녹화는 한 달에 두 번 정도 있었다. 녹화 시간이 계절에 따라 이른 아침이 되기도 하고 오후가 되기도 했다. 오전 7시까지 방송사로 가야 할 때도 있었다. 덕분에 오랫동안 열망했던 로망 하나를 실현할 수 있었다. 아침에 해야 할 모든 일을 뒤로하고 내 몸만 빠져나오기.

나는 언제나 혼이 쏙 빠지는 아침을 맞았다. 일어나서 가족들이 뭘 먹을지 생각하고, 밥을 차리고, 보리차를 세 아이의 물통에 담고, 날씨에 맞는 옷을 챙겨 주고, 나도 씻고 나갈 준비를 했다. 내가 한 시간 동안 허겁지겁 세 사람의 몫을 동시에 처리하는 동안 남편은 느긋하게 샤워하고 밥을 챙겨 먹고 산뜻하게 문을 나섰다. 물론 출근하는 그의 마음까지 여유롭지는 않았겠지. 억지로 아침 일찍 눈 뜨고 샤워하며 하루 동안 받아야 하는 전화, 만나야 할 사람, 처리해야 할 업무 생각에 끔찍했을지 모른다. 하지만 집에서만큼은, 자신만 챙겨도 된다. 나는 한 번만이라도 남편이 이 모든 일을 책임지는 아침을 꿈꿨다.

남편에게 이른 촬영 시간을 이야기하며 한 달에 두 번만 아이들 등원과 등교를 시켜 줄 수 있는지 물었다. 그것이 200만 원 안에 들어가는 조건이라는 것을 안 남편은 "어쩔 수 없지" 하고 고개를 끄덕였다. 그렇게 남편은 한 달에 두 번, 촬영이 있을 때마다 세 아이를 기관에 보내고 30분 늦게 회사에 출근했다. 그게 가능하다는 걸 그때 알았다.

촬영 전날 고민했다. 아침에 먹을거리를 마련해 두고 가야 하나? 아이들이 입을 옷도 꺼내 둬야 할까? 하지만 생략하기로 했다. 남편은 아빠였고, 성인이었다. 아이들과 함께 생활하는 양육자라면 당연히 할 수 있는 일이다. 나는 남편을 믿기로 했다. 아이들이 뭘 먹고 나갔는지, 뭘 입고 갔는지 묻지 않았다. 그리고 당연히 아무 문제도 없었다.

가끔 오후 촬영이 잡힐 때도 있었지만 언제나 남편에게 아침에 촬영이 있다고 거짓말하며 새벽에 집을 나섰다. 아침 7시에 여는 스타벅스에 앉아 쓰고 싶은 글을 쓰고 읽고 싶은 책을 읽다가 시간에 맞춰 방송사에 들어갔다. 그게 200만 원이 주는 여유보다 더 큰 자유였다.

고향을 떠나는 여자들

그날따라 촬영장으로 향하는 승합차는 조용했다. 나는 옆에 앉은 스태프에게 말을 걸어 볼까 망설이다가 결국 에어팟을 귀에 꽂았다. 이른 아침의 승합차에선 대화보다 침묵이 서로를 더 위하는 일이 아닐까. 노래를 들으며 원고를 넘기다 살포시 잠이 들었다.

　　40여 분을 달려 진해농업기술센터에 도착했다. 눈앞에 여러 동의 비닐하우스가 펼쳐졌다. 먼저 도착한 중계차 스태프들과 현장 세트 팀이 분주히 움직이고 있었다. 나는 물티슈, 생수 등 잡다한 소품이 담긴 상자를 촬영장으로 옮기는 일을 도왔다. 그리고 챙겨 간 보조 가방에 원고와 큐카드, 출연진들의 간식을 넣어 대기실로 향했다. 납작했던 가방이 금방 불룩해졌다.

농어촌의 일상과 고민을 당사자들의 토크로 풀어 가는 〈비닐회담〉은 두 명의 고정 진행자를 제외하고 매회 다른 패널들이 출연했다. 촬영 시작 두 시간 전, 주차장에 출연자들의 차가 한 대씩 들어섰다. 두리번거리는 출연자를 대기실로 안내하는 것도 방송작가의 일이었다. 오로지 방송 때문에 모인 타인들 사이에 떠도는 어색하고 무거운 공기를 부드럽게 휘젓는 것 역시 방송작가의 일이었다. 20년 경력의 메인작가는 아이스 브레이킹에 도가 텄고, 그가 있는 현장은 언제나 떠들썩했다. 때로는 일어나지 않을 일에 대한 허풍, 넉살이 사람을 웃게 했다.

스태프들의 나이는 대체로 20대 후반에서 30대 중반이었다. 새삼 내 나이를 의식했다. 함께 일하는 사람들의 관록과 기에 지지 않으려고 되바라진 말도 서슴없이 했던 나의 20대 초반이 떠올랐다. 분위기를 띄우려고 오버해서 이야길 하다 보면 "넌 애 같지 않다" 소리를 들었고, 조용히 있으면 "애, 너 아무 말이나 좀 해 봐라" 소리를 들었다. 문득 30대 중반이라는 지금의 나이가 주는 무게가 편안하고 감사했다. 젊은 여자라는 이유로 긴장감을 가지고 살았던 시간을 떠올리면, 적어도 남이 쉽게 간섭하거나 나를 침범하는 일은 줄어들었다.

스태프들과 천천히 물이 들듯 친해졌다. 함께 촬영하고 회의하고 밥 먹고 차를 마시고 회식도 하면서 서로를 알아 갔다. 태희 씨도 그중 한 사람이었다. 얼굴이 보송보송 앳된 티가 나던 사람. 태희 씨는 1년 기간제 에프디였다. 여러 프로그램의 조력자로 일했고, 우리 팀에선 현장에프디 역할을 했다. 그는 자신의 역할을 다부지게 해내는 동료였다.

　아침부터 시작한 촬영은 점심시간을 훌쩍 넘겨 끝났다. 점심은 배달 도시락이었다. 날씨가 좋을 땐 넓은 야외오두막에서 둥글게 모여 같이 밥을 먹었다. 날이 춥거나더울 때는 비닐하우스 안이나 자동차 안, 대기실 등에 흩어져 먹었다. 대기실은 보통 출연자와 연출진이 모여 밥을 먹는 장소였다. 촬영이 없는 평소에는 농업기술센터 노동자들의 쉼터로 쓰이는 곳이었다. 사람들은 촘촘히 붙어앉아서 자신의 무릎을 식탁 삼아 도시락을 먹었다. 정말밥을 먹으며 드는 정이라는 게 있는 모양이었다. 어색해서한마디도 붙이기 힘들었던 스태프와도 몇 개월이 지나자하하호호 농담을 주고받았다.

　바람은 조금 차지만 볕은 좋았던 어떤 날은 밖에서 도시락을 먹어도 좋겠다고 생각했다. 대기실이 북적이기도했고, 좀 더 넓은 자리에서 편하게 먹고 싶다는 마음이 더해져서 1인분의 도시락을 챙겨 밖으로 나갔다. 태희 씨가"저도요" 하고 따라나섰다. 대기실 옆에는 작은 평상이 있었다. 우리는 시원한 바람이 불어오는 평상에 앉았다. 바람 때문에 비닐봉지가 날려 호들갑스럽게 봉지를 돌돌 말아 무릎 아래 끼우고 도시락 뚜껑을 열었다. 제육볶음과 소시지구이, 김치와 계란말이에 군침이 돌았다. 밥은 식었고 국도 미지근했지만, 촬영 후에 먹는 밥은 어찌나 맛있는지. 우리는 묵묵히 도시락을 먹었다.

현장에서 에프디가 하는 업무는 사소하지만 없으면 티나는 일투성이다. 추운 날에 태희 씨는 출연자들에게 핫팩을 나눠 주고 난로를 세팅했다. 더운 날에 그는 얼음 컵을 사 와 출연자들에게 음료수를 나눠 줬다. 촬영일 전에 도시락을 주문하고, 소품을 준비하고, 촬영 시작을 알리는 슬레이트를 치고, 헤드셋을 끼고 촬영 현장과 녹화 차량의 이야기를 들었다. 촬영이 끝나면 대기실에서 쓰레기와 다 먹은 도시락을 치우고 관련 영수증들을 챙겼다.

"오늘은 다들 밥을 천천히 먹네요."

"그러게요" 하고 우리는 해바라기를 쬐며 대화를 나눴다. 태희 씨와 사적인 이야기를 한 건 그때가 처음이었던 걸로 기억한다. 나는 원래 계약기간이었던 3개월을 넘기고 1년을 더 연장해 일을 하고 있었다. 그러나 두 번째 책을 쓰기로 계획하고는 계약기간을 더는 연장하지 않기로 했다. 책 쓰기에 집중하고 싶었다. 정해 놓은 끝이 보여서인지 섭외의 힘듦도 아침 촬영의 피로함도 덜했다. 촬영장에 가는 일도 평소보다 가뿐했다. 프리랜서에게 이별과 만남은 흔하지만, 그래도 태희 씨에게 내가 언제까지 일하는지 알려 주고 싶었다.

"저 연말까지 일해요."

　태희 씨는 잠시 아쉬운 얼굴을 하고는 자신도 계약기간이 끝나서 곧 일을 마무리한다고 했다.

　"에프디 일이 오래할 일은 아니잖아요."

　태희 씨는 그렇게만 말했다. 나는 고개를 끄덕였다. 방송 일을 체험했다 생각하면 좋겠지만, 더 이상의 커리어를 쌓기도 힘들었고 소모적이기도 했다. 십수 년 전에도 그렇지 않았던가. 대학을 막 졸업했거나 졸업을 앞둔 지역 신문방송학과 학생들이 방송사 실습생으로, 기간제 에프디로 계약을 맺어 일하다가 어딘가로 사라졌다. 기대로 왔다가 실망으로 끝을 맺고 떠나는 사람들을 자주 목격했다.

　"태희 씨는 일 끝나면 뭐 할 거예요?"

　"놀아야죠. 공부도 하고."

　좋겠다고 대답했지만 그 뒤에 숨은 불안과 초조함을 아주 모르지는 않았다.

　대학을 졸업하면서 나는 커다란 착각 속에 빠져 있었음을 깨달았다. 나야말로 세상이 원하는 인재인 줄 알았는데, 세상에 맞는 부속품조차 아니었다. 매년 부속품은 쏟아졌고, 어디에라도 쓰이려면 몸을 변형시켜서라도 일터의 조건에 맞춰야 했다. 경력을 쌓는다는 건 종종 모욕을 견디는 일이었고, 그렇게 해서 돌아오는 건 열정페이였다. 시나리오 작가, 극작가, 방송작가가 되겠다고 뿔뿔이 흩어진 나의 대학 동기들은 각자 우여곡절의 사연들을 가지고 있었다.

다시 태희 씨를 만났을 때, 우리는 방송사 1층 카페에서 차를 마셨다. 태희 씨는 서울에 가게 될 것 같다고 말했다. 기획, 마케팅과 관련된 일을 하고 싶은데 지역에는 그가 원하는 일자리가 없다고. 고개를 끄덕이며 경청했다. 젊은 여성들이 원하는 서비스업, IT, 미디어 관련 회사는 수도권에 밀집된 게 사실이다. 매혹적인 일자리를 찾기 위해서 고향을 떠나야만 한다는 건 20년 전에도 마찬가지였다. 20대 초반, 나는 서울에 가야만 내 꿈을 이룰 수 있다고 믿었다. 엄마의 암 투병으로 뜻하지 않게 마산에 끌려왔지만, 언제나 서울에 가야 한다고 믿었다. 공연을 올리고 싶은 극장도, 함께 일하고 싶은 극단도, 눈에 보이지 않는 기회도 모두 서울에 있었으니까. 글 써서 밥벌이를 하고 싶었으나 창원에서 그 길은 전혀 보이지 않았다.

당시 내가 취업사이트에서 찾은 곳은 휴대폰 조립 공장과 방송사였다. 전혀 달라 보이는 두 곳의 일이 내가 선택할 수 있는 전부였다. 전공과 상관없이 돈을 벌거나, 전공을 살리되 최저시급도 못 받는 일을 하거나. 만약 내가 사는 도시 창원에 양질의 일자리가 있었다면, 나의 인생은 어떻게 흘러갔을까. 나는 정말 방송작가라는 직업을 선택했다고 말할 수 있을까.

지방의 여성 일자리 현실은 더욱 열악하다. '블루칼라'도

'화이트칼라'도 아닌, 이른바 '핑크칼라' 일자리가 주류다. 한국어 교사, 간호조무사, 요양보호사, 사회복지사, 어린이집 교사 등 이른바 돌봄 직군이거나 파트타임, 저임금 일자리에 한정되어 있다.

여성들은 기업에선 주로 사무보조직이나 경공업 단순 생산직으로만 활용되고, 대학에선 계약직 조교 및 연구원 정도로 활용된다. 지역에서 비교적 괜찮은 기술직 엔지니어 일자리의 경우에서도 여성들의 일자리는 부족하다. 공과대학 여학생 비율은 20퍼센트 이상으로 올라왔음에도 기술직 일자리는 여성에게 열리지 않는다.[*]

경남대학교 사회학과 양승훈 교수는 지역의 일자리가 지역여성의 욕망을 충족시켜 주지 않는다고 말했다. 스펙을 쌓는 노력만으로는 지역에서 좋은 일자리를 구하기가 힘들다. 젊은 여성이 살지 못하는 도시, 이는 지역 소멸로 이어지는 심각한 사회문제다. 정치권에서 공포화하는 출생률과도 직접적 연관이 있다.

노동, 젠더, 여성을 탐구하는 창원대학교 허은 교수는 2017년까지 창원 여성들의 일자리를 연구했다. 그의 연구에 따르면, 제조업 중심 도시인 창원과 울산 지역은 '부유한 노동자의 도시'라는 타이틀과 반대로 여성의 연봉이

[*] 〈양승훈 교수 '젊은 여성들 떠나고 있다⋯⋯ 부울경서 무슨 일 일어나고 있나'〉, 〈오마이뉴스〉 2023. 2. 1.

전국 평균을 밑돈다. 좋은 일자리로 통하는 제조업은 대부분 남성 노동자가 차지하고 있기 때문이다. 제조업에 종사하는 여성은 거의 없으며, 제조업 부문 월평균 임금은 남성과 여성이 100만 원 이상 차이가 났다. '부유한 노동자의 아내'라는 지위를 획득하는 것이 '부유한 노동자'가 되는 것보다 현명한 선택으로 인식된다는 씁쓸한 결론이다.[+]

여성들의 경력단절 곡선 역시 타 도시보다 창원이 더 깊게 파였다. 창원 여성들은 결혼하고 출산을 하면서 일을 그만뒀다가 아이들이 학령기에 이르렀을 때 다시 일터로 나왔다. 여성들은 낮은 급여와 처우를 원망하기보다 스스로 "아이들 하원하기 전에 일을 마치기 때문에 만족해요", "학원비 번다고 생각하면 나쁘지 않아요"라고 응답하는 경우가 많았다. 질 낮은 일자리를 사회문제로 인식하지 않고 어머니 역할에만 만족하는 현실에선 여성들이 왜 시급이 적은지, 왜 비정규직일 수밖에 없는지 질문하기 어렵다.

허은 교수는 창원 여성 노동시장이 현재와 같은 상태로 지속된다면 이전 세대의 여성과는 다른 삶을 지향하는 여성 청년들이 지역에서 삶의 전망을 발견하기 어려울 것이며, 남편의 임금소득에 대한 의존도가 매우 높은 노동자 가족 역시 구조조정의 충격에 맞닥뜨렸을 경우 지역에서 경제적 대안을 찾기 어려울 것이라고 서술한다.[++]

창원에 사는 여성 청년에게 남은 선택은 새로운 가능

성의 도시로 떠나는 것이다. 실제로 창원 청년들이 타 도시로 전출하는 이유 1위는 '직업'이었다.[+++] 2023년 창원에선 20년 전 내가 했던 고민이 도돌이표처럼 악순환되고 있다. 나는 일자리를 위해, 새로운 기회를 위해 고향을 떠난 친구들의 얼굴을 떠올렸다. 친구들에게 고향은, 그립지만 성공을 위해선 결코 딛어선 안 되는 땅이었다.

　자신의 꿈과 야망을 이루기 위해 서울로 향하는 젊은 여자들이 있다. 월세와 생활비의 부담, 일자리의 불안에도 불구하고 떠나야만 잘 살 수 있다. 언제쯤 '서울이 아니면 안 된다'는 말이 '굳이 서울일 필요가 없다'는 말로 등치될 수 있을까.

　방송사 일을 그만두고 마지막 인사를 메시지로 전하며 태희 씨에게 커피 쿠폰을 선물했다. 언젠가 한 프랜차이즈 카페에서 마주친 일이 생각났기 때문이다. 함께 일하는 또래 동료들과 오랜만에 밖에서 점심을 먹었다고, 커피도 한잔하고 들어갈 거라고 밝은 표정으로 말하던 태희 씨. 커피를 마시는 시간만큼은 과거에도 미래에도 붙잡히지 않고 온전히 당신의 것이길 바라는 마음이었다.

[+]　　허은, 〈'부유한 노동자 도시'의 여성: 울산과 창원 여성 일자리의 실태와 특성〉, 〈지역사회연구〉 제28권 3호, 2020, 87~113쪽 참고.

[++]　　허은, 같은 글 참고.

[+++]　　동남지방통계청 실시 〈2018년 창원시 청년 통계〉 참고. 2015~2017년 타 도시로 이주한 만 15~34세 청년 79,077명은 전출 이유로 1위 직업(43.9퍼센트, 34,694명), 2위 가족(22.3퍼센트, 17,648명), 3위 주택(15.7퍼센트, 12,388명)을 꼽았다.

불안을 팝니다

방송 일을 그만둬야겠다고 결정할 때, 가장 마음에 걸렸던 것은 세 아이의 학원비였다. 든든한 고정수입 덕분에 주짓수 학원에 새롭게 등록하는 것도 큰 무리가 안 됐는데, 이제 학원을 줄여야 하나 고민이 들었다. 학원비는 가계에 분명한 부담이었다.

아이를 키우는 나의 소신은 소박했다. 땀 흘리며 뛰어놀 수 있는 체력이 평생의 자산이라고 생각했고 선행학습은 시키지 않았다. 오히려 남들보다 조금 늦게 가르치는 것이 좋다고 생각했다. 내가 보기에 한국의 사교육 시장은 너무 조급했다. 앞으로 평생 할 공부를 영유아 때부터 시켜서 아이들을 질리게 만들고 싶지 않았다. 발레를 하고 싶다는 딸의 말은 3개월이 지나도 유효했기에 함께 문화센터를 찾았지만 놀이를 빙자한 학습이라면 눈을 돌렸다. 그런데도 아이들은 유치원에서 한글을 배워 왔으니 굳이 무언가 더 시키지 않아도 괜찮다고 안심했는지 모른다. 그러나 아이들이 초등학교에 입학하면서부터 나 또한 사교육에 대한 고민이 깊어졌다.

　놀이터는 아이들이 노는 공간이지만 양육자들에게는 정보 교류의 장이기도 하다. '누구의 엄마'라는 정보값이 입력된 여성들이 모이면 자연스럽게 학교와 학원 이야기가 흘러나왔다. 영어는 좀 멀어도 어디 학원이 잘 가르친다더라, 고학년이 되면 수학 과외를 시키는 게 좋다, 학습 분위기 좋은 중학교에 진학하려면 이사를 가야 한다……. 나는 주로 듣는 편에 서는데, 엄마들의 이야기를 귀담아 듣고 돌아서면 종종 심란하다. 아이들 교육이나 학원에 대해서 모르는 게 너무 많다는 생각에 죄책감이 밀려온다. 내가 정보에 뒤처져서 아이들까지 뒤처지는 게 아닐까 불안하다.

　일터에서 만난 한 엄마는 여전히 주입식 교육의 시대라며 영어 수학 학원을 보내거나 과외를 시키지 않는 나를 "업무 태만"이라고 꾸짖었다. 고학년에 접어들면 영어에, 사회에, 과학에 늘어나는 학습이 얼마나 많은지 아냐며, 영어는 지금 놓치면 아예 안 하게 된다고 다그쳤다. 나는 굳은 얼굴로 방어했다. "중학교 공부까지 하면 밖에 나가서 뭐든 먹고살겠지. 나중에 자기가 하고 싶은 공부가 생기면 그때 열심히 하면 되지 않을까." 그냥 알겠다고 했다면 산뜻하게 벗어났을 텐데, 그는 어퍼컷을 꽂듯 회심의 일격을 가했다.

"잘 생각해야 해. 지금 놀면 나중에 망해. 우리 꼴 보면 몰라?"

프리랜서인 나와 자신을 '망한 인생'이라는 카테고리에 넣어 가면서까지 학습을 강조하는 그와 더 길게 대화를 이어 갈 수 없었다. 그가 성공이라고 믿는 것은 명백했다. 명문대 출신에게 보장되는 부유한 삶. 나는 오류가 난 로봇처럼 어색하게 자리를 벗어났다. 표정이 쉽게 풀리지 않았다.

부모가 아이의 인생을 바꿀 수 있다는 믿음은 오만 아닐까. 우리에게 그토록 큰 권한이 있단 말인가. 지금 아이의 행복을 유예하면 나중에 더 행복해질 수 있을 거라는 믿음과 공교육만으론 부족하기에 사교육으로 탄탄하게 받쳐 줘야 한다는 강한 확신. 나는 그 믿음과 확신을 언제까지 배신할 수 있을까.

사교육에 대한 세상의 과도한 부채질은 조리원에서부터 시작됐다. 산모의 몸 회복에 초점을 맞춰야 하는 조리원에서 이미 은밀한 거래가 이뤄지고 있었다. 조리원엔 흑백 모빌 만들기, 산후요가 등 다양한 프로그램이 있었는데 대개 분유 회사나 학습지 회사와 연계된 프로그램이었던 것이다. 흑백 모빌 만들기 프로그램이 있어 신청했더니,

모빌을 만들고 나서 개인정보를 적으라고 했다. 알고 보니 학습지 회사에서 나온 분이 모빌 만들기 강사였다. 공짜 모빌을 가져가는 조건으로 내 개인정보를 넘긴 셈이 됐다. 강사는 집으로 알파벳과 숫자, 한글이 커다랗게 적힌 전지를 보내 주었다. 주기적으로 전화해서 아이의 성장을 확인하고 그에 맞는 교구와 학습지를 추천했다. 아이가 어려서 아직 시킬 생각이 없다고 괜찮다는 말을 반복했지만, 전화는 계속 울렸다.

20대 때 영유아가 주로 다니는 창의력 놀이 학원에서 1년 정도 일하면서 알게 된 것 중 하나는 엄마를 안심시키는 말과 불안하게 만드는 말들이다.

"우리 ○○이가 다른 아이들에 비해 좀 늦은 감이 있지만, 지금 시작하면 금방 따라잡을 수 있을 거예요."

"어머니, 제때 잘 오셨어요."

원장은 '적기'를 지나치게 강조했다. 그가 엄마들과 상담할 때 하는 말을 들으면서, 나중에 엄마가 된다면 적어도 저 말들에는 흔들리지 말아야지 했다. 막상 엄마가 되고 나니 어림도 없었다.

첫째와 준비물을 사러 문구점에 갔을 때, 온라인 학습기 홍보부스에서 판매사원이 풍선을 나눠 주고 있었다. 풍선을 받으면 판촉물도 받아야 한다는 걸 알고 있었기에 무심히 지나가고 싶었지만, 아이의 시선은 화려한 홍보부스에 머물렀다. 그때 판매사원이 아이가 몇 살이냐고 말을 걸어왔다. 아이 손에 노란색 풍선을 쥐여 주며. 그는 지금 한 달 무료 체험을 신청할 수 있으며, 신청하면 다양한 장난감도 받을 수 있다고 친절하게 말했다. 내가 거듭 사양하자 판매사원은 꾸짖듯 말했다.

"어머, 어머니! 다른 애들은 벌써 얼마나 잘하고 있다고요!"

찰싹, 회초리라도 맞은 기분이었다. 백번 들어도 면역력이 길러지지 않는 말이었다. "괜찮습니다" 하고 아이 손을 다잡고 밖으로 나갔다. "다섯 살이면 파닉스는 다 떼고 들어가죠. 지금 영어를 안 하면 혀가 굳어요." "초등학교 들어가기 전에 두 자릿수 연산까지는 선행으로 해 놔야 해요." 잊을 만하면 들리는 재촉의 말들이었다.

우리나라에서 취학 전 영유아 한 명을 키우는 데 드는 비용은 월 평균 60만 원 정도다.[+] 기타 비용을 제외한 항목 중에는 사교육비가 가장 크다. 어린이집과 유치원은 무상보육을 실시하고 있음에도 사교육비로 월 평균 89,000원이 지출된다. 부모가 소득수준이 높을수록, 고학력자일수록 사교육에 더 큰 비용을 지출한다. 2022년 초중고 사교육비 총액과 사교육 참여율은 2021년 대비 둘 다 10.8퍼센트 상승했다. 소득격차에 따른 사교육비 차이 역시 크게 벌어진다. 월 200만 원 미만 소득 가구와 월 800만 원 이상 소득 가구의 사교육비는 세 배 이상 차이가 난다.[++] 한국 사회의 높은 교육열은 세계적으로 유명하지만, 이 열기를 모두가 수용할 수 있는 것은 아닌 것이다. 내가 아이에게 얼마나 해 줄 수 있는가를 생각하면 위축될 수밖에 없다.

　이 글을 쓰면서 우리 집은 아이들 사교육비로 얼마나 쓰나 정리해 보았다.

첫째(초등학교 3학년)

방과후 학교 프로그램(요리, 바이올린, 음악 줄넘기): 100,000원
온라인 학습기: 97,000원
피아노 학원: 130,000원
주말 수영: 15,000원(다둥이 할인)
주짓수 학원: 130,000원(방학에만)

둘째 셋째 쌍둥이(초등학교 1학년)

방과후 학교 프로그램(로봇, 요리, 배드민턴): 80,000원 × 2
주짓수 학원: 130,000원 × 2
주말 수영: 15,000원(다둥이 할인) × 2

총 922,000원　　　　　　　　　　　　　* 한 달 기준

✦　박종서 외, 〈2021년도 가족과 출산 조사〉, 한국보건사회연구원, 2021, 286쪽 참고. 영유아 자녀 1인당 지출 비용은 606,000원이었다.

✦✦　통계청, 〈2022 초중고 사교육비 조사 결과〉 참고. 초중고 3,000여 학급을 대상으로 한 조사로, 월 소득 200만 원 이하 가구의 1인당 월 평균 사교육비는 178,000원, 월 소득 800만 원 이상 가구의 1인당 월 평균 사교육비는 648,000원이었다.

정리하니 한 달에 무려 100만 원 가까이 사교육비로 쓰고 있었다. 더 좋은 학원, 더 좋은 교육이 있다 하더라도 나는 더 이상의 시간과 돈을 교육비로 지출할 수 없다. 학원을 더 보내고 싶다면, 일을 늘려야 하는 상황이다. 내게 사교육은 선택의 영역이 아니라 과용인 셈이다.

돌봄 공백을 최소화하기 위해 어쩔 수 없이 학원을 보내는 입장도 있지만, 대부분의 부모는 자식이 남들보다 뒤처지지 않길 바라는 마음에서 학원을 보낸다. 이왕이면 선생님들 실력이 좋고 집에서 가까운 학원을 찾아 등록한다. 이게 끝이 아니다. 부모는 학원 가기 싫다고 떼쓰는 아이를 설득해야 하고, 비용 대비 성적이 오르지 않으면 그에 따른 고민과 선택을 해야 한다. 성적에 따라 반이 나뉘고 이에 아이가 부침을 겪는 모습을 목격하며 정서적 지지도 보내야 한다. 못해도 '보통' 성적은 나오게 관리해야 아이의 미래가 행복하다 믿으면서도 '정말 이게 맞을까' 불안해한다. 사교육 마케팅은 엄마들의 이런 불안함을 정확하게 공략한다.

엄마들의 사교육 불안감에 대해 더 알고 싶어 울산에서 국어학원을 운영하는 김주연 원장에게 인터뷰를 요청했다. 그는 수강생이 천 명 넘는 종합학원과 소규모 단과학원을 거치며 15년 동안 학원에서 아이와 학부모를 만나온 사람이다.

"학생들보다 엄마들에게서 훨씬 더 큰 불안을 느껴요.

강사 일 시작했을 무렵과 비교하면 어머니들의 상담 전화 횟수가 엄청 늘었어요. 예전에는 시험을 치고 나서 성적이 많이 떨어졌을 때만 상담 전화가 왔어요. 요즘은 시험 치기 전부터 전화가 와요. 애가 이번에 공부를 많이 못 했는데 괜찮을지 불안하다고 호소하시죠. 방학 때는 기숙사 학원에 보내야 하는지, 해외 어학연수를 보내야 하는지도 자주 문의하시고요. 너무 불안하니까 저라도 붙잡고 이야기하는 거예요."

자녀의 입시를 관리하는 스트레스로 잇몸이 무너져 이가 빠진 엄마도 있었고, 최상위 반에 있던 아이가 등급이 떨어졌을 때 학원에 와서 싹싹 빌며 월반 시켜 달라고 사정한 엄마도 있었다. 김주연 원장은 어떤 대학을 가느냐에 따라 출발선이 달라진다고 믿는 한국에선 엄마들의 불안이 심화될 수밖에 없다고 말했다.

어떤 엄마들이 자신의 행동이 아이를 성공으로 이끌기 위한 노력이라고 믿을 때, 어떤 아이들은 스스로 삶을 설계하는 능력을 잃어 간다.

"집에서 빈둥거리며 노는 아이를 보면 엄마들은 더 불안하다고 말해요. 차라리 자기 눈에 보이지 않게 학원에 보내는 게 낫다고 말하죠. 가면 하나라도 보고 듣고 오겠지, 하는 심정이죠. 엄마 입장에선 성적 관리를 자신이 하는 것보다 학원에 의존하는 게 차라리 마음 편한 거예요. 요즘 엄마들은 아이가 눈뜨고 잠들 때까지 모든 스케줄을

짜 주잖아요. 고등학교 수행평가 과제 주제 잡는 것까지 이제는 엄마들의 몫이에요. 최근에는 과제 컨설팅 학원도 생겨났어요. 엄마 역할을 외주화한 감시형 독서실도 늘어나는 추세고요."

감시형(관리형) 독서실에는 책상마다 CCTV가 달려 있다. 아이들을 감독하는 관리자도 따로 있다. 아이가 몇 시에 독서실에 도착해 몇 시에 나가는지 체크하고, 어디까지 공부를 했는지 확인해서 부모에게 알려 준다. 입실할 때 휴대폰을 제출해야 하며 독서실 안에서 식사까지 제공되는 곳도 있다. 한 달 사용료는 50만 원 선이지만 예약을 위해 줄을 설 만큼 인기다. 원래는 재수생, 고시생 등 성인들 대상이었지만 요즘은 중학생부터 받는다.

김주연 원장의 이야기를 들으면서 경쟁 구도의 입시제도와 불평등한 사회구조가 공고한 이상 사교육 의존도는 계속 높을 수밖에 없음을 느꼈다. 그러자 초등학교 교사인 친구 혜정의 생각이 궁금해졌다.

혜정은 가끔 학원 가는 아이들에게 묻는다. "가서 배우는 게 즐거운 학원이 있어?" 그러면 간혹 한두 명의 아이가 영어나 수학을 배우는 게 재밌다고 말했다. 그리고 대다수의 아이는 "엄마가 가라고 해서 가는데요"라고 0.1초 만에 대답했다. 저학년 때는 학원에 가기 싫다고 불만이라도 표현하지만 이마저도 고학년이 되면 바뀌었다. '가기 싫어도 어차피 가야 한다'는 체념과 '친구보다 뒤처지면 안 되니까 가야 한다'는 불안으로. 혜정은 사교육 업계가 양육자의 불안을 확대, 재생산하는 것도 문제지만, 엄마들이 자식을 학원에 보내지 않으면 '방치하는 엄마', '무능력한 엄마'라고 스스로 인식하는 것을 멈춰야 한다고 말했다.

　오늘도 엄마들은 늦은 시간까지 학원에서 공부하고 돌아온 아이들의 눈치를 살핀다. 너무 힘들어하는 건 아닌지. 아이의 피곤한 얼굴이 안쓰럽기도 하지만 무사히 해야 할 일을 마친 아이가 자랑스럽기도 할 것이다. 문 닫힌 아이의 방을 보며 이렇게 노력하지 않으면 평범한 삶도 불가능하다고 스스로 설득하는 엄마들의 정신은 아무도 모르게 고갈된다.

정면을 응시하세요

창원 사림동 골목 모퉁이에 위치한 책방19호실에서 은선을 처음 만났을 때 왠지 초면 같지 않았다. 책방에서 매달 열리는 '동네사람전'이라는 큐레이션 코너에서 나는 그가 추천한 책 세 권을 산 적이 있었고, 그 세 권 모두 읽고 너무 좋았다. 그래서였을까. 그가 정신과 진료를 보는 클리닉을 운영했던 의사라는 사실을 알고 초면에 궁금했던 것들을 쏟아 내듯 물어보았다. 가벼운 마음으로 책방에 놀러 왔을 그에게 말이다. 그는 친절하게 답해 주며 우울증에 도움 되는 동작 하나를 알려 주었다.

"우울함이 심할 땐 움직이기도 힘들다는 분들이 많거든요. 그럴 땐 이 동작을 추천해요. 앉아서 가슴께를 주먹으로 툭툭 치세요. 겨드랑이도 치고. 그것만 해도 도움이 돼요."

　책방 주인인 지현까지 우리 세 사람은 즉시 동그랗게 주먹을 쥐고 가슴 언저리를 내리쳤다. 겨드랑이와 사타구니 옆도 치라고 했는데, 그건 집에 가서 하자며 웃었다. 평소 속이 답답하거나 울컥 억울함이 차오를 때 가슴 치는 행동은 누군가에게 배우지 않아도 자연스레 나오는 동작이었다. 이게 의학적인 사실에 비추어도 효용이 있는 동작이었다니 놀라웠다.

　은선은 우울증 환자에게 외출과 운동이 도움 되지만 무기력이 심할 땐 꼼짝할 수 없음을 안다고 말했다. 그럴 때는 제자리에서 몸을 손으로 두드리는 자극을 주기만 해도 효과가 있다고 했다. 동작하면서 자연스럽게 좀 더 크게 몸을 움직이게 된다고.

　운동이 집중력을 높이고 수면에 도움이 될 뿐 아니라, 우울과 불안에 좋다는 연구 결과는 많다. 땀 흘리며 몸을 움직이는 동안 도파민이 분비되어 기분이 좋아지고, 몸에 대한 통제력이 생기면서 성취감을 맛볼 수 있다고 한다. 물론 어떤 환자에게는 운동의 효능이 미치지 않는다. 우울증 중증 상태에선 침대를 벗어나는 일조차 힘들기 때문이다.

　우울증 때문이 아니더라도, 오랫동안 글 쓰는 사람으로 살면서 운동은 나에게 필수사항이었다. 글 쓰느라 앉아 있는 시간이 길어질수록 어깨, 허리, 손목 통증이 고질적으로 따라붙었다. 요가, 테니스, 수영, 헬스 등 여러 운동을 했지만, 꾸준히 이어지지 못했다. '시간 없음', '흥미를 이어 가기 힘듦', '비용이 부담됨'을 이유로 곧잘 그만두었다. 나갈 기력이 없다는 것도 문제였다.

귀 얇은 나는 신뢰하는 친구들이 좋다고 하는 건 찍어 먹어 보기라도 하는 편인데, 주짓수 또한 마찬가지였다. 주짓수가 매력적인 운동이라는 아영의 이야길 들으면서 이미 휴대폰으로 주짓수를 배울 수 있는 곳을 찾고 있었다. 도보로 15분 거리에 주짓수를 배울 수 있는 체육관이 있었다.

다음 날 오후에 상담 날짜를 잡았다. 하고 싶을 때 해야 했다. 아니면 또 금방 풀썩 주저앉을 갈망이니까. 몸을 움직이는 것만으로 우울증에 도움이 된다는 은선의 말도 동기부여가 됐다.

약속 시간에 맞춰 상가 3층에 위치한 체육관을 찾았다. 체육관 문 옆에는 도복 입은 두 사람이 격렬하게 엉겨붙은 이미지가 부착돼 있었다. 깔린 사람은 벗어나기 위해서 얼마나 힘을 준 것인지 얼굴에 피가 잔뜩 몰려 벌겠고, 마치 팔을 뽑을 것처럼 당기고 있는 남자 또한 다부지고 강해 보였다. '내가 이걸 할 수 있을까? 그냥 돌아갈까? 그래도 상담 약속을 했으니 지켜야지.' 심호흡하고 체육관에 들어섰다.

"안녕하십니까! 들어오세요."

흰 도복을 입은 관장님이 반갑게 맞아 주었다. 공간을 둘러보았다. 넓은 공간에 두툼한 매트가 깔린 체육관 안은 심플했다. 오로지 몸으로 하는 운동이라는 게 실감 나는 공간이었다. 관장님이 벽 쪽의 긴 벤치에 앉으라고 권했다. 담백한 통성명을 하고 나서 관장님이 물었다. 많은 운동 중에서 어째서 주짓수를 배우고 싶었느냐고.

"싸우고 싶어서요."

왜 그런 대답을 했을까. 푸, 하고 참지 못하고 관장님이 시원하게 웃음을 터뜨렸다. 싸우고 싶어서. 내가 말해 놓고서도 놀랐다. 생각을 거치지 않은 본능적인 대답이었다. 누구랑 맞붙고 싶은 욕망이 마음속 깊이 내재되어 있었나. 아니면 갑자기 매트를 보니까 정말 싸워 보고 싶은 충동이 생겼나.

나는 쌍둥이 출산 이후로 발목이 약해져서 할 수 있는 운동에 제한이 있다고, 그래서 주짓수를 배우는 게 위험하진 않은지 걱정이 된다고 털어놨다. 고개를 주억거리며 듣던 관장님은 주먹을 내밀었다.

"아, 존경합니다. 저도 쌍둥이 아빠입니다."

깊은 탄식과 공감. 나는 콩, 하고 관장님과 주먹을 부딪쳤다. 쌍둥이를 키우는 양육자라는 말에 뼛속 깊이 동지애를 느끼고 만 것이다. "얼마나 힘드십니까" 하고 그윽하게 눈을 마주치는 관장님과 주짓수가 아닌 육아 이야기를 한참 하다가 불현듯 결심이 섰다.

"3개월 끊을게요. 주 5일로요."

체육관에는 관장님과 사범님, 두 사람이 상주한다. 사범님이 내 수업을 맡게 됐다.

"주짓수에 패배는 없습니다. 오직 승리와 배움뿐."

처음 커다란 인형 더미에 암바 거는 법을 배운 날, 사범님은 비장하게 말했다. '지는 게 아니라 배우는 것이다.' 나는 집에 돌아와서 이 말을 작업 노트에 기록해 두었다. 이후에도 노트에는 사범님의 말이 다양하게 기록됐다.

주짓수의 모토는 생존
언제나 공간의 공백을 확보하기
끝까지 상대방을 주시하라

의미를 사랑하는 나는 주짓수 수업에서 듣는 이런 말들이 좋았다. 상대방, 내가 해결해야 할 문제를 정확히 응시해야 하는 게 스파링(대련)의 기본이었다. 그러고 보니 몇 해 전 관공서 매거진 취재기자로 일하면서 비슷한 이야기를 들은 적이 있었다. 고등학생 핸드볼 선수가 한 말이었다. 그의 포지션은 골키퍼였다. 날아오는 공을 막는 것이 책임이자 임무였다. 인터뷰가 마무리될 때쯤 그에게 물었다.

"그런데 날아오는 공이 무섭진 않나요?"

너무 일차원적인 질문인가 싶어 머쓱했다. 그때 돌아

온 대답이 인상 깊었다.

"당연히 처음에는 무서웠어요. 공이 날아오면 고개를 피했어요. 그런데 어느 순간부터 공을 볼 수 있었어요. 그때부터 괜찮아졌어요."

시간과 노력의 진실함이 묻어 있는 말이었다. 날아오는 공을 똑바로 바라보는 용기는 한 번에 생기지 않았을 것이다. 숱한 연습 끝에 드디어 깨닫게 되지 않았을까. 요령보다 용기가 필요한 일이라고.

끝까지 상대방을 주시하라

나의 문제를 정확하게 보는 것. 두려운 문제를 외면하지 않는 것. 그래야만 다음이 올 수 있다. 다음을 상상할 수 있다. 그건 주짓수에서도, 내가 가지고 있는 우울증이라는 병에 대해서도 마찬가지였다. 방치하거나 외면하지 않고 다만 직시하는 것. 너와 함께 살아가고 있음을 그냥 알고 있는 것.

"시선을 떨어뜨리지 마세요. 앞을 보세요. 끝까지 상대방을 주시하세요."

사범님이 외친다. 다시 두 손을 가슴 앞에 모으고 다리에 힘을 준다. 그리고 예의를 갖춰 내 앞에 서 있는 상대를 주시한다.

우울증 환자로 살아가는 건 때때로 절망스럽지만, 우

울증에 대해 이제 전보다 많이 안다는 게 힘이 될 때가 있다. 나는 너를 본다. 너를 알아 간다. 네가 나를 삼키더라도. 나는 그것을 안다.

학교운영위원회

쌍둥이 아들들까지 초등학생이 되자 학교 알림장 앱을 보는 횟수도 늘었다. 세 아이의 양육자로 등록된 나의 알림장 앱으로 똑같은 학교 공지가 세 번 연달아 울렸다. 하루는 학교운영위원회 학부모위원을 모집한다는 공지가 떴다. 공지를 천천히 읽었다. 자격 항목에 "해당 유치원과 학교에 아이를 둔 학부모면 모두 가능"이라고 쓰여 있었다.

　　신청할까, 말까.

　　사람 만나기보다 기꺼이 혼자 되기를 선택하는 사람에겐 어려운 결정이었다. 남편은 옆에서 한번 해 보라고 바람을 잡았다. 아이를 셋이나 보내는 학교니까, 우리도 학교생활에 대해서 좀 아는 게 좋지 않냐고. 다음 날에는 필요한 서류를 인쇄해서 넌지시 건네주기까지 했다. 며칠이 더 지나고 나서야 결심이 섰다. 볼펜을 들고 서류 빈칸에 인적사항을 채우기 시작했다. 행정실에 가서 서류를 접수하고 뒤돌아섰다. 신청자가 많으면 투표로 뽑는다고 했다. 나는 가슴을 쓸었다. 하긴 신청한다고 다 되는 것도 아닌데 괜한 긴장을 했구나 싶어서. 하지만 학교운영위원이라는 게 인기 있는 자리는 아닌 모양이었다. 신청자가 없어 투표 없이 학부모위원이 됐다.

그동안은 글쓰기가 사회에 목소리를 내기 좋은 방법이라고 생각했다. 지난 8년 동안 〈경남도민일보〉에 칼럼을 기고하면서 나는 기혼 유자녀 여성의 입장에서 세상을 바라보는 이야기를 썼다. 언제나 아주 작은 이야기를 하려고 노력했다. 나에게서 시작해 우리 동네, 내가 사는 지역의 이야기를 했다. 무반응이 역설적으로 계속 칼럼을 쓸 수 있는 힘이 됐다. '댓글이 달릴 리 없지' 하고 생각하면 겁날 게 없었다.

칼럼이 실리는 아침마다 신문을 펼쳐서 확인한다. 페이지를 쭉 넘겨서 사설면부터 찾아본다. 눈으로 확인할 수 있는 사실 중 하나는 사설을 쓰는 사람 중 8할이 남성이라는 것이다. 대체로 중노년. 나는 지식의 권위와 사회적 발언권이 어느 성별, 어느 연령대에 편중되어 있다는 사실이 못마땅했다. 내가 쓰는 글들이 같은 말을 반복하고 있는 게 아닌가 의심스러울 때도 있었지만, 그럼에도 신문 지면에서 나는 여성이란 이유로 다양성을 맡고 있었다.

　글쓰기 강연을 할 때면 나는 시민들이 세상에 대해서 글을 써야 하는 이유는 바로 '양'에 있다고 강조했다. 힘 있는 한 사람의 말을 넘어서는 건 양이라고. 사회적 약자는 양으로 승부하는 수밖에 없다고. 하지만 나 또한 글이 가진 한계를 느꼈다. 무슨 글을 쓰든 결국은 사회가 바뀌어야 한다는 말로 귀결되는 것이 허무했다. 한국 사회가 문제인 건 맞는데 어디에서부터 바꾸어야 하는지, 어느 구석을 긁어야 시원해지는지 궁금했다. 그래야만 어떤 허무에서 벗어날 수 있을 것 같았다. '약자 배려', '성평등 사회', '차별 없는 사회'가 과연 모두가 추구하는 한국 사회의 모습일까? 까놓고 말하면 귀찮고 외면하고 싶은 일 아닐까? 모두가 그 가치에 동의한다면 이렇게 사회가 안 바뀔 리 없지 않은가. 변화는 말하기에서 시작하더라도 법과 정책이 밑받침되어야만 인식 개선이 가능하다. 더 직접적으로 변화를 만들어 가려면 어떻게 해야 할까. 내게 여의도 국회의사당은 멀고, 동네는 가까웠다. 우리 동네, 학교, 이웃을 잘 관찰하는 일부터 필요하다고 생각했다.

　학교운영위원회 회의에 처음 참석한 날, 회의장에 앉은 사람들을 훑어봤다. 학교장, 학교감, 지역위원 등 관계자 중 지역위원 한 명을 빼면 모두 남성이었다. 참여한 학부모는 모두 여성, 엄마들이었다. 생소한 풍경은 아니었다. 학교운영위원회뿐만 아니라 학교 일에 쉽게 호출되는 건 주로 엄마들이다. 엄마들은 누구보다 '봉사'라는 말에 익숙한 사람들이다. 연말에는 김장 도우미로 활약하고, 학교 앞에서 노란 깃발을 들고 교통 정리하는 단체명의 이름은 '녹색어머니회'다.

"엄마는 왜 봉사 신청 안 했어? 누구 엄마는 왔던데."

어느 날 학교에서 돌아온 딸이 말했다. 김장을 돕기 위해 교실에 찾아온 친구들의 엄마를 보면서 부러웠던 것이다. 나는 "평일에는 작업을 해야 하니까"라고 말했지만 딸의 아쉬움을 완전히 달래 주진 못했다.

엄마들을 보는 시선은 둘로 나뉜다. '치맛바람'이라는 말처럼, 학교를 자주 찾는 엄마에게는 자식에게 득이 돌아가길 바라는 마음으로 학교 일에 참여한다는 부정적인 시선이 있다. 반대로 학교에 좀처럼 오지 않는 엄마에게는 '자녀교육에 무관심한 사람'이라는 말이 따라붙는다. 이래도 저래도 엄마의 사회 참여는 폄하되긴 마찬가지인가. 나는 언젠가부터 노동의 값을 제대로 쳐 주지 않고 요청되는 '봉사'라는 이름의 노동을 거부했다. 어린이집에서 하는 김장 봉사, 고구마 캐기 봉사, 운동회 진행 봉사, 책 읽어 주기 봉사도 모두 거절했다. 지속되는 봉사 요청에 불편함을 느끼는 엄마가 나뿐만은 아닌지, 엄마 인력 부족 현상이 빚어졌다. 급기야 아이들이 다녔던 어린이집 원장님은 툴툴댔다. "다들 바쁘다고 하시죠. 맨날 오는 엄마만 오시고." 손이 모자라면 비용을 지불하고 대체인력을 구하면 된다. 엄마들의 시간은 무한 제공이라고 생각해, 애초에 엄마를 가상 인력으로 염두에 둔 채 행사를 준비한 게 잘못이다.

"학교 돌아가는 모습이 궁금해서 학부모위원 신청했습니다."

학교운영위원회 회의에서 자기소개를 할 때 나는 이렇게 말했다. 말 그대로 호기심이 9할이었다. 아이를 셋이나 보내는 학교, 어떻게 운영되고 있는지 지켜보기라도 해야 할 것 같았다. 아이가 셋이라는 건 책임감도 세 배라는 뜻처럼 느껴졌다. 어떤 사람들은 학교운영위원회에 나간다고 말하면 냉소적으로 바라봤다. "그거 해서 뭐 해? 그냥 앉아서 시간 때우는 거 아냐?" 혹은 자식 잘되라고 학교 일까지 나서는 유난인 엄마라고. 별 대꾸하지 않았다. 어떤 말들은 진지하게 대응할수록 힘이 빠졌다.

양육자가 학교의 정책과 프로그램에 목소리를 내려면 전화나 이메일을 이용하는 방법도 있지만, 학교운영위원회는 학교장, 지역위원, 교원, 행정 실무자 모두가 모인 곳에서 한꺼번에 의견을 전달할 수 있으며 곧장 피드백을 받을 수 있다는 굉장한 이점이 있다. 숫자에 약한 나는 1년 예산 계획을 살펴볼 때는 별말이 없다가 자유 토론 시간에는 손을 들어 의견을 내곤 했다. 물론 아무 말도 안 하고 회의를 마치는 날도 있었지만.

"여름방학 돌봄 때 개인 도시락을 싸 와야 하는 사항에 대해서 문제 제기합니다. 돌봄교실 아이들에게 들어 보니 누군가는 며칠째 맨밥에 김만 먹고, 누구는 빵만 먹고, 누구는 컵라면만 먹는대요. 방학 때도 밥은 좀 평등하게 먹어야 하지 않을까요? 같이 주문 도시락을 먹는 게 어떨 까요?"

방학 돌봄교실을 신청한 아이들은 부모가 맞벌이인 경우가 많았다. 첫째 친구 중 한 명은 아침식사를 항상 편의점에서 먹었다. 부모님 모두 새벽에 일을 나가기 때문이다. 그런 아이들은 아침과 점심, 연달아 두 끼니를 스스로 마련해 먹어야 한다. 하지만 내 의견은 예산 문제로 바로 통과되지 못했다. 대신 다음 방학 때는 적용할 수 있도록 노력하겠다는 학교장의 답변이 있었다. 그리고 겨울방학 부터는 도시락 지원사업에 선정되어 돌봄교실에 가는 아이들 모두 같은 도시락을 먹을 수 있게 됐다. 이 소식에 아침 일찍 미용실 문을 여는 학부모는 환호했다. 아침마다 도시락 싸는 노동에서 해방된 것이다.

성인지 감수성 교육의 필요성을 공적인 자리에서 이야기할 수 있는 점도 좋았다. 첫째가 1학년 때 일이었다. 여자 화장실 앞에서 고학년 남자 아이들이 실내화를 던지는 놀이를 했다. 일부러 여자 화장실 안으로 실내화를 던지고, 지나가는 1학년 여자 아이들에게 실내화 좀 꺼내 달라고 요청하는 일이 반복됐다. 딸은 오빠들에게 싫다고 거절하는 것도, 오빠들이 앞에 버티고 있는 화장실 안에 들어가는 것도 무서웠다. 이 일을 돌봄교실 선생님께 전했지만, 선생님은 문제해결 방법으로 '앞으론 친구 두 명씩 손 잡고 화장실 가기'를 제시했다. 그 이야길 듣고 한숨이 나왔다. 성인 여성들이 늦은 술자리에서 화장실 가기가 무서워 둘씩 동행하는 모습이 겹쳤다. 사건이 발생했을 때 피해자에게만 조심하라고 당부하는, 사건을 피해자의 잘못으로 몰아가는 모습은 얼마나 익숙한가. 나는 담임 선생님에게 상담 전화를 드렸고, 이후 고학년 남자아이들이 찾아와 저학년 여자아이들에게 사과하는 것으로 문제는 일단락됐다.

　회의에서 이 일화를 말하면서 성인지 감수성 교육이 절실하다고 말했더니 반응들이 좋지 않았다.

　"위원님이 좀 예민한 것 같습니다."

　"고학년 남자아이들이 장난 좀 친 거죠. 우리 학교 애들이 얼마나 착한데. 다른 학교랑 비교해서도 여기 학교만큼 순한 애들이 없어요."

　"걱정하지 마십시오. 성교육은 교육과정에 충분히 포함되어 있어요."

　숨이 턱 막혔다. 모두가 나에게 유별나다고, 예민함이 지나치다고 말하는 분위기 속에서 더 입이 떨어지지 않았다. 여기서 나만 섬이구나. 집으로 돌아가는 발걸음이 무거웠다. 운영위원을 신청한 것이 처음으로 후회됐다. 친구에게 전화를 걸어 한탄했다. "내가 진짜 좀 예민한 걸까?"라고 졸아드는 목소리로 말하자, 친구는 버럭 화를 냈다.

회의 자리에서 차마 못한 말들을 친구가 다다다 쏴 주었
다. 귀 얇은 나는 친구의 말을 듣고 나서 용기가 났다. 다
시 확신이 들었다. '이래서 내가 학교운영위원회에 가는 거
잖아. 불편하더라도 이런 말을 할 사람이 필요하니까.'

언젠가 딸이 《나쁜 사람에게 지지 않으려고 쓴다》라
는 책 제목을 보고 이렇게 말한 적이 있다.

"지지 않으려고 왜 글을 써? 싸워야지."

움찔한 나는 이렇게 대답했다.

"어떤 사람에게는 글이 싸우는 도구니까."

딸이 보기에 글쓰기는 즉각적인 투쟁의 방법이 아니
었던 것이다. 글은 공적인 목소리를 내는 탁월한 방법이지
만 실질적인 변화를 이끌어 내기에 더딘 구석이 있는 게 사
실이다. 소셜미디어에 기록한 사건이 확산되고 문제해결
촉구나 공식 입장 발표가 이루어지는 경우도 있지만 모든
사건을 그런 식으로 해결할 수는 없다. 학교운영위원회라
는 경험에서 내가 얻은 건, 여러 사람을 마주 보고 목소리
를 내고 문제 해결을 위한 피드백을 들으며 실질적인 변화
를 실감할 수 있었다는 것이다. 이런 변화가 작가로 살면
서 책상에 앉아 세상에 대해 한없이 회의하는 것보다 어쩌
면 눈에 보이는 발전처럼 느껴졌다.

정신과 약을 아무리 먹어도 변하지 않는 현실이 있다.
내가 살아가는 사회의 모습이 변하지 않는 한, 나의 우울
과 불안 또한 좋아지지 않을 것이며 분노 또한 사그러들

지 않을 것이다. 갈수록 심각해지는 계급 차이, 성차별, 기후위기…… 이 모든 사회적 정치적 환경이 내 우울함의 기저에 깔려 있다.

> 우리 모두는 특정한 시대에 특정한 공동체에서 특정한 사람들과 관계를 맺으며 살아갑니다. 그리고 그 속에서 희로애락의 다양한 경험을 하지요. 그 경험들은 태아기의 굶주림처럼 우리가 인지하고 기억하지 못할지라도 몸에 새겨져, 때로는 당뇨병의 원인이 때로는 우울증의 원인이 되어 우리 삶에 끊임없이 영향을 줍니다.
> – 김승섭, 《아픔이 길이 되려면》에서

영국의 사회학자 리처드 윌킨슨의 《평등해야 건강하다》, 고려대학교 보건과학대학 김승섭 교수의 《아픔이 길이 되려면》, 캐나다의 페미니스트 학자 캐런 메싱의 《일그러진 몸》은 사회적인 맥락에서 병과 죽음을 이해하고 분석한다. 이들은 현대사회에서 병은 개인적이지 않음을 공통적으로 말하고 있다. 일터가 얼마나 열악한지, 얼마만큼의 소득을 받는지, 어떤 사람들과 관계를 맺고 사는지에 따라 건강 불평등도 심화된다.

집 현관문을 닫으면 세상과 완전히 차단돼 이 세상에 오직 '나'로 존재할 수 있다는 생각은 착각이다. 내가 사는 지역사회, 한국의 정치 상황, 세계적인 기후위기의 영향을 받고 내 삶의 모양이 달라진다. 방에 혼자 앉아 있어도, 나와 사회와 자연은 접착제처럼 긴밀하게 연결되어 있다.

학교운영위원회 2년 임기 동안 한 번을 제외하고 모든 회의에 참석했다. 임기가 끝난 올해는 남편이 학교운영위원회 위원을 신청했다. 학교운영위원회의 낮은 인기는 변함없었다.

아들에 대하여

아파트 놀이터를 이용하는 사람들은 다양하다. 걸음마를 막 뗀 아이부터 교복 입은 학생들, 아이들을 지켜보며 이야기를 나누는 양육자들까지. 언뜻 평화로워 보이지만 갈등과 싸움도 왕왕 일어난다. 하루는 초등학교 고학년쯤으로 보이는 남자아이들 무리가 놀고 있었다. 그네에 앉아서 노는가 했더니 "악!" 하는 소리가 들렸다. 몇 명의 아이들이 놀이터 바닥 타일을 뜯어 체구 작은 한 아이에게 던지고 있었다. 아이는 움츠린 상태로 날아오는 타일을 피했다. 당장 상황을 멈춰야 할 것 같아서 소리를 질렀다.

"야! 야! 그만!"

본능적으로 타일을 선두에서 던진 남자아이의 덩치를 확인했다. 나와 비등했으나 그 뒤로 대여섯 명의 무리가 버티고 있었다. 솔직히 겁이 났다. 그래도 뱉은 말이 있으니 성큼 다가가 남자아이 앞에 섰다. 그 아이가 호전적인 눈빛으로 되물었다.

"왜요?"

"그거 던지지 마요. 사람한테 던지면 안 되지."

경고할 땐 기선제압이 중요한 건데 존댓말이 나오고 말았다. 만만하게 보인 게 아닐까. 놀이터에 있던 사람들이 흘깃흘깃 우리 둘을 쳐다봤다. 타일을 맞던 아이는 어느새 무리에 합류해 있었다. 혹시 내가 잘못 끼어든 걸까. 그렇지만 누군가가 다칠 수 있는 방식으로 노는 건 저지해야 하는 게 아닐까. 속으로 온갖 말이 엉켜 들어갔지만 아무 말 없이 마주 보고만 있었다. 아이도 눈을 피하지 않았다. 우리는 한동안 눈싸움하듯이 서로를 쳐다보기만 했다. 왠지 기싸움에서 져선 안 될 것 같았다. 정말 다행히 아이가 먼저 고개를 돌렸다. 아이는 마치 나 들으란 듯이 이렇게 외치며 사라졌다.

"누나 섹스! 누나 섹스!"

"와아아" 친구들의 웃음소리가 뒤를 이었다. 도망치듯 사라지는 뒷모습을 허망하게 쳐다봤다. 섹스가 무슨 모욕적인 말이랍시고 외치는 걸까. 저 아이들에게 '섹스'란 무엇이길래. 아이들은 떠났지만 '누나 섹스'의 여운은 오래 남았다.

남자아이들이 노는 모습을 지켜보면 심란할 때가 많

다. 딸을 키우는 걱정과 아들을 키우는 걱정이 다르다. 남
자아이들끼리의 관계에선 힘, 체격에 따른 위계가 작용하
는 경우가 많았다. 남자아이들은 '잘 노는 무리'에 들어가
기 위해선 복종하거나 이겨야 한다는 것을 유치원 다닐 때
부터 배워 나간다. 덩치가 크거나, 힘이 세거나, 남들보다
똑똑해서 서열이 높은 아이들이 있다. 놀이를 주도하고 복
종을 강요하는 아이들이 있다. 반면 나의 쌍둥이 아들들
은 체격이 작았고 한글을 익히는 속도도 느렸다. 친구들
에게 자주 맞고 돌아왔다. 나는 담임 선생님에게 상담을
신청했다. 아이들이 교실에서 일어나는 일이 폭력임을 인
지하고 서로 존중하는 태도를 배웠으면 했다. 상대 부모
와도 이야기하고 학교장에게 편지도 썼다. 그래도 상황이
좋아지지 않아서 결국 유치원 졸업을 한 달 앞두고 퇴소
를 선택했다.

태권도 학원에서도 비슷한 일을 겪었다. 힘세고 나이
많은 아이가 자기보다 어린 아이를 괴롭히거나 때리는 일
이 놀이처럼 성행했다. 작은 남자아이를 큰 형들이 둘러싸
고 때리는 모습을 목격한 어느 학부모가 관장에게 문제를
제기하자 이런 말이 돌아왔다.

"남자아이들은 다 그렇게 놉니다. 고학년 되면 더 심해
져요."

남자아이들의 폭력성은 평범하니까 이 정도는 그냥 넘
어가는 게 좋다는 말이었다. 그렇다면 남자아이들은 어릴

때부터 폭력 상황에 적응하거나 힘을 길러 우위에 서거나, 둘 중 하나의 태도를 선택해야 할까. 나는 유치원을 그만 뒀듯 태권도 학원도 그만뒀다. 폭력 상황에 노출되는 것도, 폭력에 적응하는 것도 비극적이었다. 하지만 과연 그게 좋은 선택이었을까. 자꾸 도망만 치는 기분이 들었다. 만약 초등학교나 중학교에서 똑같은 상황이 발생한다면 어떻게 대처할 수 있을까? 아이들에게 일단 참으라고 해야 할까? 학교폭력위원회를 열어 달라고 요청해야 할까? 내가 이런 고민을 털어놓으면 듣는 말들은 보통 이러했다.

"남자애들이 좀 유별나잖아요."

"남자아이들은 다 그렇게 놀아요."

'원래 그렇다'는 말에 대구할 수 있는 말이 없었다. 한국 사회 전반적으로 남성에게 폭력을 허용하고 용인하는 분위기가 짙다는 것은 무시할 수 없다. 데이트 폭력, 성폭력의 가해자 대다수가 남성이라는 것은 진실이다. 몇 년 사이 성인지 감수성 교육, 페미니즘 교육에 대한 열망이 커지고 현장에서 힘을 내는 선생님들도 있지만, 여전히 부족함을 느낀다.

또래 남자아이를 키우는 이웃 인남과 어떻게 하면 아들들을 잘 키울 수 있을까 이야기를 나눈 적이 있다.

"한국 사회의 여성혐오 현상을 아들도 자연스럽게 일부분 내재화할 거라 생각해요. 그런데 그건 여성도 마찬가지 아닌가요? 남성혐오를 내재화하잖아요. 그럼에도 제가 믿는 건 아들이 가장 먼저 배우는 여성이 나라는 거예요. 내가 나답게 지내고, 그걸 아이가 자연스럽게 보면 된다고 생각해요."

　　인남과 나는 같은 유치원의 학부모로 처음 만났다. 인남은 유치원 엄마 중 유일한 쇼트커트 헤어스타일이었다. 어느 날은 밝게 탈색하고 나타났는데 아이들이 박수 치며 좋아했다. 내가 인남에게 먼저 말을 건 것도 그의 스타일이 멋져서였다는 걸 기억했다. 휘적휘적 통 큰 바지에 루즈한 카디건을 걸치고 유유자적 공원을 걸어 다니던 사람.

　　"세상은 여성들에게 사랑하고 이해하고 돌보라고 끊임없이 메시지를 주는데, 남성들에겐 그렇지 않아요. 돌봄은 살아가면서 기본적으로 꼭 필요한 기술인데. 나는 이혼 후 어린 아들을 두 친구와 함께 살며 키웠어요. 영화 〈우리의 20세기〉를 보면 여자들만의 돌봄으로 자라난 남자아이의 이야기가 나와요. 그 아이도 자라서 페미니스트가 돼요. 그렇게 키우고 싶단 마음이었어요."

　　나는 아들들에게 강조한다. 멋진 사람이 되기 위해선 첫 번째, 깨끗해야 한다. 두 번째, 다정해야 한다. 세 번째, 상식적이어야 한다. 세 번째는 '지적이어야 한다'로 바꾸고 싶었지만 일단 상식이 우선이다. 상식에는 언어, 기초수학, 사회, 문화, 역사, 사회규범, 그리고 성에 대한 지식도 포함돼 있다.

　　"우리 엄마는 어제 생리 중이라서 쉬었어."

어느 날 횡단보도에서 신호가 바뀌길 기다리며 인남의 아들이 말했다. 지나가던 할머니가 그걸 듣고 멈춰 서서 말했다. "조그만 애가 생리를 다 아네." 나의 아들 둘은 고개를 끄덕였다. 생리라는 게 이상한 말은 아니니까. 다른 성에 대한 이해는 빠를수록 좋다. 성교육은 일상 속에서 당연히 알아야 하는 것들을 배우는 것이니까. 성교육은 나와 타인의 '사이'와 '차이'를 이해하는 것에서 시작한다. 관계라는 맥락을 이해해야만 내가 하는 행동이 타인에게 폭력이 될 수 있음을 알 수 있다.

5년 전, 세 아이가 "안 돼요, 싫어요, 도와주세요"를 돌림노래처럼 신나게 따라 외치는 모습을 보면서 마음이 심란해진 적이 있다. 위협적인 행동을 하는 어른을 만났을 때의 지침이라며 어린이집에서 가르쳐 주었다는데, 이 구호가 위험한 상황에서 얼마나 효과가 있을지 의문이 들었다. 어린이들은 어른의 말을 거절하기 힘들다. 뿐만 아니라 누군가가 신체를 마음대로 만지면 거부해야 한다고 아이들에게 가르치는 일은 잠재적 피해자인 아이들에게 책임을 전가하는 일이 된다. "왜 싫다고 하지 않았어?" "왜 말하지 못했어?"라고 묻는 2차 가해의 여지를 주기도 한다. 당시 나는 답답한 마음에 아동 성평등 강사 양성과정에 등록하고 수료했다. 답을 구하는 심정으로 성평등 시민 아카데미 수업까지 성실하게 챙겨 들었다.

아무리 성인지 감수성 교육을 듣고, 성교육 책을 사서

아이들에게 읽어 주는 노력을 해도, 여전히 부족하다고 느낀다. 상식을 갖춘 어른으로 키워 내는 것. 그것은 양육자의 책임이기도 하지만, 그 이상이다. 통제 불가능한 수많은 경우의 수에도 불구하고, 양육자는 아이에게 좀 더 나은 환경, 안전한 관계를 제공하고자 애쓰지만 정체성이란 결국 사회적 환경의 영향을 받는다.

> 오늘날 우리는 딸에게는 '넌 되고 싶은 건 뭐든지 될 수 있어. 그게 우주 비행사든, 현모양처든, 천상 여자 아이 같은 여자아이든!'이라고 말할 가능성이 높다. 하지만 아들에게는 이런 말을 해 주지 않는다.
> – 클레어 케인 밀러, 〈페미니스트 아들을 키우는 방법〉에서✦

얼마 전 이 글을 읽으면서 평소 딸에게는 '마음껏 하라'고 말하면서도 아들들에게는 주로 '하지 말라'는 메시지를 주었다는 걸 깨달았다. 딸은 자유분방하게 자기 목소리를 내는 사람으로 키워야 한다고 믿으면서 왜 아들에 대해선 그렇게 생각하기 힘들었을까.

남편은 평소 감정을 잘 드러내지 않는다. 내가 먼저 대화를 제안하거나 술자리를 마련하지 않으면 자신이 느끼는 불만이나 슬픔을 꽁꽁 숨긴다. 처음부터 그런 사람은

✦ Claire Cain Miller, "How to Raise a Feminist Son", *The New York Times*, 2017. 6. 2.

아니었다. 남초 사회인 일터에서 오랜 시간 근무하며 변화한 것이다. 자신이 속한 집단에 적응하기 위해서 남편은 한국 사회의 전통적인 남성성을 빨리 체화했다. 남편은 가부장제 해체를 말하는 나를 보며 솔직히 해방감을 느낀다고 한다. 사실은 그도 가족부양의 책임이 큰 가장이라는 무게가, 힘으로 무장한 권위적인 사내들의 세계가 숨 막히는 것이다. 울고 싶을 때 울고, 힘들 땐 도와 달라고 청할 수 있는 남자가 된다는 건 어떤 의미에서 투쟁이다.

페미니즘은 나에게 누군가의 딸, 아내, 엄마가 아닌 '나'로 살아도 괜찮다고 말해 주었다. 나는 남편과 두 아들뿐만 아니라 우리 곁의 모든 남자들이 누군가의 아들, 남편, 아빠가 아닌 그저 자신으로 살아가기를 바란다. 페미니즘은 구원이자 혼란이며 투쟁이다. 혼란은 다시 태어나기 위한 전제조건이다. 기꺼이 혼란을 택하는 남자들이 많아지면 좋겠다. 그럴수록 우리의 아들들도 자유로워질 테니까.

긴 머리 휘날리며

한동안 정체성이라는 말에 몰두했었다. 엄마라는 정체성을 온전히 받아들였음에도 엄마이기만 해선 안 된다고 생각했다. 창작자이면서 페미니스트라는 것도 잊지 않으려 애썼다. 그러나 언제부터일까. 정체성을 말하고 증명하는 것이 또 다른 구속이 됐다.

'페미니스트인데 다리털을 깎아도 되나?'

'짧은 머리를 하고 꾸밈 노동을 최소화한 모습으로 다녀야지.'

'자식 자랑을 하면 역시 가부장제 부역자라고 생각하려나.'

페미니스트라고 스스로 정의한 순간, '페미니스트는 어떠해야 한다'는 이상한 관념에 갇혔다. 여성이란 이유로

혐오의 대상이 되지 않는 세상, 여성이라서 위험해지지 않는 세상, 모든 사람이 자기답게 살아도 안전한 세상이 페미니즘이 추구하는 모습이라고 생각했다. 나는 눈에 보이지도 않는 검증을 의식하고 주눅 들었다.

저 앞에서 깃발을 휘날리며 투쟁하는 용기 있는 젊은 여성들을 볼 때면 멋지다 생각하면서도 내 모습이 부끄러웠다. 일찌감치 잘못된 선택을 한 것만 같았기 때문이다. 나는 반쪽짜리 페미니스트라고 생각했다. 결혼을 하더라도 남편의 경제력에 기대지 않아도 될 만큼 능력이 있어야 하고, 성평등한 가정을 만들기 위해 투쟁하듯 살아야 하며, 동시에 스스로에게 부끄럽지 않게 살아야 한다고 생각했다. 나는 무엇도 잘 해내지 못했다.

페미니즘 강연을 들으러 갈 때면 은연중에 머리가 짧은 참여자가 얼마나 있나 홀깃 살펴봤다. 긴 머리는 구시대 여성의 유물처럼 느껴졌다. 원피스나 치마를 입는 것보다 바지와 헐렁한 티셔츠를 입어야 당당했다.

나는 1년 전부터 머리를 길렀다. '미용실에 가지 않았다'는 게 더 정확한 표현일 것이다. 서너 시간씩 의자에 앉아 있는 게 힘들어서 미용실 가기를 미루다 보니 1년이 훌쩍 지났다. 머리카락이 쇄골까지 내려왔다. 긴 머리카락이 생미역처럼 구불거렸다.

제멋대로 구불거리는 반곱슬머리를 그냥 풀고 다녔다. 오랜만에 긴 머리를 하니 좋았다. 더우면 가지고 다니는 끈으로 질끈 묶으면 됐고, 바람에 머리가 흩날릴 때의 기분도 좋았다. "머리가 너무 산발인데요?", "지저분해요" 하고 핀잔을 주는 무례한 사람은 없었다. 주로 혼자 일하기에 치마를 입든, 셔츠를 입든, 누가 뭐라 하지 않는 환경이기도 했다.

페미니스트라는 증명이 무엇이든 할 수 있는 내 삶의 자유와 재미를 소거할 만큼 중요하지 않다. 머리카락이 짧든 길든, 그것이 정체성을 증명하는 지표가 되지 않음을 이제는 안다. 나는 증명의 압박을 벗어던지고 싶었다. 장애인, 성소수자, 어린이와 여성, 노인, 사회적 약자는 끝없이 자신의 입장과 정체성을 해명하며 산다. 왜 아픈지, 왜 가난한지, 왜 약한지. 소수자는 계속해서 자신의 삶을 증명하라는 요구를 받는다. 단지 존재한다는 이유만으로 그렇다.

동료 작가인 김비 언니는 자신의 일상 동영상을 유튜브에 올리는 이유를 "사람들의 질문에 일일이 대답하고 설명해 주기 귀찮아서"라고 말한 적이 있다. 트랜스젠더가 어떻게 살아가는지, 권리처럼 자꾸 물어 대는 사람들에게 "그렇게 궁금하면 이거 보세요" 하고 간단하게 말하고 싶어서라고.

기혼 페미니스트 여성들의 모임 '부너미'에 온라인으로 참여했을 때, 나는 목요일 밤 10시부터 자정까지 노트북 앞에 앉아 전국에 사는 여성들의 이야기를 들었다. 모임의 소감을 말하는 마무리 시간에 나는 이렇게 툭 속마음을 말했다.

"왜 항상 기혼 여성이라는 걸 변명해야 하는지 모르겠어요. 아니, 남편 덕 좀 보고 살면 안 됩니까?"

그 말을 내뱉는 순간 속이 참 시원했다.

"여자 가슴이 100개면, 100개가 다 다르게 생겼어요. 신기하죠?"

조리원에서 가슴 마사지를 받을 때 관리사에게서 들은 말이다. 같은 여성이라고 하면 몸이 비슷하게 생겼을 거라 흔히들 생각하지만 다 다르다는 의미였다. 몸뿐이랴. 여성의 삶도, 페미니즘도 마찬가지다. 100명의 여성이 있다면 100가지의 페미니즘이 있다. 앞에 있지 않다고 해서 뒤처진 것이 아니라는 것, 다만 이 모든 일이 동시에 일어날 뿐이라는 걸 겨우 깨달았다. 혼란스러웠던 예전의 나처럼 "우린 망했나요?", "우리가 탈 기차는 없나요?"라고 두리번거리는 여성이 있다면 말해 주고 싶다. 늦고 빠른 건 중요하지 않다고. 평등한 세상으로 가는 기차라면 우리가 다 함께 타는 데 아무런 문제가 없을 거라고.

지난겨울, 일본에 사는 조카가 방학을 맞아 한국에 놀러 온 적이 있다. 식탁에 앉아 둘이서 대화를 나눌 기회가 있었다. 나는 일본의 학교에선 성교육을 얼마나 어떻게 받는지 궁금했다.

"여자아이들은 성교육에 관심이 많은데, 남자아이들

은 잘 몰라요. 생리가 뭔지도 잘 모르는 애들도 많고."

　　고등학교 2학년인 루나의 대답을 듣고 떠오른 말들은 많았지만 다 뒤로하고 루나의 크고 말간 눈을 가만히 바라봤다. 그리고 말했다.

　　"앞으로 루나가 살기 좋은 세상이 되면 좋겠어."

　　그러자 루나가 말했다.

　　"저는 외숙모도 살기 좋은 세상이 됐으면 좋겠어요."

　　우리는 아무 말 없이 서로의 얼굴을 바라봤다. 우리는 서로의 행복을 바랐다. 나는 루나의 말을 소중하게 마음에 품었다. 선을 긋고 경계를 나누느라 다친 마음이 천천히 여무는 기분이 들었다. 우리는 서로의 응원이 될 수 있다는 아주 가까운 확신이 들었다.

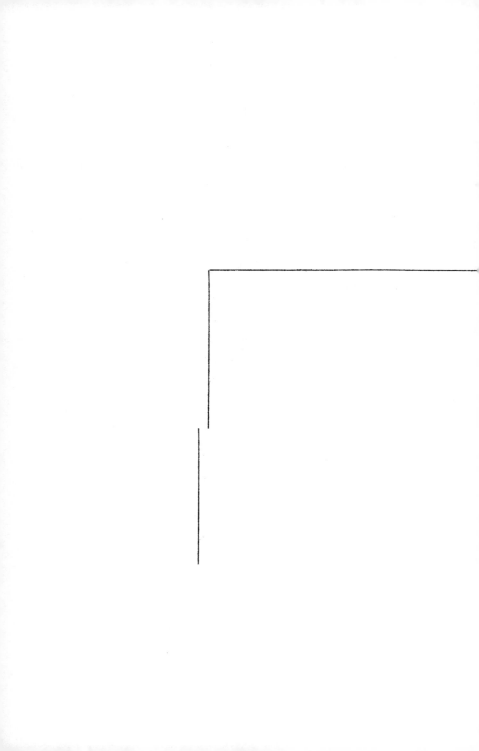

4장

우울한
엄마들의
살롱

우울한 엄마들의 살롱

한낮이었다. 횡단보도 신호등이 바뀌길 기다리다가 눈물이 났다. 이유도 없이 펑펑 울고 싶었다. 촉촉하게 젖어 들어가는 눈가의 물기를 서둘러 손등으로 찍어 냈다. 길에서 우는 것도 용기가 있어야지. 주변을 두리번거렸다. 한낮의 카페는 사람이 많고, 식당은 어쩐지 처량했다. 공원은 춥고 집은 가기 싫었다. 울고 싶을 때 편안히 찾아갈 수 있는 공간이 있다면 얼마나 좋을까. 그때 상상한 것이 '울기 좋은 가게'다. 평화롭고 아늑하고 아무런 방해도 없는, 바닥에 주저앉아 울어도 되고, 적당히 딱딱한 소파에 팔을 괴고 울어도 되고, 서서 울어도 좋고, 흐르는 눈물 콧물을 닦을 부드러운 천과 티슈도 구비되어 있어 안심하고 울어도 괜찮은, 빨갛게 충혈된 눈을 확인하고 웃어도 부끄럽

지 않을 공간이 있다면 얼마나 좋을까. 눈물이 그치면 깨
끗한 세면대에서 미지근한 물로 세수를 하고 톡톡한 수건
에 얼굴을 닦고 아무렇지 않게 나오면 되는 곳. 그렇게 세
상에 없는 공간을 상상하며 걸었다.

우울과 슬픔을 나눌 수 있는 곳이 실제로 있다면 어떨
까? 나는 우울함을 고백하는 일이 자주 어려웠다. 상대방
에게 부담이 될까 봐, 고통을 존중받지 못할까 봐 차라리
그냥 삼키고 말았다. 나처럼 우울한 엄마들도 어딘가에 있
을 것이다. 브런치의 시간을 즐기듯, 엄마들과 서로의 우
울함에 대해서 이야기해 보고 싶다는 마음이 있었다.

언젠가 동료인 박조건형 작가가 블로그에 우울증 자
조모임 이야기를 공유한 적이 있다. '자조모임'이란 공통
적인 문제를 가진 사람들이 각자의 이야기를 들려주며 서
로 도움을 주고받는 모임이다. 암환자 자조모임, 알코올
의존증 자조모임 등 다양한 모임이 있다. 전문가가 없는
곳에서 병증에 관한 이야기를 털어놓는 게 안전할까, 의구
심이 들다가도 의사와 환자라는 수직적인 관계가 아닌 당
사자들의 동등한 관계에서 이뤄지는 대화는 어떤 느낌일지
궁금했다. 한번 참여해 보고 싶었지만, 박조건형 작가가
말한 모임은 서울에서 열렸다. 아무리 매력적인 모임이라
하더라도 서울까지 가는 데는 아주 큰 결심이 필요했다.

'우울한 엄마들의 살롱'도 일종의 자조모임이라고 할
수 있다. 하지만 콕 짚어 '자조모임'이라고 말하고 싶지 않

다. 미약한 우울감부터 중증 우울증까지, 우울은 스펙트럼이 넓다. 많은 사람에게 열려 있는 모임이 있으면 좋겠다는 생각으로 '우살롱'을 기획, 진행했다. '우살롱'은 '우울한 엄마들의 살롱'의 줄임말이다. 첫 번째 모임의 참여자가 모임 이름을 줄여 부른 이후로 모두가 그렇게 불렀다.

2022년 11월, 머릿속에서 뛰어놀던 상상을 동료 창작자 리에 씨에게 털어놓은 것이 이 모든 일의 시작이 되었다.

"버스 타고 오면서 생각했어요. 우울한 엄마들이 모여 이야기하는, 그런 모임을 만들어 보면 어떨까."

"꼭 필요한 모임이네요. 세상에 우울한 엄마가 얼마나 많다고요."

리에 씨가 긍정적으로 반응했다. 순간 우리가 이야기를 나누고 있는 공간이 눈에 들어왔다. 리에 씨는 빈티지옷과 소품, 지역 인디 뮤지션의 앨범을 판매하는 소품샵 '무하유'를 운영하고 있었다. 대면 모임에는 물리적 공간이 필요했다. 우살롱에 아늑하고 우아한 공간인 무하유가 제격이었다. 리에 씨가 선곡한 아름다운 음악이 흘러나오고 향초와 화분이 어우러진 곳. 앉아서 이야기할 공간도 충분했다. 열 명쯤 되는 사람들이 소담하게 둘러앉아서 말하기 좋은 긴 의자도 여러 개 있었다.

"리에 씨, 무하유에서 모임을 진행해 보면 어떨까요?"

리에 씨는 선뜻 "좋아요!"라고 말했다. 두 시간 대관료를 지급하기로 하고 이후를 구상했다. 모임 공간이 정해지니 80퍼센트는 진행된 것만 같았다. 혼자서 생각만 했을 때는 이룰 수 없었던 진전이었다. 우리는 참여자를 얼마나 모을지, 어떻게 참여 신청을 받을지, 다과나 차를 어느 정도 낼지, 좀 더 구체적으로 이야기 나눴다. 추구하는 대화의 밀도를 생각하면 소규모인 게 좋았다. 참여자는 열 명 이하로, 참여비는 찻값을 포함해 5천 원을 받기로 했다. 참여비는 대관료에 보탤 계획이었다.

처음 리에 씨는 우려했다. 행사명에 '우울한 엄마'가 들어가서 너무 센 느낌이 든다고 했다. 아무래도 모객에 대한 염려가 아니었을까. 나는 일부러라도 '우울한 엄마'를 강조하고 싶다고 말했다. 엄마들의 우울함이 혼자만의 고충으로 끝나지 않게 세상에 크게 말할 필요가 있다고 설득했다. 나도 100퍼센트의 자신은 없었다. 리에 씨 말대로 엄마들이 스스로를 '우울한 엄마'라고 정의 내리기도 어려울뿐더러, 한국 사회에서 우울증은 여전히 낙인처럼 여겨졌다. 그렇기에 참여자들에게 모임 이름이 일종의 부담으로 작용할 수 있었다. 그래도 고민 끝에 모임 이름은 처음 그대로 '우울한 엄마들의 살롱'이 됐다.

리에 씨는 우살롱 참여자 모집을 위한 사진과 동영상 포스터를 만들었다. 흔들리는 그림자, 계단, 조명……. 어디에나 있지만 애정을 가지고 보지 않으면 평범하게 스쳐 갈 일상의 풍경들이 멋진 포스터로 탄생했다. 나는 그 포스터 아래 우살롱 참여 모집 글을 썼다.

엄마에게는 다양한 표정이 있습니다. 기쁨, 고단함, 행복, 슬픔, 벅참, 뿌듯함. 우울도 그중 하나입니다. 그렇지만 우울은 가장 존중받지 못하는 감정이기도 합니다.

인스타그램에 공지 글을 올리며 인스타그램을 하지 않는 사람들을 생각했다. 그래서 〈경남도민일보〉에 지면 광고를 냈다. 어떤 사람들에게는 신문이 여전히 정보를 접하는 가장 빠른 창구일 수 있었다. 틀린 생각은 아니었는지, 나중에 신문광고를 보고 우살롱에 왔다는 참여자가 정말 있었다.

첫 모임 전에는 많이 긴장했다. 신청서를 쓴 여덟 명의 사람 중에는 아는 사람도 있었지만 모르는 사람이 더 많았다. 모임 시간은 오전 10시 30분이었다. 나는 아침 8시에 도착해 무하유 근처의 카페에 들어갔다. 라떼 한 잔을 시켜 놓고 진행 원고를 천천히 읽었다. 커피를 마시면서 스스로를 독려하고 싶었다.

무하유에 도착해서 리에 씨와 인사를 나눴다. 그때 한 여성이 헐레벌떡 들어왔다. 나는 아직도 호연이 씩씩하게 입장하던 모습을 인상적으로 기억하고 있다. 핑크색 긴 머리를 휘날리며 숨차게 걸어 들어오던 호연을.

호연은 하고 싶은 말이 많은 얼굴이었다. 정해진 모임 시간이 되려면 아직 50분 정도 여유가 있었다. 나는 호연과 먼저 대화를 시작했다. 호연은 하마터면 우살롱에 못

올 뻔했다고 말했다. 아침에 아이 컨디션이 좋지 않았기 때문이다. 호연은 어린이집에 아픈 아이를 맡기며 선생님께 호소했다. 오늘 꼭 가야 할 곳이 있다고, 네 시간만 맡아 달라고. 그리고 자동차로 40분을 달려 우살롱에 참여할 수 있었다.

　　두 아이를 키우는 호연은 오랫동안 우울증을 앓았다. 우울증이 심각했던 몇 년 동안 사람을 만나지 않았다는 말도 차분히 전했다. 평소 책을 좋아하는 호연은 나의 인스타그램 계정을 팔로잉하고 있다가 우살롱 공지를 보고 바로 참여 신청을 했다. 혹시나 한 번으로 그치는 행사가 될까 봐, 이번에 무슨 일이 있어도 꼭 가야 한다고 생각했다. 평소 무기력하고 사람을 잘 만나지 않는 호연이 세상 밖으로 걸어 나왔다는 점에서 순간 묵직한 책임감을 느꼈다. 어깨 아픈 책임감이 아니었다. 말로 표현할 수 없는 어떤 숭고함, 고마움이었다.

　　10시가 가까워지자 사람들이 하나둘씩 도착했다. 생후 한 달 된 아이를 남편에게 맡기고 온 엄마, 자신이 우울한지도 몰랐다고 고백하는 엄마, 불면증으로 잠 못 이루는 엄마, 단지 우살롱이 궁금해서 온 엄마……. 우살롱을 준비하면서 모르는 사람들끼리 내밀한 이야기를 꺼내놓을 수 있을까 걱정했었다. 과연 편안한 분위기를 만들 수 있을까. 나의 바람대로 울기 좋은 모임이 될 수 있을까. 먼저 나의 이야기부터 꺼냈다. 우울증을 언제부터 앓았는지, 어떨 때 가장 힘들었는지. 말하다 보니 눈물이 났다.

첫 모임에선 다들 많이 울었다. 눈물에 전염성이라도 있는지, 듣는 사람도 따라서 울곤 했다. 자기소개를 하다가 울고, 모유 수유하는 이야길 하다가 울고, 아이 이야기를 하다가 울고. 혹시나 싶어 가져간 두루마리 휴지가 요긴하게 쓰였다.

본격적인 모임 전에 우리는 우살롱에서 지켜야 할 약속을 함께 소리 내서 말했다. "첫 번째, 상대방의 이야기를 판단하지 않기. 두 번째, 해결책은 상대방이 요청했을 때만." 이렇게 두 가지였다. 그날은 한 참여자가 유일하게 다른 이들을 향해 질문했다. 민주 씨였다. 아이를 낳기 전에도 불면증에 시달리며 정신과 치료를 받았던 그는 아이를 낳고 나서 극심한 수면 부족에 시달리고 있었다. 아이가 잠든 시간 동안 따라 자야 하는데 그게 불가능했고, 몸은 날로 쇠약해졌다. 민주 씨는 붉어진 눈가로 물었다.

"언제쯤 좋아져요? 진짜 좋아지긴 해요?"

참여자들은 그를 향해 한마디씩 해 주었다. 그때가 제일 힘들 때라고, 밤중 수유가 끝나고 기저귀를 떼면 점차 좋아진다고, 지금이 영원하지 않다고. 지나온 시절, 자신에게 가장 해 주고 싶었을지 모를 위로의 말들이었다.

잠깐 시간을 확인했더니 어느새 두 시간이 흘러 있었다. 울고 난 엄마들의 얼굴은 전보다 개운해 보였다. 누구보다 만족스러운 건 나였다. 어디에서도 받을 수 없는 위로를 받았다. 참여자들이 꼭 오랫동안 알고 지낸 사람들처럼 느껴졌다. 부산에서 온 참여자는 모임을 마치고 "다른 모임과 비교해서 대화 흐름이 느린 편이어서 인상적이었어요. 침묵이 어색하지 않고, 오히려 필요해 보였어요"라며 따로 소감을 알려 주었다.

> 고통받는 이는 자신의 고통을 말하고 싶어 한다. 사회가 아픈 이의 고통을 함부로 재단하지만 않아도, 그 고통에 온전히 귀를 기울여 주는 단 한 사람만 있어도 아픈 이가 겪는 삶의 통증은 줄어든다.
> – 조한진희, 《아파도 미안하지 않습니다》에서

단지 고통을 이야기하는 사람의 말을 들어 주는 것. 우울한 엄마에게 가장 필요했던 건 아픔에 대한 존중이었다. 우살롱에서 우리는 단 한 번도 "우울한 이야기해서 미안해요"라는 말을 하지 않았다. "공감은 미안하다고 말하지 않는다"는 정희진 작가의 말이 떠올랐다.✦ 집으로 돌아가는 차 안에서 나는 우살롱이 일회성에 그쳐선 안 된다고 생각했다.

✦　정희진, 《정희진처럼 읽기》, 교양인, 2014, 287쪽.

지속하기 위하여

앞으로 우살롱을 어떻게 꾸려 갈까. 첫 번째 우살롱을 마치고 고민이 시작됐다. 무리하지 않는 선에서 모임을 운영하는 것이 첫 번째 목표였다. 스스로 소진되지 않아야 한다고 생각했다.

인스타그램에 모집 글을 처음 올렸을 때 평일 낮에 시간을 내기 어려운 엄마들의 메시지가 도착했다. "너무 가고 싶은데 업무 시간 때문에 오전에 시간을 빼기가 어려워요", "자영업자라 평일 낮에 문을 닫기 힘듭니다", "저녁 시간대에도 했으면 좋겠어요" 아쉬워하는 말들. 그래서 오전 10시 30분과 저녁 7시를 번갈아 가며 모임을 진행하기로 결정했다.

우살롱이 대면 모임이라는 게 다행으로 느껴졌다. 우

울한 엄마들이 '있다'라는 사실을 직접 감각하는 것이 무
엇보다 우살롱의 가장 큰 존재 이유였다. 어떤 참여자는
우살롱에 참여한 이유에 대해서 "진짜 우울한 엄마들이 있
나 궁금해서 왔어요"라고 말하기도 했다. 그렇게 자신이
사는 진주, 창원, 부산 등지에 우울한 엄마들이 있다는 걸
알면 살아가기가 좀 덜 외롭지 않을까. 혼자 모임 장소에
들어설 때보다 집으로 돌아가는 길이 덜 쓸쓸하지 않을까.

"다들 멀쩡하게 아이 키우고 잘 사는데 나만 미친년인 게
아닐까 생각했어요. 우울하다는 이유로 내가 패배자처럼
느껴졌죠. 생각으론 알아요. 요즘 정신과 가는 사람이 많
다고, 나처럼 우울한 엄마들이 세상에 많을 거라고. 그래
도 와닿지 않았어요. 우살롱에서 사람들이 말하고 눈빛을
주고받는 걸 보면서 우울한 엄마들이 정말 존재한다는 걸
믿게 됐어요."
– 참여자 이유리

"연대감이 컸어요. 나만 그런 게 아니구나 느낄 때 안심이
되기도 했고요. 우살롱에서처럼, 우울증을 앓고 있다는
사실을 피부에 뭐가 났다고 말하는 것처럼 편하게 눈치 보
지 않고 말할 수 있는 사회적인 분위기가 되면 좋겠다는
생각도 들었고요."
– 참여자 박혜정

사람을 만나고 새로운 시도를 하는 것이 쉽지 않은 우울한 사람들에게 낯선 모임에 참여한다는 것 자체가 대단한 용기고 도전이었을 것이다. 나는 우살롱에 참여한 한 사람 한 사람의 존재에 진심으로 귀함을 느꼈다.

우살롱에서 나의 역할은 '이끄미'였다. 인사를 하고, 모임을 소개하고, 필요한 질문을 하고, 시간에 맞춰 끝내는 역할. 처음에는 역할에 대한 부담이 컸으나 시간이 흐를수록 나의 역할은 줄어들었다. 참여자들이 자기소개를 하고 서로 질문하고 이야기하는 데 차츰 익숙해져 갔기 때문이다.

"누구의 엄마가 아니라, 그냥 나를 소개하는 게 10년 만이에요."

한 참여자는 그렇게 말을 시작하며 자신을 소개했다.

나는 항상 누구의 엄마라고만 불리는 세상을 경계했다. '누구의 엄마'라는 것은 나의 자부심이기도 했지만, 나의 세계를 순식간에 축약시키기도 했다. 아이 친구들의 양육자 전화번호를 휴대폰에 저장할 때도 언제나 본인의 이름으로 저장했다. 누구의 엄마가 아닌 '박정현', '최아영', '김석원'으로 기억하기 위해서다.

우살롱에서는 "두 아이를 키우는 엄마입니다", "여섯 살 딸이 있어요"라는 익숙한 소개에서 벗어나기 위해 자신의 흥미, 고민, 근황 등을 세 개의 해시태그로 정리해 자신을 소개하는 시간을 가졌다. 참여자들은 #달리기, #갱년

기, #여행 같은 단어를 고르고 이를 해시태그로 뽑은 이유를 이야기했다.

이 방법은 페미니스트 엄마 모임 부너미에 참여하며 배운 것이었다. 부너미는 지난 5년 동안 회원들과 함께 쓴 세 권의 책을 세상에 내놓았는데, 나는 멤버를 모으고 책과 강연이라는 능동적인 활동으로 이어 가며 모임을 유지하는 부너미의 힘과 기술, 유연함이 궁금했다. 그러던 차에 '9주 부너미'라는 모임에 참여하게 됐다.

자기소개가 주가 되는 첫 모임에서 부너미의 이성경 대표는 이렇게 말했다.

"선생님들, 하루 출석 못 해도 괜찮아요. 저한테 따로 이유를 말씀해 주시거나 죄송해할 필요 없습니다. 그럴 수도 있죠. 제 입장에선 그냥 와 주시면 고마울 뿐이에요. 저는 선생님들 글을 읽고 이야기를 듣는 게 너무 좋은, 선생님들의 팬이니까요!"

그 말을 듣고 작은 탄성이 흘러나왔다.

우살롱을 시작할 때부터 모객에 대한 걱정이 늘 있었다. 깊은 대화를 위해 8~10명으로 모집인원을 명시했지만, 혹시나 아무도 신청하지 않을까 봐 걱정이 됐다. 지난번 참석한 분이 다음 모임을 신청하지 않아도 신경이 쓰였다. '이번에는 왜 안 오실까', '지난번 참석했을 때 실망스러웠을까' 참여자들의 만족도에 부담도 느끼고 있었다. 이성경 대표의 말은 부담을 상쾌하게 바꿔 주었다. 참여자들에게 참석을 강요하지 않고 이끄미도 부담을 갖지 않아야만 모임을 지속할 수 있겠구나 깨달았다. 우살롱을 거듭할수록 '과연 편안하게 이야기할 수 있을까', '사람들이 정말 모일까'라는 걱정도 차츰 사라졌다. 사람이 적으면 적은 대로 좋고, 많으면 많은 대로 좋았다.

때로 우울함이 길게 지속되면 우살롱을 이어 가기가 불가능하게 느껴졌다. 그럴 때면 우살롱이 진행되는 현장에서 나의 역할이 크지 않음을 상기했다. 동그랗게 모인 참여자들, 특별하게 진행을 신경 쓰지 않아도 무탈히 흘러가는 시간, 어디에서도 듣기 힘든 공감의 이야기를 들을 때의 위안. 모집과 기획을 제외하면 내가 크게 나서서 할 일이 없었다. 나는 언젠가부터 우울한 엄마들을 믿고 있었다.

1393

내가 앓고 있는 우울증은 반복성이다. 괜찮을 것 같은 시간이 이어지다가도 불현듯 우울증이 덮친다. 주짓수를 하는 나날에도, 우살롱을 계획하는 나날에도 나는 우울증의 파도를 탔다. 기어이 심해에 다다르고 마는 날도 있었다.

자정이 넘은 까만 밤, 가만히 눈을 뜨고 누워 있었다. 상상 속에서 베란다 문을 열고 시원한 바람을 맞고 있었다. '그래, 뛰어내리기만 하면 되는 일이다.' 안락한 침대에 누워 죽음을 떠올렸다. 바로 옆에 남편이 죽은 듯이 잠들어 있었다. 이틀 연속 술 약속을 치른 남편은 살기 위해 잠을 자는 것만 같았다. 얕게 코 고는 소리가 들렸다. 죽고 싶다는 이유로 당신을 깨워도 될까. 잠으로 자살충동을 잠재우고 싶었지만 잠이 오지 않았다. 숨이 턱턱 막혔

다. 공기가 무겁게 몸을 짓누르는 것 같았다. 환기가 필요
했다.

누구에게 전화라도 해 볼까. 그런데 지금 통화할 수
있는 사람이 있긴 할까. 휴대폰 연락처를 넘겨 보다 친구
에게 "자?"라고 소심하게 메시지를 보내 놓고는 휴대폰
화면을 껐다. 타인의 우울과 고통을 듣는 일, 그건 명백한
피로였고 금요일 밤, 누구도 죽고 싶다는 사람의 전화를
받고 싶지 않을 것이다.

거실로 나갔다. 불을 켜지 않고 쪼그려 앉아 네이버 검
색창에 '자살'을 검색했다. 화면 상단에 '당신은 소중한 사
람입니다'라는 생명 사랑 캠페인 이미지가 떴다. 그 아래에
'24시'라고 빨간 글씨로 강조된 정보와 함께 자살예방상
담전화, 정신건강상담전화, 한국생명의전화의 번호가 나
란히 표시됐다. 그중 가장 위에 있는 번호를 눌렀다. 정말
이 늦은 밤에 죽고 싶다고 중얼거리는 사람의 이야기를 듣
는 사람이 있을까. 상담자에게 폭언하지 말아 달라는 자
동안내음성 뒤에 어떤 목소리가 들릴까, 긴장이 됐다.

"안녕하세요. 무슨 일로 자살을 떠올리셨나요."

높지도 낮지도 않은 목소리. 바로 '자살'이란 단어를
말할지 몰랐던 나는 조금 당황했다. 자살이 금기시되는
사회에서 자라난 내게 자살을 허용한 세계는 예술밖에 없
었다. 이제 또 하나의 세계가 열렸다. 24시간 상담센터. 상
담사가 뱉은 '자살'이라는 말에는 동정도, 위로도 묻어나

지 않았다. '자살'이란 단어가 '식사'나 '잠'처럼 스스럼없이 쓸 수 있는 일상어처럼 느껴졌다. 문턱 하나를 넘은 기분이 들었다.

　무슨 일로, 자살을 떠올리셨나요. 상담사는 대답을 재촉하지 않았다. 나는 잠시 생각했다. 돌아보면 별일 없는 하루였다. 이틀 내리 비가 왔고 평소보다 더 무기력했을 뿐. 우울증을 앓고부터 전조증상이 보이면 스스로에게 더 너그러워지려고 애썼다. 기분이 가라앉고 종일 잠에 잠긴 듯한 기분이 시작이었다. 그럴 때 잠은 휴식임과 동시에 짧은 죽음이었다. 훌륭한 생(生)의 도피처였다. 하지만 깨어나야 한다는 것을 인지할 때는 고통이 됐다.

　상담원의 질문에 대답해야 했다. 오늘 무슨 일이 있었지? 아이들이 등교한 후 동네 카페에서 커피를 마시며 글을 썼다. 집에서 밥을 챙겨 먹고 무하유에 가서 리에 씨와 대화를 하고 집에 돌아와 미역국을 끓여서 이웃과 나눠 먹었다. 늦은 오후에는 유난히 피곤함이 밀려왔고, 아이들의 질문과 행동에 반응하는 일이 힘들어졌다. 딸의 생일을 하루 앞둔 날이었다. 남편은 이틀 연속 저녁 약속이 있었고, 나는 아이들을 재우고 줌으로 하는 독서모임에 참여했다. 마치니 자정이 됐고, 취한 남편이 돌아왔다. 그대로 잠들면 좋은 시간. 누워서 습관적으로 열어 본 인스타그램이 문제였을까.

　누군가 나의 첫 책 제목을 해시태그로 쓰면 나에게 보

이도록 인스타그램을 설정해 두었다. 출간한 지 2년쯤 지나자 리뷰도 뜸해졌는데 오늘은 새로운 리뷰가 있었다. 리뷰는 담담했다. 범재도 아닌 사람이 스스로 범재라고 하는 것 같다는, 책이 좋지도 나쁘지도 않다는 짧은 리뷰. 평소라면 '그렇구나' 하고 넘어갈 일이 약해진 마음속으로 비집고 들어왔다. 이 정도면 악평도 아니었다. 평범하다는 거니까. 마음을 잠그듯 휴대폰 화면을 잠갔다. 마음대로 표현할 자유, 제멋대로 판단할 자유가 독자에게 있음을 안다. 책이 좋든 나쁘든 별로든, 나는 세상에 작품을 내놓은 대가를 받아야 했다. 동시에 나에게도 리뷰, 댓글 같은 것들에 대꾸하지 않을 자유가 있다. 며칠 전으로 돌아가면 나는 글의 효능에 대해서 고민했고, 글쓰기를 미련한 일이라고 생각하기도 했다. 글쓰기가 우선인 삶이 무서웠다.

　나는 내 삶의 모든 맥락과 이야기를 상담사에게 전부 공개하고 싶지는 않았다. 내 고통을 알아주길 바라는 마음보다 숨기고 싶은, 더 들춰지지 않길 바라는 욕망이 더 컸다. 상담사에게 가장 가깝게 일어난 사건만 수정, 편집해서 말했다.

　"제가 만든 작업에 별로라는 댓글이 달렸어요."

　그 말을 하고 바로 전화를 끊어야겠다고 생각했다. 이렇게 무언가를 숨기면 상담이 별 소용 없게 된다. 고작 리뷰 하나에 흔들린 게 아니라고, 나는 오래전에 망가졌다고, 전부 말하는 대신 통화를 중단해야겠다고 다짐했다.

심리적 방어막을 높게 세운 뒤였으므로 상담사가 어떤 말을 해도 소용없을 것이라고 확신했다. 하지만 전화에 응답해 준, 늦은 시간까지 고통에 찬 사람들의 이야기를 듣는 사람에게 무례한 끝을 선사하고 싶지는 않았다. 나는 "오늘 처음 전화를 해 봤어요. 이 시간에 이야기를 들어 주는 사람이 있다니 정말 고맙습니다"라고 빠르게 말했다. 하지만 상담사는 전화를 끊지 않았다.

　"그런데 선생님, 하나의 작업을 완성했다는 것 자체가 대단한 일 아닌가요? 작업을 그만두실 만큼의 영향력과 가치가 있는 댓글이었을까요?"

　상담사는 얼룩지고 초점이 나간 렌즈를 닦아서 앞이 제대로 보이게끔 노력하는 사람 같았다. 왜곡된 현실 인식을 바로잡기 위해 무던히 애쓰는. 나는 침묵 끝에 "모르겠어요"라고 대답했다. 그러다 눈물이 터졌다. 내가 우는 동안 상담사는 아무런 말도 하지 않았다. 내 울음이 멈출 때까지 상담사는 기다려 주었다. 다만 정해진 매뉴얼대로 대화를 이어 나가야 하는 임무를 수행했을 뿐이라도, 그 기다림 덕분에 나의 방어막은 깨졌다.

　"아이를 키우고 있어요. 아침부터 낮까지 작업을 하고 나면 너무 지쳐요. 그때 아이들이 하교하고 돌아와요. 그럼 아이들의 말에 일일이 반응하기가 너무 어려워요. 종종 아이들과 떨어져 혼자 누워 있기도 해요. 글쓰기를 그만두면 아이들을 대하는 게 좀 더 편안해지지 않을까요? 적어도 이런 죄책감을 덜지 않을까요?"

상담사는 일정한 톤의 목소리로 되물었다.

"작업을 그만두면 아이들에게 정말 더 잘할 수 있을까요?"

나는 침묵했다. 확신할 수 없었으므로, 인생의 선택 뒤에 무엇이 올 수 있는지 직접 가 보기 전에는 알 수 없으므로. 하지만 어렴풋이 그렇지 않을 것을 알았다. 상담사의 질문은 이어졌다.

"자기 일을 지속하는 엄마가 아이들에게 자랑이 되지도 않을까요?"

엄마 책이 학교 도서관에 꽂혀 있다고 좋아하던 딸의 모습이, 도서관 강연장에 따라와서 내 이름이 적힌 플래카드를 보고 반가워하던 아들들의 모습이 떠올랐다.

나는 마침내 고백했다.

"우울증에 관해 쓰고 있는데, 나중에 아이들이 제 작업을 보고 상처를 받을까 봐 무서워요. 자신들 때문에 제가 병든 거라고 생각할까 봐 겁나요."

결국 눈물이 터진 댐처럼 흘러내렸다. "아이들을 정말 사랑하는데" 하고 흐느끼며 울었다. 어두운 거실의 한쪽 벽 뒤에 앉아서, 내 현재의 상태를 아는 사람이 있다는 사실에 의지해서. 상담사는 울음이 잦아들 때까지 침묵을 지켜 주었다. 나의 숨소리와 울음을 헤아리고 있는 사람이 저 멀리 존재한다는 것, 상담사의 어떤 질문과 대답보다 인내의 노력이 들어간 긴 침묵이 감사했다.

몇 개월 전, 지인이 스스로 목숨을 끊었다. 한동안 매일 그 생각을 했다. 설거지하다가도, 책을 읽다가도 생각이 났다. 만약 안부를 한번쯤 물어봤더라면 어땠을까. 그의 선택을 바꿀 수 있는 건 뭐였을까. 자책이 습관처럼 밀려왔다. 후회도 미련도 살아 있는 자의 것이었다. 세상을 떠난 그에게 "비겁한 선택"이라며 쏘아붙일 수도 없었고, "좀 더 다정하지 못해서 미안했어요"라고 말할 수도 없었다. 나는 그의 삶보다 그가 떠난 자리를 더 깊이 실감하고 있었다. 죽음을 받아들이는 것 또한 삶이지만, 애도를 어떻게 해야 할지 몰라 쩔쩔맸다. 그리고 남은 친구들이 얼마나 고통스러워하는지 목격했다. 친구를 구할 기회를 놓쳤다는 죄책감, 세상에 없는 자의 빈자리를 견디는 허망함, 다시 볼 수 없는 친구를 향한 그리움. 적어도 우정과 사랑을 나눠 준 사람에게 깊은 고통을 주고 싶지 않았다. 그의 죽음이 세상에 끼친 파동을 느끼며 나는 내게서 자살이라는 선택지를 저 멀리 폐기하고 싶었다. 처음부터 알지 못했던 것처럼. 살아야 한다고 생각했다. 절대 내 삶에서 도망치지 않겠다고. 하지만 자살충동에 경도될 때면 이 모든 게 새하얗게 변했다. 나는 죽고 싶은 동시에 살고 싶었다.

거실은 여전히 컴컴했다. 전화를 끊고 나니 친구에게 "무슨 일이에요?"라는 답장이 와 있었다. 나는 거실 테이블에 앉아 노트북 화면을 켰다. 그리고 무엇이든 썼다. 눈물이 그칠 때까지, 흥분이 잦아들 때까지.

그 밤의 진실은 이러했다. 상담사와의 통화는 정확히 8분 만에 끝났다. 8분은 죽음을 선택하지 않기 위해 내가 노력한 시간이었다. 그 노력을 도와준, 울음과 침묵을 받아 준 낯선 타인이 존재했다.

그날 울음을 그치고 노트북에서 시선을 떼 고개를 돌렸을 때, 창문 밖으로 도시의 불빛이 반짝였다. 깊은 밤에도 꺼지지 않는 불빛이 있다는 사실이 또 한 번 나를 위로했다.

낯선 현기증

두 번째 우살롱을 마치고 얼마 뒤 현기증이 났다. 하루에 대여섯 번씩 찾아오는 이상한 현기증은 시간이 갈수록 통증이 심해졌다. 마치 잘 재생되고 있던 영화가 갑자기 끊기는 것만 같았다. 뇌에서 빛이 번쩍이는 것처럼 아찔했다. 세상이 멈춘 것 같았다. 전기에 감전되면 이런 느낌일까. 온전한 일상생활이 불가능하다고 여겨질 정도였다. 남편에게 현기증이 심한 것 같다고 말하면서도, 이 말이 증상을 제대로 설명해 주지 못한다고 생각했다.

'혹시 정신과 약을 갑자기 끊어서인가' 의구심이 들었다. 정신과에 다닌 지 2년이 좀 지나면서부터 약의 용량을 줄여 나가고 있었다. 대체로 안정적인 시간을 보낸다고 느끼던 즈음이었다.

의사가 처음 약의 용량을 줄여도 되겠다고 한 날을 기억했다.

"그동안 어떻게 지냈어요?"

한 달에 한 번 정신과에 갈 때마다 듣는 말이었다. 다정한 안부이자 본격적인 질문. 의사는 두 손을 모으고 나에게 약간 몸을 기울인 채로 이야기 들을 준비를 했다. 지난 한 달에 있었던 일을 간추려서 말하는 건 언제나 쉽지 않았다. 무엇을 빠뜨리고 무엇을 말해야 할까. 우울함이 심했던 날을 말할 수도 있고, 대체로 괜찮았던 날들에 대해서만 말할 수도 있었다. 어느 것을 말할지 선택하는 것이 언제나 고민스러웠다. 나는 가장 최근의 일을 말하기로 했다.

"글이 잘 안 써져서 힘들었어요."

"지금 힘든 작업을 하고 계시죠."

"일주일 정도? 너무 힘들었는데 그러다 다시 글을 썼어요. 그리고 괜찮아진 것 같아요."

말하고 나서야 알았다. 지나왔다는 것을, 나는 다시 썼고 괜찮아졌다는 것을. 언젠가부터 우울과 절망이 부드럽게 지나가고 있었다. 몇 개월 동안 상담을 갈 때마다 "대체로 잘 지내고 있다"라고 대답할 수 있었다. 이제 약 용량을 좀 줄여도 되지 않느냐는 질문을 할 때마다 의사는 "아직은 약을 더 드셔야 해요"라고 유보했지만 이번에는 달랐다. 내 이야기를 듣는 의사에게서 어떤 확신의 눈빛이 보였다.

"수미 씨, 이제 약 용량을 줄여도 되겠어요."

그날의 상담에서 의사는 나에게서 무엇을, 혹은 어떤 변화를 본 걸까.

하루에 복용해야 하는 정신과 약이 세 알에서 두 알로 줄었다. 아빌리파이정이 빠지고, 산도스 에스시탈로프람정도 15밀리그램에서 5밀리그램으로 용량이 줄었다. 얼떨떨한 마음으로 진료실을 벗어났다. 안내데스크에서 28일치 약이 담긴 약봉지를 받아 가방에 찔러 넣었다. 약이 겨우 한 알 줄었다고 봉지가 가벼워질 린 없지만 어쩐지 가방이 가벼웠다. '어쩌면 우울증을 완치할 수도 있지 않을까?'라는 기대 때문이었을까. 결국 나는 실수를 저질렀다. 의사와 상의 없이 약 복용을 중단한 것이다. 낯선 현기증의 시작이었다.

급한 대로 인터넷 검색창에 '우울증 단약 후유증', '정신과 약 중단' 등을 검색했다. 우울증 단약 후유증에 대한 뉴스나 기사는 찾기가 어려웠다. 다만 우울증 단약에 따른 몸의 변화를 기록한 우울증 환자들의 블로그 글들이 있었다. 나는 찬찬히 글들을 읽어 나갔다. 그리고 내가 겪은 현기증을 브레인 잽스(Brain Zaps)라고 부른다는 것을 알게 됐다.

'전기 충격 감각'으로도 불리는 브레인 잽스는 항우울제 중단 시 가장 빈번하게 보고되는 증상 가운데 하나다.⁺

대부분 일시적이긴 하나 드물게 수 개월이나 몇 년 이상 치료가 안 되는 경우도 있어 과소평가된 증상이라는 설명이 눈에 띄었다. 브레인 잽스는 안구를 움직이거나 고개를 빠르게 돌릴 때 마치 머리에 전기가 통하는 것처럼 찌릿하거나, TV 화면처럼 하얀 섬광 같은 것을 느끼거나, 머릿속에서 틱틱거리는 이명이 들리며 나타나기도 한다. 민감한 사람에게는 일시적 단약으로도 쉽게 나타날 수 있는 증상이다. 다시 정신과에서 처방받은 알약을 삼켰다. 다음 날부터 거짓말처럼 증상이 사라졌다.

다음 상담에 갔을 때, 의사에게 내가 겪은 단약과 그에 따른 부작용에 관해서 이야기했다. 의사는 정신과 약을 끊을 때는 단계적으로 줄여 나가야 한다고 차분히 설명해 주었다. 상태가 좀 좋아졌다고 갑자기 끊으면 브레인 잽스나 수면장애 같은 후유증을 겪을 수 있기 때문이다. 나는 정신과 약은 두통약이나 감기약처럼 증세가 호전되면 바로 끊어도 되는 게 아니라는 걸 그때 알았다.

항우울제를 한 달 이상 복용한 후 갑자기 끊거나 많이 줄인 경우, 20퍼센트의 환자가 항우울제 중단 증후군을 겪을 수 있다고 한다.[++] 2019년 의학전문지에 실린 항우울제 금단 현상의 빈도, 강도와 지속시간에 대한 리뷰를 살펴보면, 항우울제를 끊으려는 절반 이상의 사람들이 금단 증상을 경험하며, 46퍼센트의 사람은 금단 증상이 매우 심했다고 호소했다.[+++] 이토록 많은 사람들이 항우울제 금단 증상을 경험한다면, 약 복용을 시작하는 환자들도 미리 알고 있어야 하지 않을까. 나는 의사인 은선에게 물어보았다.

"대부분 안전하고 부작용 없는 약들이라는 것이 가장 큰 이유겠죠. 기본적으로 정신과 의사와 환자 사이에는 라포(rapport), 즉 신뢰관계가 형성되어야 해요. 그래야 자신의 이야기를 털어놓을 수 있고, 약을 안심하고 먹을 수 있으니까요. 그런데 만약 첫 상담에 갑작스런 단약 후유증에 대해서도 설명해야 한다면 어떨까요?"

은선의 말을 들으며 정신과 약에 대한 수많은 오해와 편견을 떠올렸다. 그것은 제대로 된 치료를 방해하는 요소였다. 주변 사람들에게 정신과 약을 먹고 있다 밝히면, 우려 섞인 반응이나 참견이 돌아오기도 했다. 한 친구는 어떤 약이든 장복하면 절대 안 된다고 단호하게 끊으라고 말했다.

✦　Alexander Papp & Julie A Onton, *Brain Zaps: An Underappreciated Symptom of Antidepressant Discontinuation*, Physicians Postgraduate Press, 2018 참고.

✦✦　1) Matthew Gabriel & Verinder Sharma, "Antidepressant Discontinuation Syndrome", *Canadian Medical Association Journal*, 2017. 5. 29. 참고.
　　2) 항우울제 중단 증후군(Antidepressant Discontinuation Syndrome): 감각이상, 불면, 불안, 우울, 자살 생각 등을 증상으로 한다.

✦✦✦　James Davies & John Read, "A Systematic Review into the Incidence, Severity and Duration of Antidepressant Withdrawal Effects", *Addictive Behaviors*, vol. 97, 2019 참고.

"장기 복용이 정확히 어떤 효과들을 가져올지는 나도 모릅니다. 아직 프로작을 80년 동안 복용한 사람은 없으니까요. 그러나 약을 끊거나, 먹었다 안 먹었다 하거나, 부적절하게 복용량을 줄이면 어떤 결과가 오는지는 분명히 압니다. 뇌가 손상됩니다. 만성화에 따른 결과들이 일어납니다. 충분히 피할 수 있었던, 점점 더 심각한 형태의 재발을 감수해야 합니다. 우리는 당뇨병이나 고혈압은 꾸준히 치료해야 하는 병으로 알면서 왜 우울증은 그렇게 생각하지 않을까요? 그런 이해 못 할 사회적 압력은 대체 어디에 기인할까요? 우울증이라는 병은 약물치료를 중단하면 1년 이내 재발률이 80퍼센트에 이르며 약물치료를 하면 회복률이 80퍼센트입니다."

– 앤드류 솔로몬, 《한낮의 우울》에서(미시간대학교 연구 부서 책임자 존 그리든을 인터뷰한 내용이다.)

나는 약을 끊어야만 우울증에서 회복되는 것이라는 믿음이 있었다. 약의 효능을 몸으로 느끼면서도 막연하게 약에 대한 의존을 줄여야 한다고 생각했다. 세계적인 정신과 전문의이자 우울증 환자이기도 한 린다 개스크는 저서 《당신의 특별한 우울》에서 "세상에 나온 지 70년 된 항우울제. 누군가에겐 효과가 없고, 부작용이 있다. 만능약은 없다"고 말한다. 나는 운 좋게도 첫 번째 처방받은 정신과 약이 잘 맞았다. 자신에게 맞는 정신과 약을 찾는 데도 시

행착오가 흔하다는 것을 생각하면 정말 행운이었다. 하지
만 약의 효과와 별개로 매일 약을 먹는다는 것은 귀찮은
일이었다. 여행을 갈 때도 신경 써야 했고, 약이 떨어지지
않게 적당한 시기에 맞춰 정신과에 가서 약을 받아야 했
다. 그러니 만약 상태가 좋아졌다면 '끊고 싶다'라고 생각
하는 것도 무리는 아니었다.

　단약 부작용을 겪은 지 얼마 되지 않아 현지와 전화로
안부를 주고받다가 이런 이야기를 전해 들었다.

　"뇌 CT 검사 예약했어. 갑자기 현기증이 심해져서."

　현지는 자신이 겪는 현기증을 어렵게 설명했다. 현기증
때문에 일상생활이 불가능하다고. 살면서 처음 겪어 보는
증상이라고 했다. 평소라면 나도 빈혈이나 다른 병을 의심
했겠지만, 현지가 정신과 약을 먹고 있다는 사실을 알기에
이렇게 물어볼 수 있었다.

　"혹시 정신과 약 끊었어요?"

　현지는 약을 끊은 지 일주일쯤 됐다고 했다. 굳이 약
을 안 먹어도 괜찮을 거라 스스로 판단했고, 갑자기 단약
한 것이다. 나는 약을 다시 먹어 보라고, 그러고도 증상이
지속되면 병원에 가 보라고 했다. 얼마 전 나도 똑같은 증
상을 겪었으며 갑작스러운 단약이 이유였다고 설명했다.
다음 날, 현지로부터 연락이 왔다. 병원 검사 예약을 취소
했다고. 현지는 정신과 약을 먹고 나자 증상이 말끔히 사
라졌다며, 하마터면 엉뚱한 검사를 할 뻔했다고 고맙다고

말했다. 참고로, 영국 국립보건임상연구원(NICE, National Institute for Health and Clinical Excellence)은 2~4주에 걸쳐 단약을 진행해야 한다고 권고한다.

보통 반복성 우울증에는 2년 이상 항우울제를 꾸준히 처방할 것을 권고한다. 요즘은 10년 이상 장기처방이 늘어나는 추세며 장기간 복용할수록 중단 증후군이 높아진다는 보고도 있다.

나는 1차로 용량을 줄인 이후에 반복적인 우울증 삽화를 겪었고, 수면 이상으로 명인 트라조돈염산염정 25밀리그램을 추가 처방받았다. 아직은 약 없이 잘 지낼 수 있을지 확신이 들지 않는다. 재발의 위험 또한 걱정된다. 두 번 이상의 우울증 삽화 또는 2년 이상 우울증 약 복용, 9개월 이상 고용량 항우울제 복용을 경험한 사람 중, 중단을 고려할 만큼 상황이 좋아진 사람을 대상으로 한 연구 결과, 우울증 약을 단약한 경우 우울증 재발 위험이 두 배가량 높았다.[+]

우리나라의 정신질환 환자는 매년 눈에 띄게 증가하고 있다. 우울증 환자 수는 2017년부터 2021년까지 35.1퍼센트 증가해, 기준 환자 수가 933,481명이다.[++] 수치에는 진료받은 환자만 포함돼 있으므로 우울증 환자는 이보다 훨씬 더 많으리라 짐작된다. 1인당 진료비 또한 564,712원으로 2017년 대비 28.5퍼센트 증가했다. 주변에서 쉽게 정신질환에 대한 이야기를 들을 수 있는 지금, 정신과에 대한 심리적 장벽 또한 많이 낮아졌다는 것도 체감한다. 몇 년 전만 하더라도 마음의 병은 의지로 고칠 수 있는 것이라 말하는 사람이 많았다면, 요즘은 마음이 아프면 병원에 가야 한다고 말하는 사람을 자주 보니까.

정신과와 항우울제에 대한 장벽이 낮아지고 편견이 옅어지고 있다는 건 환영할 일이지만, 여전히 정보는 부족하다. 내가 정신과에서 처방받는 약봉지에는 약에 대한 정보가 꼼꼼하게 적혀 있지만 단약도 투약과 마찬가지로 환자의 몸에서 일어나는 일인 만큼, 단약에 대한 정보도 중요하게 언급되어야 한다.

✦　1) Gemma Lewis, et al., "Maintenance or Discontinuation of Antidepressants in Primary Care", *The New England Journal of Medicine*, September 30, 2021 참고. 이 연구는 18~74세의 우울증 환자 478명을 대상으로 했다.
　　2) 우울증 삽화: 우울증 증상이 나타나는 시기. 우울증 증상이 없는 시기와 구분하기 위해 사용하는 말이다.
✦✦　건강보험심사평가원 홈페이지 게시물 〈최근 5년(2017~2021년) 우울증과 불안장애 진료현황 분석〉 참고.

또 다른 목소리
─우살롱에 온 혜정의 이야기

"그만 정신 차려라. 아침이면 일어나야지."

혜정에겐 모닝콜보다 더 익숙한 목소리였다. 아버지의 목소리 같기도, 돌아가신 할아버지의 목소리 같기도 한 남자의 위압적인 목소리. 혜정에게만 들리는 목소리였다. 혜정은 그 목소리에 부응하기 위해서, 기대를 저버리지 않기 위해서 열심히 살아왔다.

쌍둥이로 태어난 혜정은 어머니로부터 험난한 출산기를 들을 때마다 몸이 굳었다. 배 속에서부터 역아여서, 8개월 만에 태어난 미숙아라서 인큐베이터에 있는 동안 젊은 시절 엄마가 벌어 둔 돈을 모두 쓰게 만들었다고. 엄마의 말에는 좋지 않은 상황에서 자식들을 낳고 무사히 키워냈다는 자부심이 섞여 있었지만, 혜정은 태어나기 전부터 엄마를 힘들게 한 자식이라는 뿌리 깊은 죄책감을 느꼈다.

혜정은 초등학교를 1년 일찍 들어갔다. 부모님의 선택이었다. 어릴 때부터 체구가 작고 자주 아팠던 혜정은 또래를 따라가기가 버거웠지만 애썼다. 우수한 성적으로 자신의 존재가치를 증명해야만 한다는 막연한 불안감 때문이었다. 부모는 대놓고 쌍둥이 남동생과 혜정을 차별하지는 않았지만, 눈빛에서부터 애정의 차이가 느껴졌다. 말보다 무서운 것이 이미 집안을 지배하고 있었다. 남아선호사상이 체화된 경상도 집. 부모뿐만 아니라 조부도 언제나 모범생인 혜정에겐 당연하다는 눈길을, 자신보다 뒤처지는 쌍둥이 남동생에게는 격려와 애정의 눈빛을 보냈다. 남동생은 혜정보다 실수가 많았지만, 그 이유로 더 큰 기대를 모았다. 혜정은 자신도 있는 모습 그대로 존중받을 수 있다는 걸 알지 못했다.

'동생에 대한 열등감을 넘어서려면 앞으로 더 잘해야 돼. 더 열심히 하면 인정받을 수 있어.'

혜정은 부모에게 서운한 마음을 느낄 때마다 오히려 이를 악물고 노력했다. 어지간해서 만족을 모르는 혜정의 기질은 타고난 것이기도 했지만 그렇게 하지 않으면 사랑받을 수 없다는 무거운 압박 때문이었을 가능성도 크다. 혜정은 좋은 성적으로 교육대학교에 합격했고, 임용고시도 한 번에 붙어 초등학교 교사가 됐다.

스무 명에서 서른 명의 아이가 생활하는 교실과 역시

수십 명의 선생님이 생활하는 학년연구실이 혜정의 주 일터였다. 교사로서 혜정은 지나치게 책임감이 많았다. 아무리 우울하고 기분이 처지는 날에도 교실 안에 들어서면 모드가 바뀔 수 있다고 믿었다. 아이들을 야무지게 잘 가르치고 무탈히 집으로 돌려보내는 일에는 엄청난 집중과 애정이 필요했다. 혜정은 교실에 들어설 때마다 꼭 두터운 갑옷을 입는 것 같았다. 강철 같은 책임감이었다. 자신의 몸과 감정이 어떤지는 고려 대상이 되지 못했다.

동료들과 교사로 사는 이야기를 나눌 때, 한 동료는 교실에서 아이들의 와자지껄한 목소리를 들으면 힘을 받는다고 했다. 그 말을 듣고 혜정은 자신이 직업을 잘못 선택한 것이 아닐까 의구심이 들었다. 같은 일을 해도 남들보다 에너지 소모가 컸고 빨리 지쳤다. 특히 찬바람이 불기 시작하면 끝없이 추락하는 기분이 반복됐고, 이겨 내기가 유독 힘들었다. 그것이 계절성 우울증이라는 건 나중에 안 사실이다.

교사는 교실에서 아이들만 잘 가르치면 되는 직업이 아니었다. 교무실에서 다른 교사와 관계를 맺고 그룹을 유지하기 위해 감정을 쏟아야 하며, 학부모를 응대해야 했다. 학부모들의 지나친 요구와 항의에 대처하는 일은 아무리 연차가 쌓여도 힘들었다. 한 아이의 폭력 행위를 야단쳤을 땐, 학부모로부터 항의 전화가 왔다. 학부모는 자기 아이가 흥분하면 섣불리 야단치지 말고 더 기다려 주고

시간을 줘야 한다고 훈계했다. 혜정 때문에 아이가 아직도
악몽을 꾼다고 덧붙이며. 평가 방식에 대한 항의가 오기도
했다. 평가에 대해서 사전에 정보를 공지했음에도 학부모
는 자신의 아이에게 불리한 방식으로 진행됐다고 전화로
따졌다. 혜정은 평가권은 교사에게 있다고 말했지만, 학부
모는 혜정의 말을 비웃었다.

　동료 교사가 학부모의 고소로 강제 휴직을 하게 된 상
황을 옆에서 지켜볼 때도 고통스러웠다. 학부모에 대한 배
신감은 물론이고 과도한 책임과 의무만 얹어 줄 뿐 교사의
인권을 지켜 주지 않는 학교와 사회에 분노가 일었다. 하
지만 혜정의 분노는 길을 잃었다. '아무 도움이 되지 못했
다'는 무력감이 해일처럼 혜정을 덮쳤다. 부지런히 잘 살아
야 한다는 혜정의 바람은 안전한 죽음으로 도망치고 싶다
는 바람으로 변했다.

　'학교에 가다가 차에 치여서 죽었으면 좋겠어.'

　아침에 자연스럽게 떠오른 생각이었다. 혜정은 좋은
엄마, 좋은 선생님 되기라는 목표를 향해 전력 질주한 그
동안의 시간이 한계를 넘어섰다고 느꼈다. 위험을 감지한
혜정은 가까운 정신과를 찾았다. 약물치료를 받고 심리상
담센터에 가서 상담 치료를 받았다. 혜정에게는 약물보다
상담의 효과가 더 컸다. 3년 정도 꾸준히 상담센터를 다니
면서 혜정은 조금씩 변화했다. 좀 더 나은 사람이 되어야
한다는 강박이 결국 자신을 더 힘들게 했음을 알게 됐다.

혜정은 주관적으로, 애정을 가지고 스스로를 바라봐야 한
다는 걸 깨달았다. 하지만 혜정을 움츠리게 하고 손가락
질하는 목소리는 완전히 사라지지 않았다.

"똑바로 못 해? 완벽하게 해내야지."
"좋은 선생님이 그렇게 쉽게 되는 줄 아니? 더 노력해."
"엄마가 이런 것도 할 줄 모르면 어쩌려고."

방심하고 살고 있으면 어느 순간 스멀스멀 속에서 올라
오는 목소리. 혜정은 무력하게 당하다가도 정신을 차렸다.

"아니야, 혜정이 닦달하지 마. 나름대로 최선을 다하고 있
어. 노력하고 있다고."
"지금도 잘하고 있어. 혜정아, 언제나 고마워."

마치 방패처럼 맞서는 목소리가 생겼다. 과거의 혜정
은 무력하게 듣고만 있었다. 강요에 가까운 목소리에 시달
리면서 구석에 쪼그려 앉아 우는 것만이 유일한 대응이었
다. 애초에 자신을 질타하는 목소리가 들리지 않았다면 좋
았겠지만, 처음부터 자신을 지키는 목소리를 낼 수 있었다
면 좋았겠지만 혜정은 힘을 내기 시작한 자신이 기특했다.
어느 날 혜정은 동료와 대화하다가 우살롱을 알게 됐
다. 언젠가 미국드라마에서 약물 중독자들의 자조모임을

보고 부러웠던 적이 있었다. 편안하게 자신의 경험을 나누고 공감하는 모습을 보면서 나도 우울증 자조모임에 참여해 봤으면, 싶었다. 혜정은 가족과 친구에게 우울증에 대해서 말할 때마다 벽을 느껴 왔다. "우울증? 그게 다 먹고 살 만하니까 생기는 병이지." 공감보다는 공격을 받는 기분이 들 때가 더 많았다. 혜정은 비슷한 어려움을 겪고 있는 사람들이 모여 이야기를 나누는 것만큼 큰 위로가 없을 거라고 생각했다. 그래서 동료에게 물었다.

"우살롱? 그게 뭔데?"

혜정이 관심을 보이자, 동료가 메신저로 모집 링크를 보내 줬다.

우살롱에 도착한 혜정은 따뜻한 보랏빛 차가 모락모락 김을 내는 텀블러를 받아 들고 자리에 앉았다. 동그랗게 마주 앉은 여자들과 인사를 나눴다. 여자들은 서로의 이름을 말하고, 자신이 어떤 사람인지, 어떤 일을 겪고 느꼈는지 말했다. 울기도 했지만 많이 웃었다. 혜정은 일종의 연대감을 느꼈다. 그동안 혜정은 자신의 우울이 남들에게 전염병처럼 옮을까 봐 걱정했다. 그런데 우살롱에서 자신과 같은 사람들이 잘 살아 보려 애쓰고 있다는 사실을 확인하자 그 사실만으로 위로가 됐다.

혜정은 올해 병가를 냈다. 중증도 우울증, 불안장애라는 의사 소견서를 학교에 제출하고 1년을 쉬기로 결정한 것이다. 평일 9시부터 6시까지 매일 출근하는 형태의 일이 자신에게 안 맞았다는 것도 깨달았다. 자신이 날씨와 기후에 굉장히 민감한 사람이라는 것도 뒤늦게 알았다. 날씨가 추워지면 이불 밖으로 나서기 어려워지는 건 누구나 똑같고 나만 유독 게으른 거라고 스스로 꾸짖고 미워할 일이 아니었다. 우울증을 질병이라고 인식하자 마음이 편안했다. 일찌감치 자신이 계절성 우울증 질환이라는 걸 알았다면, 스스로를 한심하게 생각하지만은 않았을 것이다.

학교에 출근하지 않는 요즘, 혜정은 느긋하게 차를 마시고 평소 읽고 싶었던 책을 읽고 글을 쓴다. 소규모 독서 모임에 나가고, 인적 드문 밤에 산책을 하기도 한다. 담배를 피우기 시작한 것은 최근이다. 스스로 지탄하는 목소리가 올라올 때마다 한 대씩 피우면 효과가 있었다. 담배 한 대를 피우고 잠깐 누워 있으면 몽롱한 기분과 함께 평화로움이 찾아왔다.

오랫동안 혜정은 두 개의 다이어리를 썼다. 첫 번째는 업무용, 두 번째는 사적인 기록 용도였다. 요즘 혜정은 하나의 다이어리만 쓴다. 영혼이 바짝 메마른 기분이 들 때마다 다이어리를 펼친다. 왠지는 몰랐지만 글쓰기가 자신의 삶에 필요하다고 느꼈다. 두꺼운 다이어리에 감명 깊게 읽은 시를 필사하고, 아이들과 다녀온 전시장 티켓을 붙여놓는다. 하루에 기대하는 바와 있었던 일, 자신의 느낌을 쓴다. 글을 써도 생각만큼 후련해지진 않지만, 혜정은 매일 자신이 적어 가는 하루가 썩 마음에 든다.

내가 아이의 전부가 아니기를

집에 손님이 온다는 건 작은 흥분을 동반한다. 특히 아이들은 손님이 오는 날을 좋아한다. 평소보다 맛있고 달콤한 걸 먹을 수 있기를 기대하고, 무엇보다 손님이 있는 동안 게임을 하거나 TV 시청을 자유롭게 할 수 있다는 게 즐겁다.

"6시쯤 도착해요."

친한 동생이자 동료 작가인 달님의 문자메시지를 보고 잠깐 생각에 잠겼다. 누군가를 초대해 놓고는 정작 그가 오기 직전의 마음이 이렇게 처참하다니. 약속을 물릴까 고민에 빠졌다.

세 아이의 겨울방학 두 달 중 한 달을 지나가던 즈음이었다. 나는 조금이라도 작업 시간을 벌어 보려고 갖은

애를 쓰고 있었다.

9~12시 자유 시간(엄마 작업)
12~1시 점심 식사
1~3시 게임, TV
3~4시 주짓수 학원

한나절의 시간표를 적어서 거실에 붙여 두었다. 오전 9시부터 12시까진 자유 시간이자 '엄마의 작업 시간'이라고 강조했다. 그동안 각자 그림을 그리든, 책을 읽든, 놀이를 하든, 학습을 하든, 마음대로 하자고. 열 살에 접어든 딸은 바로 수긍하고 자신의 방으로 향했다. 하지만 쌍둥이 아들들은 거실을 배회했다. 결국 우리는 거실을 공유하며 함께 있었다. 작업 중이라는 걸 수시로 말했지만 쌍둥이들은 갑자기 내 등 뒤에 올라탔고, 서로 싸우고 울었으며, 심심하다고 몸을 배배 꼬았다.

"심심해."

"심심을 즐겨."

"심심은 즐겨지지가 않아."

선문답처럼 말을 주고받다 보면 속이 부글부글 끓었다. 눈은 모니터를 뚫어져라 쳐다보고 있었지만, 마음은 콩밭에 있었다. 얼른 집중해서 심연에 가라앉은 보석을 길어 올리고 싶었지만, 해수면 위에서 겨우 동동 떠다니는 기분이 들었다. 결국 '글을 깨작거리기라도 하자'고 노선을 바꾸고, 계획한 12시보다 이르게 점심을 준비했다.

그즈음 내 컨디션은 바닥을 쳤다. 방학이 시작되고부터 잠을 제대로 자지 못했다. 자다가 다섯 번, 열 번······ 계속 일어나서 시간을 확인했다. 작업을 못 하고 있다는 부채감, 하루치 작업량을 못 채웠다는 부담, 아이들을 제대로 돌보고 있지 않다는 죄책감이 켜켜이 쌓였다.

결국 폭발한 건, 달님이 오기 한 시간 전이었다. 아이들에게 조용히 좀 하라고 짐승처럼 포효하고, 딸의 엉덩이를 세게 내려치며 "휴지 좀 버려라" 소리쳤다. 코를 풀고 테이블에 휴지를 널어 놓은 채 딴 일을 하는 딸을 본 순간 욱한 것이다.

"어지르는 사람, 치우는 사람 따로 있나! 내가 너희들 하녀야?"

고삐 풀린 망아지처럼 고래고래 소리를 쳤다. 딸은 "그렇다고 왜 때려!" 하고 억울하고 속상한 마음을 눈물로 쏟아 냈다. 딸이 씩씩거리며 방으로 들어가고 나서야 사태 파악이 됐다. 겨우 이런 일로 화낸 내가 싫었고 괴로웠다. 나 같은 인간도 엄마라고 할 수 있을까. 자신의 감정 하나 제대로 처리 못 하는 인간이 어떻게 세 아이를 돌볼 수 있나. 당장 세상에서 사라지고 싶은 마음이 간절했다.

마음이 깊숙이 가라앉았다. 달님은 6시가 되기 전에 집에 도착했다. 나는 급히 딸에게 때려서 미안하다 사과하고 부엌에 서서 요리를 했다. 친구에게 들키기 싫은 모습이었다. 나는 인사를 건네는 달님 앞에서 무해하고 안전한 가면을 꺼내 썼다. 그래도 우울과 불안을 감출 힘이 남아 있었다.

달님과 마주 앉아 청국장, 북엇국, 계란말이를 먹었다. 집에서 밥을 잘 해 먹지 않는 달님에게 속 편한 한 끼를 해 주고 싶었다. 너무 맛있다고 호들갑을 떨며 달님은 밥 한 그릇을 비웠다. 그리고 밥값이라며 가방에서 블랙핑크 앨범을 꺼냈다. 그 순간, 딸의 눈동자가 얼마나 커졌는지. "이모, 너무 고마워요." 딸은 달님을 꼬옥 안아 주었다. 쌍둥이들은 우리 선물은 없냐며 투덜거렸지만, 손님이 왔다는 사실에 평소보다 흥분했다. 달님이 왔을 뿐인데 집 안 온도가 1도 올라간 듯 따뜻했다. 남편이 늦는 날이었다. 누군가 다정한 눈으로 우리를 지켜보는 타인이, 아이들의 물음에 대신 대답해 줄 사람이 있었다.

나라는 인간의 모자람을 확인하는 일은 괴롭고 부끄럽다. 엄마가 되고 나선 그 부족함이 블랙홀처럼 깊게 느껴진다. 자괴감은 너무 쉽게 찾아오고, 앞으로 아이들과 함께 살아갈 날들이 캄캄해진다. 내가 아이들을 망치고 있단 생각에 빠지면 헤어 나오기가 어렵다. 이럴 때 나를 대체할 타인이 있다는 게 얼마나 안심이 되는지. 언젠가 아이들에게 엄마라는 존재가 타인으로 대체 가능해진다면 후련할까, 서운할까.

쌍둥이 아들들을 재우고 달님, 딸과 함께 늦은 시간까지 TV를 봤다. 90여 명의 연습생들이 경쟁을 통해 보이그룹으로 데뷔하는 서바이벌 프로그램이었다. 우리는 서로 누구를 응원하는지 열띤 이야기를 나눴다.

우울한 엄마는 아이에게 엄마가 유일한 우주가 될까 두렵다. 세 아이에게 내가 전부가 아니길 간절하게 빈다. 나의 한계가 아이들에게 폭력이 될 수 있음을 누구보다 쉽게 인식한다는 건 어쩌면 우울증이 준 지혜일 것이다.

고맙게도 나의 친구들은 아이들에게 위계 없는 다정한 어른의 모습을 보여 주었다. 친구는 나와 일대일 관계를 맺은 사람이므로 내 가족과 다정한 관계를 맺을 책임은 없다. 그럼에도 주기적으로 아이들과 사는 집을 찾아오는 친구들이 있었다. 복잡하고, 시끄럽고, 대화가 뚝뚝 끊기는 집을 찾아오는 데에는 얼마나 큰 용기와 애정이 필요한지.

달님, 하형은 일주일에 한 번, 한두 달에 한 번씩은 우리 집을 찾았다. 얼마 전부터 피아노를 배우기 시작한 달님은 연주 영상을 찍어 딸에게 보냈다. 먼저 피아노를 배운 딸에게 넉살 좋게 "선배"라고 부르면서. 딸은 자신의 이야기를 잘 들어 주고 자주 웃는 달님을 좋아한다. 달님의 메시지가 오면 재빨리 휴대폰을 들고 피아노 앞에 앉았다. 그리고 연주 동영상을 찍어 어울리는 이모티콘과 함께 달님에게 전송했다.

사진작가인 하형은 카메라를 가져와 아이들을 찍어 주거나 카메라 사용법을 알려 주었다. 자신이 쓰던 오래된 디지털 카메라를 선물해 주기도 했다. 딸은 한동안 그 카메라를 목에 걸고 다녔다. 하형은 몸으로 쌍둥이와 놀아 주고, 휴대폰 게임으로 평화로운 시간을 선물해 주기도 했다. 어느 날은 아이들과 부산에서 열린 하형의 사진전을 보러 갔다. '사진 찍는 이모', 아이들은 하형을 그렇게 인식했다. 자신을 따뜻한 눈으로 바라보는, 각자의 일을 하고, 운동하고, 노는 이모들의 존재를 알며 자라는 것은 아이들에게 어떤 영향을 줄까.

아이돌 오디션 프로그램은 밤 11시가 훌쩍 넘어 끝났다. 어느 순간 고개를 꾸벅거리다 잠든 딸을 방으로 보내고 달님을 배웅했다. 달님은 졸린 눈을 하고 엘리베이터에 올랐다. "또 봐요" 하고 손 흔드는 달님의 모습이 천천히 사라졌다. 테이블에 놓인 찻잔을 치우며 깨달았다. 달님이 머무는 동안 자책도 원망도 잊어버렸다는 걸. 뒤늦게 고백한다. 그날 저녁 당신이 당신도 모르게 해낸 일들이 있었다고.

우울이라는 감정의 공동체

2022년 12월부터 2023년 7월까지 여덟 번의 우살롱이 열렸고 나는 이를 '우살롱 시즌 1'이라고 부른다. 아이들이 방학하는 8월 한 달은 휴식하고 2023년 9월, '우살롱 시즌 2'가 시작됐다. 연달아 참여하는 분도 있었고, 띄엄띄엄 오는 분도 있었고, 한 번 참석 후 오지 않는 분도 있었다. 그냥 참여해 보고 싶어서, 진행하는 작가가 궁금해서, 우울함을 말할 데가 없어서…… 다양한 이유로 사람들이 모였다. 용감하고 지적이며 사랑스럽고 우울한 여성들이 예상하지 못한 조합으로 서로 만났다.

　"신청해 놓고 오기 전까지 고민 많이 했어요. 우울한 엄마끼리 모여서 뭐 하나, 우울하다고 말하고 집에 돌아가면 후회하지 않을까, 우리끼리 우울하다고 말한다고 해서 세상이 뭐가 달라질까 싶었어요."

우살롱에 온 참여자가 나지막이 고백했다. 자신은 솔직히 우살롱을 회의적으로 생각했다는 말이었다. 완전히 부정할 수는 없었다. 그래도 나는 돌멩이라도 던져 볼 수 있는 거 아니냐고 웃으며 말했다. 떠들고 웃으면서 세상에 목소리를 내는 방법도 있다고. 아주 작게는 우리가 우울증과 지역여성의 삶이라는 키워드에 맞는 책을 읽고 이야기하면 '아, 이런 주제에 사람들이 관심을 가지는구나' 하고 누군가는 알게 될 거라고 말했다.

의사인 은선에게 자조모임이 우울증에 실제 효과가 있는지 물었다. 전문 상담가가 부재하고, 1인 맞춤형 상담이 힘들다는 게 자조모임의 단점이기도 하지만, 분명한 장점이 존재했다. 은선은 자조모임을 영어로 peer support(동료 지지)라고 부른다고 알려 주며, 전문가 없이 동료끼리 모여서 하는 동료 지지에 대한 임상시험을 분석한 결과, 일반적인 치료만 하는 것보다 동료 지지 활동을 같이하는 것이 우울증 증상 감소에 도움이 됐다는 자료를 보내 주었다.[+]

[+] Paul N. Pfeiffer, et al., "Efficacy of Peer Support Interventions for Depression: A Meta-Analysis", *Gen Hosp Psychiatry*, 2011 11. 13. 참고. 이 논문에서 저자들은 동료 지지에 관한 일곱 개의 임상시험을 진행하고 그 참여자 869명을 분석했다. 한편, 참여자 중 301명은 치료 효과에 있어서 동료 지지와 인지행동치료의 차이가 크지 않았다. 둘 다 효과가 있고, 효과의 정도가 비슷하다는 결론이다.

　　은선은 우울증 환자들은 특징상 움직임이 적기 때문에 온라인 자조모임이 더 흔하지만, 우살롱처럼 오프라인 자조모임에 직접 참여하는 경우라면 우울증을 완화하는데 더 실질적인 효과가 있다고 말했다. 타인과 관계를 맺고 접촉을 늘린다는 점에서도 그렇지만, 도와 달라고 상대방에게 신호를 보내며 서로에게 친밀감을 느끼고 치유를 위해 서로 도우며 극복하는 과정에서 옥시토신이 증가한다는 것이다. 흔히 옥시토신은 관계를 맺고 감정적 교류를 할 때 분비되는 것으로 알려져 있다.

　　은선은 옥시토신이 '외상 후 성장'을 돕는다는 설명도 했다. 전쟁, 테러, 천재지변 같은 대형 사고부터 교통사고, 성폭력 사건 등의 극심한 트라우마를 경험한 후 겪게되는 모든 종류의 심리적 장애를 일컫는 외상 후 증후군인 PTSD(Post-Traumatic Stress Disorder)는 많이 알려져있지만, '외상 후 성장'은 낯선 개념이었다. 외상 후 성장(PTG, Post-Traumatic Growth)은 고통을 경험한 후 오히려 더 성장하고 강해지는 현상을 말한다. 자신이 입은 피해와 부정적 경험에 관한 강연을 하거나 비슷한 경험을 한 피해자들과 연대하면서 트라우마에서 회복하는 경우를 예로들 수 있다. 외상 후 성장은 깔끔한 회복을 의미하는 것이아니다. 상처를 끌어안고도 성장할 수 있음을 의미한다.

　　우살롱에서 나는 특히 무기력함에 대해 털어놓으며 마음이 편안해짐을 느꼈다. 내 이야기를 듣고 덤덤하게 자신의 무기력을 고백한 참여자가 있었다. 어떤 조언도 평가도 없는 그의 말을 듣는 것만으로 좋았다. 그는 무기력이 심한 상황에 아이와 한집에 있을 땐 어떻게 대처하는지도 이야기해 주었다.

"이제 아이들이 좀 커서 대화가 통하거든요. 무기력이 심할 땐 '엄마가 지금 아프다', '혼자서 좀 누워 있고 싶다'고 이야기하고 혼자 방에 있어요. 아이들은 제가 먹는 약이 무엇인지도 알죠. 때로 아이들이 '엄마 약 먹을 시간이네' 하고 챙겨 주기도 해요."

그분의 이야기를 듣고부터 나는 너무 피곤하거나 무기력할 때는 "30분만 누워 있을게" 하고 방으로 들어가 문을 닫았다. 아이들과 물리적으로 떨어져 있는 시간에 죄책감이 덜어지는 기분이었다. 그리고 좀 더 나은 기분 혹은 컨디션으로 아이들을 만났다. "기다려 줘서 고맙다"는 말과 함께.

우살롱은 정신질환 치료에 대한 실질적인 정보를 나눌 수 있는 장이기도 했다. 각자 증상에 따라 먹는 약이 다르다는 것과 정신과 약을 먹을 때의 다양한 부작용, 잘 맞는 약을 찾는 과정에서 있을 수 있는 시행착오에 대해서도 알 수 있었다. 내가 처음 정신과를 찾을 때 병원 세 곳을 돌았듯, 정신과는 어디가 좋은지 정보를 찾기가 힘들기 때문에 발품을 파는 수밖에 없다. 맛집 정보가 넘쳐나는 것과는 반대로 정신과에 대한 포스팅은 찾기 힘들다. 특히나 상담센터를 찾을 때는 1회 10만 원에서 15만 원이라는 상담비가 부담스러워 선뜻 방문하기 어려웠다. 게다가 상담비를 지불하고 상담을 받았는데 자신과 맞지 않는다고 느낀다면 아까운 비용으로 여겨질 수밖에 없었다. 나는 어느 상담센터의 어느 선생님의 상담이 좋다는 구체적인 정보까지 우살롱에서 얻을 수 있었다.

우살롱은 두 시간가량 진행됐지만 모임이 끝났음에도 참여자들은 바로 자리를 뜨지 못했다. 자리를 정리하고 가방을 챙기면서도 아쉬운 듯 서서 오래 이야기를 나누는 참여자들의 모습을 보면서 두 시간에 나눌 수 있는 이야기 이상을 돌려주고 싶은 마음이 차올랐다. 어떻게 하면 위로 이상의 무엇을 가져갈 수 있을까.

참여자들과 더 많은 걸 나누고 싶다는 나의 바람은 '도움책'으로 이어졌다. 살면서 내가 가진 가장 좋은 것, 어둡고 막막한 길을 걸을 때 나를 지탱해 준 것은 다름 아닌 책이었으니. 매달 우울증, 작업, 나의 엄마, 섹스, 섹슈얼리티라는 다양한 주제를 정하고, 그에 맞는 도움책을 골랐다. 용기, 지식, 사유가 담긴 책들이 두 시간의 모임에서 해소하지 못한 어떤 것들을 채워 줄 수 있으리라 기대했다. 우살롱에서 책의 역할은 마중물과 같았다. 펌프에서 물이 잘 안 나올 때 물을 끌어 올리기 위해서 위에서 붓는 물처럼, 책이 각자의 내밀한 이야기를 길어 올리는 데 도움을 주었다.

그렇게 우리는 김이설 작가의 《잃어버린 이름에게》, 출판사 돌고래에서 나온 《돌봄과 작업》, 하재영 작가의 《나는 결코 어머니가 없었다》, 부녀미 회원들이 쓴 《당신의 섹스는 평등한가요?》, 홍승희 작가의 《붉은 선》, 수전 손택의 희곡 《앨리스, 깨어나지 않는 영혼》을 함께 읽었다. 특히 섹스와 섹슈얼리티에 대해서 말할 때는 책에 나온 이야기들이 말을 꺼내는 데 용기가 돼 주었다.

도움책을 고를 땐 한국 저자의 책을 우선으로 했다. 한국이라는 지리적 문화적 특성을 토대로 한, 여성이 주인공인 이야기를 참고하고자 했다. '제사', '장녀 콤플렉스'가 등장하는, 한국 사회 공통의 정서와 경험을 배경으로 한, 이왕이면 나의 문제와 밀착한 도움책을 고르고 싶었다. 도움책을 고르면서 지역여성의 문제와 이야기를 다룬 책이 아직 턱없이 부족하다는 것을 실감하기도 했다. 함께 나누고 싶은 문장을 발췌하고 모임에서 나눌 질문을 찾으며 책을 곱씹어 읽는 것이 개인적으로 공부가 됐다.

창원도서관의 지원으로 책방19호실에서 '쓰는 우살롱'이라는 이름의 행사를 진행한 적이 있다. 이 경험을 바탕으로 3개월에 한 번씩 책방19호실에서 '쓰는 우살롱'을 진행하고 있다. '쓰는 우살롱'은 합평 없이 진행되는 글쓰기 모임으로, 논리 있고 아름답게 잘 쓴 글이 아니라 자신의 감정을 털어놓는 글쓰기에 집중한다. 휘발되는 말과는 다르게 정제된 글을 읽고 나누는 또 다른 매력이 있다.

　나는 뭔가 변했다. 우살롱을 꾸려 가면서 타인을 환대하고 안부를 묻는 일의 소중함을 새삼 깨달았다. 우울한 엄마를 호명하고, 모으고, 서로의 이야기를 나누는 것이 나에게는 연결을 꿈꾸는 노력이자 애정이었다. 겨우 한 달에 한 번 만나면서 무슨 거창한 '연대'라는 말을 붙일 수 있을까 싶어도, 동그랗게 모인 엄마들을 보며 나는 낯설고도 따뜻한 기분을 느꼈다.

　우살롱이 끝나면 동그랗게 배치했던 의자를 리에 씨와 함께 제자리로 옮긴다. 우리는 같이 양초를 끄고 쿠션을 정리한다. 그리고 모임의 소회를 짧게 나눈다. 언제나 "오늘도 좋았어요"라고 서로에게 말한다. 그 말을 서로에게 할 수 있어서 다행이라고 생각하며.

　집에 돌아가면 빼놓지 않고 인스타그램에 모임 후기를 올린다. 개인적인 차원의 기록이지만 사정상 참여하지 못한 사람들을 위한 작업이기도 하다. "거리가 멀어 가진 못해도 언젠가 꼭 가고 싶어요." "오래오래 우살롱 해 주세요." "늘 응원하고 있어요." "후기만 봐도 좋아요." 댓글을 남기거나 뒤에서 응원해 주는 사람들이 있다. 이 살가운 연대가 내게는 기적처럼 느껴진다. 나에게 그러하듯 우살롱이 참여자들에게 느슨하고 유연한 정서적 지지 공동체가 되기를 바라며, 계속해 보려고 한다.

더 노력해야 하는 사람들

일본에 사는 시동생 나영이 한국에 왔을 때, 함께 극장에서 〈아바타 2〉를 봤다. 현란한 영상에 집중하라는 듯 줄거리는 간단했다. 가족을 지키기 위한 분투가 영화 내내 이어졌다. 그런데 나는 임신한 채로 물고기를 타고 자식을 구하기 위해 돌진하는 나비족 엄마를 보면서 엉뚱한 생각을 했다.

'저 엄마는 참 강하네. 왜 나는 저렇게 강하지 못할까. 왜 이 악물고 살지 못할까. 우울함에 빠져 있고, 자기 연민이나 하고.'

저녁에 나영의 가족과 둘러앉아 외식할 때, 마음에 시커멓게 고여 있던 말을 밖으로 꺼냈다. 나비족 엄마의 위대함과 나라는 엄마의 나약함을 비교했다. 그러자 나영은 맥주잔을 탁 내려놓으며 말했다.

"우리는 평범한 인간이잖아요. 나비족처럼 다리도 팔도 길고 팔척장신이면 몰라. 우리가 물고기 타고 활 쏠 수 있어요? 우리는 조그맣고 약해요. 그리고 그 대단한 나비족도 결국 아들을 잃잖아요."

깊은 자괴감에 빠져 질식하기 전에 나영은 수렁에 빠진 나를 번쩍 들어 올렸다. 나영은 스물세 살에 일본 남자와 결혼해 도쿄에서 10대 남매를 키우며 살고 있었다. 말도 안 통하는 타국에서 아이 둘을 키우는 일이 보통 힘든 게 아니었으리라 짐작할 수 있지만, 그렇다고 강해서 그 모든 일을 감당할 수 있었던 게 아니라는 것도 안다. 세상에 없는 환상의 캐릭터, 무적의 모성을 가진 나비족과 나는 애초에 비교 대상이 안 된다는 것도.

나는 세상에 없는 좋은 엄마라는 환상에 매번 진다. 하루하루 꾸역꾸역 해야 할 일을 마치고 나면 서글픈 보람이 밀려온다. 낮 동안 잘 숨긴 불안과 걱정이 이불처럼 포근하게 찾아온다. 당장이라도 땅이 흔들리거나 불이 날 것만 같은 불안, 인생이 더 나빠지기만 할 거라는 절망, 주변 사람들에게 비극이 닥칠 거라는 걱정에 휩싸인다. 그럴 때면 남편은 달래듯 말했다. 그런 일은 일어나지 않을 거라고, 얼른 잠을 자라고. 하지만 나는 쉽게 잠들지도, 깊이 잠들지도 못했다. 일어날 때마다 30분, 한 시간이 지나가 있었다. 얕게 자고 자꾸 눈뜨는 내가 지겹다고 생각했다.

얼마 전엔 가까운 사람들에게 이런 고백을 했다.

"사는 게 너무 무서워. 어떻게 살아?"

어리광이 아닌 진심이었다. 곧 마흔을 앞둔 나이에 세 아이를 책임지는 엄마이자 작가로 살면서 하기 창피한 고백인 줄은 알고 있다. 하지만 나는 정말 궁금했다. 다른 사람들은 어떻게 이 겁나는 세상을 사는지.

타인이 보기에 어쩌면 나는 우아한 사람일 것이다. 신문에 칼럼을 쓰고, 도서관이나 서점에서 마이크를 잡고 강연을 한다. 그러나 부작용처럼 마음 한편 두려움이 초여름의 무성한 잡초처럼 자라 있다.

아이를 낳은 게 원죄처럼 느껴질 때가 있다. '어떻게 이렇게 오염되고, 폭력적인 세상에 아이를 세 명이나 낳았어, 너조차 책임지기 버거워하는 인간이.' 이미 되돌릴 수 없는 실수를 저지른 기분이 들 때면 잠이 오지 않았다. 나는 물러 빠졌다고, 약한 인간이라고 선언하는 것은 패배일까. 이런 나도 좋은 엄마가 될 수 있을까.

나의 엄마 순자 씨는 약함을 용인하지 않았다. 젊어선 사료를 싣고 나르는 일을 했고, 남편이 잘못 선 보증으로 집까지 저당 잡혔을 때는 먼저 도시에 나가 자신이 할 수 있는 일을 찾았다. '현이'라는 가명이 적힌 명찰을 달고 일식집에서 서빙을 하고, 조금 더 나이가 들어선 한식집에서 반찬을 만들었다. 사장이 부당한 대우를 할 땐 이를 악물고 항의했다. 끝없이 뜨거운 불에 단련시키는 검처럼, 스스로를 세상에 단련시켜야만 가능한 날들이었다.

엄마는 늘 주문처럼 말했다. "약해지면 안 돼. 강하게 살아야 해." 나는 묻고 싶었다. "엄마, 약하게 살 수 있는 법은 없을까. 약함을 그대로 인정하면 약점이 된다고 겁을 주는 세상에서 어떻게 살아야 할지 모르겠어."

우울한 엄마는 스스로에게 자주 묻는다. '나도 좋은 엄마가 될 수 있을까.' 우울한 엄마는 결코 좋은 엄마일 수 없다는 절망이 동반된 질문이다. 나는 좋은 엄마가 도대체 무엇인지 알 수 없었다. 섬세하고 다정한 엄마? 훈육을 잘 하는 엄마? 내세울 만한 자기 일이 있는 엄마? 영화를 보면서, TV 광고를 보면서, 매번 그렇게 좋은 엄마라는 환상에 사로잡히면서도, 그게 환상인 줄 알면서도 나는 그 좋은 엄마가 아니라는 생각만을 분명히 했다. 그러다 동생과 통화하면서 내 입에서 생각지도 못한 말이 흘러나왔을 때, 나도 몰랐던 내 진짜 생각을 알 수 있었다. 내가 동생에게 이렇게 말한 것이다.

"우울한 엄마가 나쁜 엄마 같아? 아니, 문제가 생겼을 때 그대로 방치하는 엄마가 진짜 나쁜 엄마야."

말하면서도 깜짝 놀랐다. 나는 어째서 동생에게 분명하게 말할 수 있었을까? 우울한 엄마는 나쁜 엄마가 아니라고.

동생과 전화통화가 벌써 50분 넘게 이어지고 있었다. 한쪽 뺨과 귀에 닿은 휴대폰 액정에 땀이 맺혔다. 매일 수

십 명의 사람을 만나며 분 단위로 인생을 쪼개 사는 보험 영업사원인 동생에게 사적인 긴 통화는 '별일'에 속했다. 어느 저수지 근처에서 차를 세우고 건 전화라고 했다. 평소라면 "누나, 뭐 해? 밥 먹었어?" 정도의 안부를 묻는 게 다였을 텐데 평소답지 않은 침묵이 흘렀다.

9년 전, 동생과 올케는 결혼했다. 가끔 부모님과 함께 하는 식사 자리에서 그들을 보았다. 각자가 제자리에 있다는 것을 확인하며 안도하는 것이 가족 식사의 의미랄까. 사건이 터진 건 얼마 전이었다. 평범한 날이었다. 밖에서 술자리를 파한 동생이 새벽 2시에 집에 들어왔다. 동생은 올케에게 말했다. 씻고 올 테니 콩나물국 좀 데워 달라고. 마침 올케가 자지 않고 깨어 있었다는 게 이유였다. 올케는 피곤하다며 거부했고, 그게 싸움의 시작이 됐다.

"미쳤어? 그 시간에 들어와서 할 말이야? 네가 데워 먹으면 되지."

나는 휴대폰에다 대고 호통을 쳤다. 동생의 억울한 목소리가 전해졌다. 어째서 그게 무리한 요구냐고, 콩나물국을 끓여 달라는 것도 아니고, 마침 안 자고 있길래 말한 건데. 동생에게 남편의 의무란 생계 부양을 위해 돈을 잘 벌어 오는 것이었다. 또래보다 높은 연봉은 훌륭하게 남편과 아빠 역할을 수행하고 있다는 증거였다.

올케와 동생 사이에는 손 많이 가는 어린아이들이 있다. 동생은 평일에는 늦지만, 주말에는 아내가 혼자 있을 수 있도록 노력한다며 자신도 아내를 배려하고 있음을, 육아를 아내에게만 밀어 둔 게 아님을 강조했다. 하지만 여전히 자신이 밖에서 고생하며 돈을 벌고 있으므로 가사와 돌봄 노동이 아내의 몫인 게 당연하단 믿음을 놓지 못한 듯했다. 나는 동생이 진심으로 걱정스러웠다.

"부부가 돈만 있으면 가능한 관계야? 그럼 가사도우미와 베이비시터랑 살면 되잖아. 왜 올케랑 결혼했어? 네가 그런 생각을 하는 한, 올케는 너랑 살지 못해. 그건 올케가 아닌 다른 사람이어도 마찬가지야."

그리고 덧붙였다. 너의 커리어는 혼자서 쌓은 게 아니라고, 올케가 아이들을 많은 시간 돌보기 때문에 가능한 것이었다고. 만약에 이혼하면 네 커리어부터 끝장날 거라고. 그러고는 물었다. 이혼 후 아이들 성장에 따른 정신적인 부담까지 온전히 혼자 감당할 자신이 있냐고. 동생은 침묵했다. 도돌이표 같은 대화를 한참이나 이어 가다 우리는 부끄럽게도 우리의 탄생 근원인 부모님을 탓하기에 이르렀다. 동생이 말했다.

"어떤 부모가 좋은 부모인지, 어떤 배우자가 좋은 배우자인지, 솔직히 우린 잘 모르고 컸잖아."

나란히 30대 중후반의 어른이 되고서, 부모 탓하는 게 얼마나 못난 일인지 안다. 우리는 이미 부모의 손에서 한참 벗어났다. 삶의 태도를 교정할 기회가 수없이 있었다. 동생과 나는 불안정하고 거칠었던 10대 시절을 보냈다. 다

치지 않고 멀쩡하게 어른이 된 것을 서로 기특하게 생각한다. 어릴 땐 어쩔 수 없이 부모님의 삶에 연루될 수밖에 없었으니까. 아빠의 잘못된 보증으로 전 재산이 날아가고 빚만 남았을 때 온 가족이 단칸방에 살아야 했고, 부모님이 사료 대리점을 운영하시던 시기엔 할머니가 나와 동생을 돌봤고, 도시로 이사 와서는 동생과 내가 할머니의 간병을 나눠 졌다.

엄마는 퇴근 후 늦은 밤에도 반찬을 만들어 두고 잤고, 아빠는 새벽 일찍 일을 나가 저녁 늦게 돌아왔다. 도시에서 두 아이와 늙은 어머니를 건사하기 위해 두 사람의 몸은 빠르게 망가져 갔다. 죽을 때까지 따라붙을 가난 속에서 자식을 키워 내는 일은 정신까지 갈아 넣어야만 가능했다. 그런 부모님에게 다정한 관심까지 기대하긴 어려웠다.

고등학생 때 영상학교 선생님이 시내 프랜차이즈 피자가게에서 밥을 사 준 적이 있다. 어른과 함께 밖에서 피자나 햄버거 같은 음식을 먹어 본 게 처음이었다. 한 판에 3만 원씩 하는 피자를 선뜻 사 줄 수 있는 선생님의 재력이, 피자를 접시에 덜어 주며 건네는 선생님의 유머가 생경했다. '만약 저런 어른이 내 부모였다면 어땠을까'라는 최초의 상상 실험. 그때는 단지 자식이 학교에 다닐 수 있게, 굶지 않게 돈을 버는 것만으로도 부모의 소임은 벅차다고 생각했다.

　세월이 흘러 나는 원가족을 떠나 새로운 가족을 만들
었다. 엄마가 됐다. 자식을 키우면서 내가 겪은 적 없는 '좋
은 부모'를 부단히 상상해야 했다. 취해서 자식에게 폭언
하는 사람이 되지 말아야 하는 건 알았지만 좋은 부모가
되는 길은 잘 몰랐다.

　"네 말이 맞아. 어떻게 하면 좋은 부모가 되는지 자세
히 배우지 못했지. 그러니까 우리는 더 노력해야 해. 나 좀
봐. 우울증 약 먹으면서 아이들 키우잖아. 우울한 엄마가
나쁜 엄마 같아? 아니, 문제가 생겼을 때 그냥 방치하는
엄마가 진짜 나쁜 엄마야."

　우살롱 참여자인 지수 씨를 따로 만나 이야기를 나눈
적이 있다. 우살롱에서는 꺼내기 어려웠을 이야기를 청해
들었다.

　"정신병원 입원을 제안받을 정도로 상태가 안 좋았던
시기가 있어요. 그땐 아이가 어려서 입원도 할 수 없었죠.
돌봐 줄 사람이 없으니까. 집에서 계속 울기만 한 적도 있
어요. 죽겠다고 자해를 해서 구급차가 온 적도 있고요. 우
울하고 불안한 나 때문에 아이가 놓친 게 너무 많다 생각
해요. 지금도 그 생각에서 완전히 벗어날 수 없어요. 말이
느린 것도 나 때문이 아닐까……."

　또래보다 말이 느린 아이를 볼 때마다 지수 씨는 자책
했다. 그리고 3년 동안 오전 아르바이트가 끝나는 시간에
맞춰 일주일에 두 번 아이와 함께 상담센터에 다녔다. 빠

듯한 살림에 생활비를 아끼기 위해 택시 한 번 타지 않았고, 아주 춥고 무더운 날에도 유아차를 밀고 왕복 한 시간을 걸어 상담센터를 오갔다.

"센터에서 부모 양육 태도 검사를 받았어요. 모든 영역에서 최악의 점수가 나왔죠. 제가 아이를 거부하고 있는 상태라고 했어요. 그러면서 선생님이 이렇게 조언했어요. 그냥 의무적으로 아이를 사랑해라, 진심이 아니어도 된다, 의무와 책임감으로 아이를 보살펴라⋯⋯."

그때부터 지수 씨는 엄마의 자격을 따지며 회의하기보다 그냥 할 수 있는 일을 했다. 먼 과거와 미래에 집착하는 일을 그만두고 눈앞에 닥친 일을 했다. 예를 들면 아이와 점심을 먹는 것, 그것만 해도 충분하다고 느꼈다.

나는 조심스럽게 물었다.

"혹시 지수 씨의 아이도 엄마가 우울증이라는 걸 알고 있나요?"

"아이에게 우울증이라고 따로 말한 적은 없어요. 하지만 엄마가 우울할 때도 있고, 다정하기도 한 사람이라는 걸, 저라는 사람을 있는 그대로 자연스럽게 아이가 받아들이고 살아가는 것 같아요. 그냥 이렇게 같이 살아도 되는 것 같아요. 누워서 울기만 하고 아무것도 못 하던 시절을 떠올리면, 지금 아이 옆에서 무언가 해 줄 수 있는 저의 상태가 고맙게 느껴져요."

우살롱에서 만난 엄마들 중에서 아이에게 우울증을

고백한 사람은 소수다. 그중 호연은 아이에게 터놓고 말한 경우였다.

"엄마는 감정 조절이 힘들어서 약의 도움을 받고 있어. 상태가 안 좋고 무기력할 때는 혼자 있는 시간이 좀 필요해."

호연은 아이에게 솔직하게 자신의 상태를 털어놓았다. 아이에게 짐을 지운 것 같아 미안할 때도 있지만, 상태가 좋을 때면 조금 더 표현하려고 노력했다. 꼭 끌어안고 "사랑한다", "고맙다" 이야기해 준다고.

"병원에 간다는 것 자체가 노력이죠. 처음에는 정신과 가기 진짜 싫었어요. 내가 환자인 걸 받아들이기도 힘들었고요. 먹어야 할 알약 수가 너무 많아서 더 그랬어요. 속도 불편하고, 부작용으로 입마름도 있고. 상태가 안 좋아지면 병원 갈 생각부터 한다는 게 저한테는 아이를 위한 노력이에요. 우울증이 심할 땐 자리에서 일어나기가 정말 힘들거든요. 거기서 주저앉으면 정말 끝이라는 걸 알아요. 그래서 억지로 몸을 일으켜 병원에 가요."

우살롱 참여자들은 어쩌면 형편이 나은 축에 속했다. 대부분 문화나 지역사회에 대한 정보 접근성이 높고, 시간과 경제적 여유가 있는 사람들이었다. 우울증 중증 상태에선 외출 자체가 불가능에 가깝다. 사회적 관계가 빈약하고 소속집단이 없는 경우 혼자서 끙끙 앓고만 있을 확률이 크다. 그렇기 때문에 내가 우살롱에서 만난 우울한 엄마들의 이야기는 일부분에 불과하다고 말할 수 있다. 그럼에도 불구하고 나는 그들이 꾸준히 자신이 할 수 있는 일을 찾으며 계속 노력한다는 점이 뭉클했다.

동생에게 우울한 엄마가 나쁜 엄마가 아니라고, 너도 노력할 수 있다고 힘주어 말한 건 이렇게 다양하게 우울한 엄마들을 목격했기 때문 아닐까. 그들이 정말 대단하다고 느껴 왔으니까. 나는 동생에게 말했다.

"너도 마지막이라 생각하고 한 번은 노력해 봐. 정말 어쩌면 변할 수도 있으니까."

타인과 한집에서 산다는 건 유연한 태도와 끈질긴 다정함을 요구한다. 원초적인 본능이 부딪히는 집은 폭력이 발생하기 좋은 환경이며, 구성원들의 지난한 노력이 수반되어야만 겨우 평화가 유지된다. 가족은 사랑하는 사람과의 로맨틱한 결합이 아니다. 집은 끝없이 발생하는 갈등과 위기에 대처하고 꼬인 매듭을 풀어 가는 삶의 치열한 현장이다. 우리가 타인과 함께 살면서 할 수 있는 건 '겨우' 노력이 아니라 노력이 '전부'다.

앵콜 요청 금지

심야 책 모임을 하다가 현지의 수상 소식을 알게 됐다. "우와" 하고 환호성이 튀어나왔다. 현지가 기획하고 연출한 다큐멘터리 〈어른 김장하〉가 '2022 백상예술대상' 교양 부문에서 수상을 하게 된 것이다. 지역 지상파 방송사에서 상을 받는 건 최초라고 했다.

현지는 시상식장 중계 카메라 앞에서 원래 이렇게 시작하는 수상소감을 말할 생각이었다.

"제가 이 자리에 오를 수 있었던 건, 세 명의 베이비시터 덕분이었습니다."

나중에 짧은 수상 영상을 보면서 아쉬운 마음이 들기는 했지만, 빨리 이야기하라고 손짓하는 현장 피디를 앞에 두고 현지는 작품에 관한 소회 위주로 담백하게 30초 안에 소감을 마무리 지었다. 현장 피디에게서 같은 직업인으로의 고충을 느꼈다고 한다. 물론 100마디 수상소감보다 기쁨이 철철 흐르는 현지의 얼굴을 보는 것이 더 큰 감동이었다.

신생아 육아를 하는 고립감에 냉장고를 향해 토마토를 집어 던졌던 현지는 세상의 인정을 받는 연출가가 됐다. 그러나 그에게 육아와 일의 균형 맞추기는 여전히 어려운 과제다. 두 영역에서 모두 잘 해내려는 의욕이 심적 육체적 고갈을 불렀다. 하루가 언제나 빽빽하게 흘러갔다. 현지는 어쩔 수 없이 계획형 인간이 돼야 했다. 회사에선 베이비시터의 퇴근 시간에 맞춰 일을 끝내기 위해 숨차게 일했다. 누군가 스몰토크를 하자고 부를 때면 손은 편집하느라 키보드 위에서 움직이고, 말은 듣는 둥 마는 둥 흘려들었다. 사람들이 그런 자신을 무례하다고 생각해도 어쩔 수 없었다. 웃고 떠드는 동료들의 소리가 들릴 때면 얄밉기까지 했다. 자신은 이렇게 열심히 일하는데, 놀 수 있는 여유가 있다는 게. 스스로 분노조절장애를 의심하기에 이르렀다.

현지는 내게 언니 같고 또 친구 같은 사람이다. 때로 까칠하고, 자주 멋있고, 종종 우울한 언니. 현지가 자신을 "평생 우울한 사람"이라고 설명하던 시기가 있었다. 우울감은 어느 계절에는 심해졌다가 나아지기도 하는 비염과 비슷했다. 가열하게 일하다 보면 쉽게 잊히기도 했고 어느 정도 통제 가능했다. 현지는 우울감으로 빚은 특별한 일들을 말했다. 우울감을 통해 자신을 객관적으로 보는 힘이 생겼고, '조금 시니컬한 김현지'라는 캐릭터가 만들어졌다고. 하지만 우울감과 우울증은 완전히 다르다고 덧붙였다. 우울감은 의지로 조절할 수 있었지만, 우울증은 통제 불가라고. 정말 죽을 것 같았다고.

출산 후 1년 동안 육아휴직에 들어간 현지는 그야말로 독박육아를 했다. 남편은 같은 방송사에서 일하는 동료 피디였다. 같은 일터와 직업을 가졌지만, 출산 후 두 사람의 행보는 완전히 달라졌다. 현지가 육아휴직을 하는 동안 남편은 서울 본사에서 근무했다. 남편이 해외 출장을 가고 TV 프로그램을 만드는 동안, 현지는 신생아와 단둘이 집에 남겨졌다. 고립감과 세상에 대한 원망에 토마토를 냉장고에 집어 던지던 그 시간을 회상하며 현지는 "세상이 다 싫던 시기", "이성적 판단이 불가능하던 때"라고 했다. 한밤중에 방에서 바퀴벌레를 발견하고는 서울에 있는 남편에게 전화해 울면서 바퀴벌레를 잡으러 와 달라고 도움을 요청할 정도로 정신없고 더없이 우울했다고.

내가 갓 태어난 신생아를 키우고 있을 때, 현지와 통화를 한 적이 있다. "좀 어때?" 하고 조심스럽게 근황을 묻던 현지는 아이를 돌보다 보면 불현듯 욕하고 싶을 때가 있을 거라고, 그때 자기한테 전화하라고 했다. 다 들어 주겠다고. 그 말이 너무 현지다워서 웃음이 났다. 힘이 들 때마다 현지에게 전화하진 않았지만, 적어도 육아를 하면서 치밀어 오르는 분노를 이해하는 엄마 선배가 있다는 게 든 든했다.

"못하는 일을 맡으면 잘 못할까 봐 더 신경 쓰이고 기분이 나쁘거든. 그런데 육아가 딱 그랬어. 낙제점을 받는 기분. 생전 처음 해 보는 일인데 잘해야 한다는 부담감이 너무 컸거든. 아이의 우주를 엄마가 온전히 책임지는 게 당연하다는 세상의 시선이 너무 힘들었어. 세상은 엄마의 희생만 기념하지, 엄마의 존재를 기념하진 않더라고."

현지는 자신이 태어난 원가족은 어쩔 수 없다 치더라도, 자신이 선택해서 만든 가족은 다를 거라 믿었다. 성평등한 가정을 위해서 노력했고, 자신이 만든 집에서 성별로 인해 불합리한 일이 벌어진 적이 없다고 믿었다. 그러나 아이가 태어나고 그 믿음이 완전히 무너졌다. 사람들은 남편을 '다정한 아빠'라고 칭찬했다. 소아과에 같이 갔을 뿐인데 "요즘 아빠들은 다르다니까" 하며 치켜세우는 사람들이 있었고, 일하고 남은 시간에 아이를 돌봐도 "참 잘한다", "좋은 아빠야" 하는 평가를 들었다. 반면 아이와 훨씬 많은 시간을 보내는 엄마인 자신은 두 시간마다 우유를 먹이고, 트림 시키고, 기저귀를 갈고, 재우는 단순한 일을 몇 개월이 넘게 반복해도 칭찬은커녕, 볼멘 투정이라도 할라치면 엄마니까 당연하다고 차단당했다. 괴로웠다. 사랑하는 사람과 결혼해서 아이를 낳으면 좋을 거라 생각했

는데, 자신이 잘못 판단했나 회의했다. 엄마 되기에 마땅
하지 않은 사람이 엄마가 되어서 주변 모두를 불행하게 만
들었다고 자책했다.

그 시절 현지에게 필요했던 건 공감과 대화였다. 힘든
게 당연하다는 다독임, 말이 통하는 사람과의 대화. 예전
처럼 뉴스를 보면서 나라 욕을 하고, 말도 안 되는 유머에
낄낄대고 싶었다. 스태프들과 새 프로그램을 기획하고, 아
이디어를 나누고 싶었다. 컴컴한 동굴에 갇힌 것 같은 육
아휴직을 끝낸 현지는 다시 방송사로 복귀했다. 현지의 우
울에는 일이 약이었다. 스태프들과 기획회의를 하고 멀리
촬영을 가고 편집을 하면서 다시 자신감이 차올랐다.

"복귀하자마자 바로 기획서를 써서 제출했어. '모성에
게 사과하라'라는 제목이었지. 한국 사회가 모성이란 말로
여성의 노동과 시간, 건강을 착취하고 있다고 주장하는 사
회고발 다큐멘터리."

언젠가 현지가 했던 말을 떠올렸다. 아이를 키우면서
자신에게 약점이 생겼다고. 남에게 실수하지 않고 당당해
지고 싶은데 아이를 낳고 나서 완벽한 방어가 불가능해졌
다고. 역설적으로 현지의 약점은 장점이 됐다. 엄마로 살
아온 세월이 다른 소수자를 더 폭넓게 이해하는 시간이 됐
기 때문이다. 그는 알 수 있었다. 절대 소수가 아님에도 권
력에서 소수자 정체성을 띠는 엄마라는 위치성을.

"여성이자 양육자로서 가지는 약자성이 일할 때 도움

이 됐어. 가끔 아이가 없었다면 더 좋은 인간이 됐을까 스스로 질문해 볼 때가 있거든. 그랬다면 기혼 여성들 삶도 제대로 알 수 없었겠지. 엄마의 삶을 쉽게 폄하하거나 혹여나 노키즈존에 찬성하는 인간이 됐을 수도 있다고 생각해. 육아의 고통을 전혀 모르고 일의 성과만 최고로 치는 사람이 됐을 수도 있고. 아이라는 약점이 나를 약하게도 하지만, 나를 좋은 사람으로 만들어 줬어. 내 주변을 더 이해하게 됐으니까."

현지는 개인적인 문제와 사회와의 연결고리를 찾아내 TV 프로그램으로 탄생시켰다. 1980년대생, 지역에 사는 여성, 한 아이를 둔 엄마의 고민이 작품 속에 자연스럽게 묻어났다. 스스로를 향한 수많은 질문이 기획으로 이어졌다. 생애 주기별로 달라진 관심사와 고민들이 반영됐다. 아이가 세 살 무렵에는 흙을 만지고 크는 게 좋다는 말을 듣고 밭에 관심을 가지다가 예능 프로그램 〈텃밭 생존기—쑥대밭〉을 만들었고, 아파트에서 아이와 살면서 겪는 충간소음의 고충에 대해 고민하다 〈공간 문제 연구소—살아 보고서〉를 기획했다. 아이가 놀 수 있는 사회적 공간에 대한 관심으로 편해문 놀이터 전문가를 알게 됐고 〈놀이터 민주주의〉를 만들었다. 〈어른 김장하〉는 중년이 되면서 시작된 '어떤 어른이 되어야 하나' 하는 고민이 출발점이 됐다. 〈어른 김장하〉는 경남 진주에서 한약방을 운영하며 100억 원 넘게 기부했지만, 세상이 주는 모든 상을 거부한 김장하 선생을 다룬 2부작 다큐멘터리다. 입소문을 타 설 연휴에 전국 방송으로 송출되기도 했다. 지역 방송사가 제작한 다큐멘터리로는 최초로 넷플릭스에도 공개되었다. 백상예술대상에 이어서 한국방송대상에서도 다큐멘터리 부문을 수상하는 쾌거를 이루었다.

　어느덧 초등학교 고학년이 된 현지의 아이는 친구 집에서 파자마 파티를 즐기고, 부모와 함께 뉴스를 보며 세상일에 의견을 더한다. 이제 현지는 저녁 시간에 아이를 집에 두고 부부 동반 외출하는 행복을 누린다. 어린아이를 돌보던 고충은 줄어들었지만, 아이가 성장하며 양육자로서 추가된 고민도 있다.

　현지는 아이에게 이렇게 말한다고 했다.

　"엄마랑 아빠는 입시에 대해서 잘 모르고 챙길 여력도 없어. 네가 가고 싶은 중고등학교나 이루고 싶은 꿈이 생기면 이야기해 줘. 같이 연구할 수 있게. 한마디로, 알아서 네가 잘 챙겨야 한다는 말이야."

　나는 현지를 통해 엄마이자, 창작자, 다양한 역할로 살아가는 일의 힌트를 얻는 기분이 들었다. 앞서 겪고 고민하는 사람이 곁에 있다는 게 고맙고 든든했다.

　진득하게 이야기를 나누다 보니 벌써 오후 3시가 다 되어 가고 있었다. 학교 마친 아이들이 돌아오는 시간. 나를 집까지 태워다 주고 멀어지는 현지의 차를 보면서 문득 결혼 소식을 처음 현지에게 알린 날이 생각났다.

"우리의 한 시절이 끝난 느낌이야."

미묘하게 복잡해지던 현지의 얼굴. 그때 나는 현지의 말이 아주 와닿지 않았다. 밤낮없이 일하고 사랑했던 우리의 20대, 우리의 청춘. 그 시절과 안녕이라는 게 실감 나지 않았기 때문이다.

현지와 내가 노래방에 가면 즐겨 부르던 노래가 있다. '브로콜리너마저'의 〈앵콜 요청 금지〉라는 곡이다. 돌아가는 화려한 조명 아래에서 함께 마이크를 잡고 우리는 노래했다.

안 돼요, 끝나 버린 노래를 다시 부를 순 없어요.

현지가 말한 우리의 젊음, 우리의 청춘은 가삿말처럼 끝나 버린 노래라는 것을 이제는 안다. 하지만 만약 타임머신을 타고 그때로 다시 돌아갈 수 있다면 나의 우울한 친구 현지에게 이 말을 돌려주고 싶다.

"괜찮아. 우리의 새로운 시절이 시작될 거니까."

고백

"아니, 그러다가 우울증 걸려!"

딸이 대화 중에 말했다. 성향이 맞지 않는 친구와 노는 것이 스트레스라는 이야길 하던 중이었다. 친구에게 직접 '너랑 앞으로 놀고 싶지 않다'는 내용을 담은 편지를 전해 줄까 한다는 이야길 들으면서 "그냥 마음속으로만 생각하고 안 놀면 안 돼?" 하고 제안했다. 딸은 바로 반박했다. 속으로 꾹 참기만 하면 우울증이 된다고. 할 말이 있을 때는 표현해야 한다고. 나는 우울증 환자면서도 딸의 입에서 흘러나온 우울증이라는 말이 좀 낯설었다.

아무래도 나의 세 아이는 또래보다 우울증에 대해 이해할 수 있는 환경에서 살고 있다. 거실에는 널찍한 공용 테이블이 있다. 내가 짬이 나면 글을 쓸 수 있도록 한편에 노트북 거치대가 있었고, 그 옆에 참고도서가 쌓여 탑을 이뤘다. 주로 정신질환을 주제로 한 책들이었다. 섭식장애를 다룬《삼키기 연습》, 린다 개스크의《당신의 특별한 우울》, 정신과 의사가 쓴《죽고 싶은 사람은 없다》등등.

한동안 나는 새벽에 일어나 앤드류 솔로몬의《한낮의 우울》을 낭독했다. 매주 수요일 새벽 6시 10분, 네 명의 사람이 화상채팅 앱에 모여 읽기 모임을 가지기로 했기 때문이다. 이 책을 함께 만든 김정옥 편집자의 제안이었다. 돌아가며 정해진 시간만큼의 분량을 소리 내 읽었다. 주석과 참고문헌을 제외하고 총 845페이지. 혼자선 완독이 힘들었겠으나 나눠 읽으니 9개월 후에는 마침표를 찍을 수 있었다.

세 아이는 내가 아침 일찍 일어나 책을 낭독하는 목소리를 멀리서 듣고 평소보다 일찍 일어났다. 막 깨어난 아이들은 팔 옆에 붙어 볼을 부비기도 하고, 잠이 좀 깨면 맞은편 소파에 앉아 좋아하는 만화책을 읽기도 했다. 책을 읽는 동안 '우울증', '자살'이라는 단어가 끝도 없이 나왔다. 그럴 때면 나도 모르게 아이들의 눈치를 살폈다. 아이들은 소파에 기대서 가만히 만화책을 읽고 있을 뿐이었다. 아이들은 이 단어들의 뜻을 알고 있을까? 어떨 때는 불편함을 느껴 아이들을 피해 빈방에 가서 읽었다. 그러면 아이들은 숨바꼭질 놀이를 하는 것처럼 금방 나를 찾아냈다. 아이들을 피해 읽는 것이 소용없음을 깨닫고부터 그냥 거실 테이블에 앉아 책을 읽었다.

읽기 모임을 마친 아침, 의자에서 일어나 기지개를 켜고 부엌으로 향하는데 둘째가 다가오더니 말했다.

"엄마가 힘든 일 있으면 내가 구해 줄 거야."

나는 아이의 얼굴을 가만히 바라봤다. 어떤 맥락에서 이런 이야기를 하는지 알 것 같았다. 그날 읽은 《한낮의 우울》에는 우울증을 겪는 수많은 사람의 일화가 나왔다. 아이도 자연스럽게 책 내용을 들었을 것이다. 나는 더 묻지 않고 아이를 안아 주었다. "고마워"라고 말하며.

함께 살며 세 아이는 조금씩 나라는 인간을 알아 갔다. 자주 피곤을 느끼고 우울해지는 사람이라는 것, 동시에 장난을 잘 치고 맛있는 요리 먹는 걸 좋아한다는 것도. 세 아이는 이제 훌쩍 커서 자신의 물병을 스스로 가방에 넣고, 식사 시간에 밥솥에서 먹을 만큼 밥을 풀 줄 안다. 내가 상태가 안 좋아 보이면 먼저 "엄마, 방에 들어가서 좀 쉬어"라고 말할 줄도 안다. 이제는 일방적인 돌봄이 아닌 서로 돌볼 수 있는 관계가 된 것이다.

어느 날, 책상에 펼쳐 둔 작업 노트에 이런 말이 적힌 적이 있다.

엄마는 웃기다 ㅋㅋ 언제나. 그리고 언제나 사랑한다♡

딸의 글씨였다. 작업 노트를 펼쳐 둔 것이 실수처럼 느껴졌다. 작업 노트에는 세상에 표출하지 못한 우울과 후회, 절망이 종종 적혔으니까. 딸은 대체 무엇을 읽고 무엇을 느꼈던 것일까.

그날 밤, 딸의 침대에 같이 누워 있다가 용기를 내서 물었다.

"아까 내 노트에 적어 둔 메시지 말이야. 혹시 엄마가 우울증이라 걱정돼서 그렇게 적은 거야?"

어둠 속에서 딸이 고개를 끄덕였다. 나는 딸의 곱슬거리는 머리카락을 넘겨 주며 말했다.

"있잖아. 세상에 눈 아픈 사람, 다리나 팔을 다친 사람도 많잖아. 너도 안경을 쓰고 있고. 마산 할머니랑 구포 할머니도 관절이 안 좋아서 수술했고. 세상 사람들은 누구나 장애가 있어. 엄마의 우울증도 그런 거야. 좋아지려고 노력하고 있으니까 너무 걱정하지 마."

딸이 잘 알아듣도록 설명하는데 자꾸 말을 더듬거렸다. 우울증에 관한 책들을 계속 읽는 건 지금 하는 작업 때문이라는 부연 설명이 주절주절 길어졌다. 딸이 잠에 들면서 대화는 자연스럽게 멈췄다.

나는 세 아이에게 누워 있는 모습을 보여 주는 게 창피했다. 의욕적이고 밝은 모습을 보여야 좋은 엄마인 것 같았다. 하지만 요즘은 잘 눕는다. 특히 아이들이 하교하기 전에 30분이라도 누워서 쉬려고 한다. 피곤하면 쉽게 예민해지고 감정을 조절하기 힘들어서 불안과 화가 아이들에게 미칠 확률이 높았다. 그대로 잠이 들어서 누운 채로 아이들을 맞을 때도 많다.

단지 좀 쉬는 것만으로, 누워 있는 모습을 보여 주는 것으로도 아이에게 안 좋은 영향을 미칠 거라는 두려움이 있었다. 혹시나 나의 무기력과 우울을 아이들이 학습할까 봐 무서웠다. 양육자에게 '나를 닮은 자식'은 일종의 공포다. 좋은 점도 닮지만, 단점이라 인식하는 부분을 닮을 수 있기 때문이다. 만약 그 단점으로 큰 고통을 받았다면, 그 공포는 더 커진다.

어느 날 딸에게 물었다.

"엄마가 누워 있는 거 보면 어때?"

"좋아 보여."

웃음이 났다.

우살롱에서 만난 참여자들은 아이들이라는 존재가 우울증에 있어 양날의 검처럼 느껴진다고 말했다. 신생아 육아 때는 아이에게 자신의 무기력을 설명할 수도 이해를 바랄 수도 없어 고통스러웠지만, 역설적으로 아이라는 존재 때문에 힘을 낼 수 있었다고. 어떤 참여자는 몸을 못 움직일 만큼 상태가 안 좋을 때면 아이들을 침대로 끌어들인다고 했다. "엄마랑 누워서 놀까?" 하고 말하면 아이들이 품속으로 반갑게 뛰어들었다. 그는 끌어안은 아이들의 온기에 위안을 받았다. 우살롱의 또 다른 참여자인 지수 씨도 비슷한 이야기를 했다. 한때는 아이를 보며 '너만 없었으면'이라고 생각했지만, 이제는 '네가 아니었다면'이라는 마음이 든다고. 종종 우울하고 불안해지는 엄마가 그래도 세상에서 제일 좋다는 아이를 보며 '내가 왜 좋을까' 싶다가도 정말 한없이 감사하다고.

내가 만난 우울한 엄마들은 노력하는 사람들이었다. 엄마의 우울을 조금도 허용하지 않는 세상에서 자주 숨죽여 울 수밖에 없었지만, 스스로가 취약하다는 것을 인정하고 우울함에 영원히 잠기지 않기 위해 애쓰는 사람들이었다.

"세상에 좋은 엄마의 모델이 늘어날수록, 우울한 엄마는 많아질 거예요."

우살롱을 찾은 혜정이 한 말이다. 다른 참여자들도 공감한다는 듯 고개를 끄덕였다. 아이를 먹이고 씻기고 재우기만 해도 '좋은 엄마'였던 시절을 지나 최신 육아 정보, 성장에 따른 지식, 교육 영역까지 관심을 가져야만 '좋은 엄마'로 대접받는 세상에서 좋은 엄마 되기란 불가능하다. 나는 '좋은 엄마'가 환상이듯 '평범한 엄마' 또한 없다는 것을 알아 갔다. 우살롱에서 '나의 엄마'를 주제로 이야기했을 때, 각자가 말한 '나의 엄마'는 당연하게도, 모두 다 달랐다.

살림도 잘하고 아이도 잘 돌보는 현모양처
자식보다 남편이 우선이었던 엄마

자신의 뜻을 거스를 수 없도록 강압적인 엄마
무기력하고 조용했던 엄마
한평생 가족을 위해 희생만 해서 애잔한 사람
너무 닮고 싶은 동시에 너무 멀게 느껴지는 사람

‘좋은 엄마’가 되기 위해서, 적어도 ‘평범한 엄마’라도
되기 위해서 엄마들은 가장 먼저 자기 자신을 지워 나간다.
그리고 어느 순간, 아무도 그런 엄마를 원하지 않았다는
걸 서글프게 깨닫는다. 그런 맥락에서 우울증은 ‘내 인생
은 내 것’이라는 진실의 저항이기도 하다.
　우울한 엄마인 나는 불가능한 세상을 꿈꾼다. 안전하
고 평화롭고 덜 외로운 세상을. 때때로 절망에 빠지지만,
희망을 애써 기억하려고 노력한다. 아이들과 산다는 감각
덕분에 나는 더 노력하는 사람이 된다. 그건 강해서가 아
니다.

에필로그

당신에게
—한 사람을 위한 편지

마치 이 편지에 다다르기 위해 여기까지 온 것 같습니다. 어느 날 작업일지에 저는 이렇게 썼습니다. "어느 한 사람에게는 확실한 응원이 되어 줄 글을 쓰자." 많은 사람을 생각하면 겁이 났지만, 오직 한 사람을 생각하면 쓸 수 있었기 때문이죠. 나와 비슷한 우울을 가진 사람. 그 한 사람이 이 글을 읽고 있는 당신이면 좋겠습니다.

혼자서 눈물을 삼켜 본 적 있는 사람
늦은 밤 뜬눈으로 천장을 멀뚱멀뚱 쳐다보는 사람
사는 게 너무 지긋지긋하다고 중얼거리는 사람
유아차를 밀고 목적지 없이 걷는 사람

이름도 모르고 생김새도 모르는 당신의 얼굴은 매일 변했습니다. 남편과의 이야기를 쓸 땐 결혼을 앞둔 후배의 얼굴이 떠올랐고, 모유 수유하는 이야기를 쓸 땐 신생아를 키우는 선배의 얼굴이 생각났습니다. 책 이야기를 할 땐, 육아하면서 시를 읽는 게 유일한 기쁨이라는 언니를 떠올렸어요.

까만 밤이 지나고 기적같이 찾아오는 눈부신 아침 햇살에 우는 사람도 있다는 것을 우울증을 겪으며 알았습니다. 서로의 어둠을 묻히며 함께 어두워지는 것도 우정이 될 수 있다면, 기꺼이 보여 드린 저의 어둠이 부끄럽지 않을 것 같습니다.

마음이 깊이 가라앉을 때면 크게 심호흡을 합니다. 지금 여기에 집중하는 일이 우울증에 도움이 된다는 말을 듣고부터요. 하던 생각을 내려놓고 크게 숨을 들이쉽니다. 현재에만 집중하려고 노력합니다. 하지만 저는 종종 너무 멀리 가곤 합니다. 아득한 과거, 아주 먼 미래. 어쩌면 그래서 먼 곳의 당신을 상상할 수 있었는지도 모릅니다.

어제는 처음으로 누워 있는 저에게 "애썼어"라고 말해 주었습니다. 두 팔로 몸을 안고 토닥토닥. 생경하고 낯설었습니다. 꼭 저의 손길 같지 않았어요. 그래도 자주 이렇게 이야기해 주어야겠다 생각했습니다. 언제나 타인에게 더 많은 마음을 쏟고, 저에게 쏟을 마음을 남겨 두지 않곤 했어요. 스스로 격려하고 아껴 주는 일에도 연습이 필요한 모양입니다.

요즘 저는 친구들에게 "좋은 하루 보내"라는 말 대신 "그럭저럭 보내자"라고 말합니다. 크게 기쁘지도 행복하지도 않은 하루를 그럭저럭 보내기에도 얼마나 많은 애를 써야 하는지 알고 나서부터요. 그러니까, '그럭저럭'도 썩 괜찮아 보였어요.

우살롱에서 알게 된 지수 씨를 인터뷰한 날이었습니다. 인터뷰를 마치고 일어나 인사를 나누는데, 지수 씨가 말했습니다. 두 손을 모으고, "행복하세요"라고. 그 말이 마음을 크게 울렸습니다. 우울해도 누군가의 행복을 빌 수 있다는 것. 우울함 속에서도 그 마음을 알아본다는 것.

먹먹한 마음으로 지수 씨를 마주 보았습니다.

집으로 돌아가는 길, 저는 행복이라는 말을 여러 번 쓰다듬듯 품었습니다. 그리고 이 글을 읽고 있는 당신에게도 돌려 드려야겠다 마음먹었습니다.

행복하세요, 당신.

2023년 9월 수미 드림.

감사의 말

《우울한 엄마들의 살롱》을 쓰면서 정말 많은 이들의 도움을 받았다. 좋은 책은 작가 혼자의 힘만으로 완성할 수 없다는 진실을 매 순간 확인한 작업이었다.

의사인 은선에게 운동이 우울증에 미치는 영향, 우울증 금단 증상, 자조모임 효과에 대해 자문을 구했을 때, 그는 해외 논문을 직접 검색, 번역해서 알려 주었다. 낯선 의학용어를 쉽게 풀어 설명해 준 덕분에 원고에 무게감이 생겼다. 3년 넘게 다니고 있는 정신과 의사 역시 우울증에 대한 여러 오해와 증상을 묻는 나에게 편안하게 답해 주었다.

어떻게 하면 내가 겪는 우울증을 사회적 맥락에서 이해할 수 있을지 많이 고민했다. 어느 때보다 공부가 절실했다. 우울증과 기혼 여성의 삶, 페미니즘에 대한 책들을 등불 삼아 이 책을 썼다. 린다 개스크, 나혜석, 조한진희 작가의 책을 포함한 다양한 책에 빚졌다. 박조건형 작가는 소장하고 있던 정신질환 관련된 책 십수 권을 장기간 대여해 주었다. 그중에는 도서관에서 구하기 힘든 독립출판물도 더러 있었다.

혼자서 읽기 힘든 책도 있었다. 소위 '벽돌책'이라 불리는 앤드류 솔로몬의 《한낮의 우울》은 김정옥 편집자의 제안으로 낭독 모임을 통해 읽어 나갔다. 김정옥 편집자와 나를 포함해 책방19호실의 지현 씨, J까지 네 명이 매주 수요일마다 새벽 6시 10분 화상채팅 앱에서 만났다. 50분 동안 돌아가며 책을 낭독했다. 9개월 만에 완독이 끝났을 때, 참여자는 네 명에서 세 명으로 줄어 있었다. J가 세상을 떠났기 때문이다. 책을 읽을 때마다 그의 빈자리를 느꼈다. J가 있는 곳이 그의 듣기 좋은 목소리처럼 편안하길 기도한다.

뉴스와 신문 기사에서 발견하기 어려운 기혼 여성의 목소리는 페미니스트 엄마 모임인 부너미를 통해 들을 수 있었다. 함께 책을 읽고 영화를 보고 글쓰기를 하는 일이 공부가 되기도 했지만, 말 잘 통하는 전국의 동료들과 수다를 떠는 기분이 들어 편안했다. 그리고 얼굴도 모르고 닉네임도 잘 기억나지 않지만, 맘카페와 블로그를 통해 자신이 겪은 이야기를 들려준 수없이 많은 엄마들이 있다. 그들이 한국 사회에서 엄마로 살면서 겪는 사건들은 곧 나의 사건이었다.

거의 모든 인터뷰이가 인터뷰 요청을 흔쾌히 수락해준 것은 특별한 행운이었다. '우울한 엄마'라는 정체성을 지닌 인터뷰이는 애써 찾지 않아도 주변에 너무 많았다. 인터뷰이를 쉽게 찾을 수 있다는 건 작가에게는 좋은 일이었지만, 그만큼 세상에 우울한 엄마가 많다는 것을 확인하는 것 같아 씁쓸했다.

'우울한 엄마들의 살롱'을 시작할 땐 모임 이름이 책 제목이 되리라고 생각하지 못했다. 우살롱을 통해 나는 '혼자만의 우울'이 아닌 '우울한 엄마'라는 보편성을 획득할 수 있었다. 책을 쓰는 동안 늘 우살롱 참여자들이 곁에 있는 기분이 들었다. 우살롱을 시작하면서 참여자들에게 우울증에 대한 책을 쓰고 있다 밝힌 적이 있다. 한 참여자는 "전 작가님이 제 이야기를 책에 쓰라고 왔어요"라고 말해 주었다. 따로 만나 내밀한 이야기를 들려준 혜정 씨, 우울증 병력을 솔직하게 고백해 준 지수 씨, 오랜 무기력에 대처하는 법을 일러 준 호연 씨에게 특히 감사하다. 나는 이 책을 만드는 과정 자체가 세상에 우울한 엄마들의 존재를 드러내고 호출하는 하나의 퍼포먼스라고 생각했다. 퍼포먼스가 외롭지 않도록 함께 목소리를 내준 우살롱 참여자들에게 감사하다.

우살롱이 있는 날마다 리에 씨는 늘 "작가님도 마음 편한 시간이 되었음 좋겠어요"라고 말해 주었다. 동료의 마음을 돌보는 동료가 있어 우살롱을 지속할 수 있었다. 그리고 책방19호실 지현 씨의 제안 덕분에 '쓰는 우살롱'을 열 수 있었다. 앞으로도 우울한 여자들이 쓰고 말하는 모임을 이어 가고 싶다.

무기력증이 심할 땐 한 글자도 쓰기 힘들었다. 그래도 어떻게든 밖으로 나가려고 안간힘을 썼다. 아이들이 등교하고 나면 경남대표도서관에 가서 글을 썼다. 문 열기 전에 도착하면 기다리는 동안 야외 테이블에 노트북을 펼쳤다. 그 시간이 마치 하루의 덤처럼 느껴졌다. 도서관에서 작업하면 참고문헌을 그 자리에서 바로 찾아볼 수 있는 이점이 있었다.

도서관이 지겨워지면 동네 카페를 찾았다. 카페 역시 야외 테이블이 있어서 오픈 시간 전에 도착해도 작업을 시작할 수 있었다. 부담스러운 첫 손님을 사장님은 늘 환하게 웃으며 맞아 주었다. 그리고 노트북이 든 무거운 가방을 메고 옆에서 걷는 동료 김달님 작가가 있었다. 덕분에 글쓰기의 고민과 지겨움도 농담으로 소화할 수 있었다. 때로 글이 나보다 크게 느껴지고 그런 스스로가 미련하다 여겨지면 정희진 선생님의 강연을 듣거나 책을 읽으며 공부의 효능과 글쓰기의 의미를 환기했다. 덕분에 작업에 임하는 자세를 다잡았을 수 있었다. 김비 작가의 조언 "너무 매달리기만 하면 힘을 잃어요. 역동적으로 덤벼들었다가 놔줬다가 해야 돼요. 유연하게 춤추듯이"도 큰 힘이 되었다. 집필 노동의 고충을 아는 동료의 위로 덕분에 하루씩은 아무 글도 쓰지 않고 쉬어 가기도 했다.

이웃이자 친구인 아영, 인남과 나눈 대화 다수가 책에 실렸다. 책에 담지 못했지만, 초등학교 선생님인 정현은 칭얼대는 아기를 돌보면서도 공교육 문제에 대한 인터뷰를 기꺼이 해 주었다. 방학 때는 나의 세 아이를 데리고 놀러 가서 혼자만의 작업 시간을 선물해 주기도 했다. 앞으로도 이웃들과 세상 사는 일을 고민하고 서로 의지하며 살면 좋겠다.

대학 동기인 신애와 효정은 자신의 이야기를 책에 게재하는 데 흔쾌히 동의해 주었다. 방송국에서 만난 태희 씨와는 게재 허락을 구하면서 안부를 나눌 수 있었다. 책을 전해 준다는 명분으로 다시 안부를 묻고 싶다. 섹스에 대한 이야기를 허심탄회하게 들려준 두 친구 W와 H는 게재 허락을 구하자 "영광"이라는 말로 내 마음을 가볍게 해 주었다. 울산에서 학원을 운영하는 김주연 원장은 바쁜 일과 속에서도 전화 인터뷰를 수락했고, 생생한 사교육 현장 이야기를 들려주었다. 책을 위한 인터뷰를 요청했을 때 김현지 피디는 마침 다큐멘터리 〈어른 김장하〉의 인기로 인터뷰와 강연 요청이 많던 시기였다. 그런 와중에도 선뜻 시간을 내주었다. 거리낌 없는 김현지 피디 덕분에 완성도 높은 글을 쓸 수 있었다.

사진작가 하형은 우살롱에 참여하기 위해 부산에서 창원까지 달려와서 "전 엄마는 아니지만"이라고 머쓱하게 자기소개를 하며 자리를 지켜 주었다. 나의 프로필 사진은 모두 하형의 작품이다. 책 고민에 파묻혀 있을 때 오랜 친구 희은을 만나면 책과 기분 좋은 거리감이 생겨났다. 그를 만날 때면 쓰는 삶만이 전부가 아니라는 걸 알 수 있었다. 평생 나는 이 균형을 잡기 위해 애쓸 것 같다는 예감이 든다.

책을 쓰는 동안 가장 큰 역경은 육아였다. 쌍둥이 아들들이 유치원을 퇴소했을 때도, 아이들이 돌아가며 아플 때도 작업 시간이 확연히 줄었다. 나의 작업 시간을 확보해 주기 위해 남편이 노력했다. 덕분에 저녁 6시 이후, 그리고 주말을 작업 시간으로 활용했다. 남편이 세 아이를 돌보는 동안 완전한 혼자가 되어 자유롭게 글을 쓸 수 있었고, 정해진 마감 기한 안에 글을 마칠 수 있었다. 또한 남편은 자신의 말을 기록하고 책에 싣는 데 동의해 주었다. 이 책이 서로를 이해하는 데 도움이 되면 좋겠다.

남동생 부부 역시 자신들의 이야기를 싣는 데 너그러이 동의했다. 내가 책 작업에 집중하는 동안 양가 부모님은 직접 만든 음식을 자주 집으로 보내 주었다. 덕분에 며칠씩 먹거리 걱정에서 헤어났다. 훌쩍 큰 세 아이는 이제 엄마의 작업 시간을 존중한다. 베란다에 있는 작업실에 가서 혼자 시간을 보내는 것도, 주말에 카페나 도서관에 가서 작업을 하는 것도. 앞으로도 서로의 시간을 존중하는 관계로 자라기를 바란다.

김정옥 편집자는 '우울한 엄마'에 대해서 "공부하며 써 볼 것"을 제안했다. 그와는 《애매한 재능》에 이어 두 번째 작업이다. 그동안은 나의 깜냥만큼만 글을 쓸 수 있다고 믿었다. 김정옥 편집자는 내게 한계를 넘어서도 쓸 수 있음을 알게 해 주었다. 좋은 책은 절대 혼자서 쓸 수 없음을 가장 절실히 깨닫게 해 준 동료기도 하다. 독자의 기대에 부응하는 책을 만들기 위해 같이 고민하는 조력자로 든든하게 존재해 줘서 감사하다.

글을 쓰면서 자주 독자들의 응원을 받았다. 강연장에서, 소셜미디어 댓글로, 문자로 그들은 내가 계속 쓸 수 있도록 지지해 주고 위로해 주었다. 이 자리를 빌어 감사하다는 말을 전하고 싶다.

2년 전 독서모임에서, 언젠가 우울한 엄마에 대한 책을 쓰고 싶다고 말한 적이 있다. 그때 한 여성이 자신의 이야길 꺼냈다. 장애아를 키우는 엄마라고 자신을 소개한 그는 때로는 아이보다 자신이 아픈 것 같다고 말했다. 마음이 너무 우울한데, 사람들에게 우울하다고 말하기가 어렵다고 울먹였다. 나는 그에게 정신과 진료를 권했지만, 그는 고개를 저으며 말했다. 자신은 결코 우울해선 안 되는 사람이라고. 눈물이 고인 눈과 마주쳤을 때, 그는 말했다. "우울한 엄마 책, 꼭 써 주세요." 이 책이 그에게 닿을 수 있으면 좋겠다.

추천의 말

엄마로 산다는 건 엄청난 이중성을 감내하는 일이다. 엄마가 되는 일만큼 귀하고 뿌듯한 일도 없지만, 엄마로 산다는 건 적어도 아이가 어느 정도 자랄 때까지 매일매일을 시끄러운 고독과 우울, 좌절감 속에 보내야 한다는 것을 뜻하기 때문이다. 이 책은 한국에서 어린아이를 키우며 산다는 것이 무엇인지, 엄마라면 누구나 부닥치는 문제들을 심각하지만 경쾌하게 이야기한다. 산후우울증, 젖몸살, 수면 부족, 아이들의 잦은 병치레, 낭만이라고는 절대 없는 섹스와 남편과의 양육 갈등, 심지어 이웃의 층간소음 항의와 동네의 성추행범으로 인한 피로 속에서, 엄마는 과연 우울증을 벗어날 수 있을까? 이 책은 우울증으로 고통받는 엄마뿐 아니라 아이를 키우는 모든 엄마에게 따뜻한 위로와 공감을 선사한다.

— **이현정** 서울대학교 인류학과 교수

이제까지의 삶에서 추방당한 자의 고통. 피디이자 엄마로서 내가 겪은 우울은 디아스포라와 닮았다. 아이를 낳자마자 나는 합리적 의사결정의 민주시민사회에서 알 수 없는 신화의 영역으로 굴러떨어졌다. 사람들은 위대한 모성의 희생을 찬양하면서도 모성의 노동을 위해서는 쌀 한 톨 바치지 않았다. 동시에 기혼-유자녀-여성 스리콤보 정체성은 다양한 진영에서 동네북처럼 이리 치이고 저리 치였다.

이 책은 우리 사회 곳곳의 크랙이 아이들의 안전을 위협하고 이에 대한 불안이 엄마의 우울을 가중시키는 구조를 다양한 예를 들어 폭로한다. 그리하여 우울한 엄마의 존재를 가정 내 개인으로만 보지 않고 사회의 안녕을 깊이 고민하는 책임감 있는 시민으로 확장시킨다. 엄마가 되자마자 사회적 존재로서 평가절하 당해 온 수많은 여성 시민들에게 정당한 존중을 돌려주려는 작가와의 티타임, 참석하지 않을 이유가 없다. 혼자 몰래 우울했던 엄마들을 불러 모은 작가는 힘주어 말한다. 당신이 아이를 키우며 우울한 것은 당신이 좋은 사람, 노력하는 사람이기 때문이라고.

– **김현지** MBC경남 피디, 다큐멘터리 〈어른 김장하〉 연출

독박육아는 신체적 정신적 번아웃, 사회적 정서적 고립, 그리고 수면 부족을 동반한다. 이로써 완벽한 우울증 공식이 성립되니, 엄마가 우울하지 아니한 게 이상하다. 독박육아는 다행히 정치적으로 해결할 수 있는 사회문제다(불행히도 해결이 요원할 뿐). 반면 모성신화는 정치 영역을 넘어선 문제다. 엄마가 우울해도 되는 걸까? 의심하지 말자. 아이의 미소에도 고통이 증발하지 않을 때, 자책하지 말자. 당신이 지금 '좋은 엄마'라는 덫에 걸려 몸부림치고 있다면, 더 이상 혼자가 아니다. '우울한 엄마들의 살롱'이 당신을 구할 것이다.

– **장하나** 두리 엄마, 시민단체 '정치하는엄마들' 사무국장, 전 국회의원

"엄마라서 우울하다"에 돌아온 대답은 "아이가 불쌍하다"였다. 이후로는 남편과 사회에 대한 분노를 표현할지언정 우울은 숨겼다. 엄마 됨의 기쁨이 나무의 가지와 잎이라면 우울은 몸통이고 뿌리다. 엄마의 우울에 무관심하면서 엄마의 삶을 안다고 말할 수 없다. 이 책은 아이가 상처받을까 봐, 가족의 화목이 깨질까 봐, 모성을 의심받을까 봐 감히 드러낼 수 없었던 엄마들의 진실을 말한다. 수미 작가의 귀한 용기에 빚진 마음이다.

― 이성경 엄마 페미니즘 '부너미' 대표

우울한 엄마들의 살롱
The Salon for Depressed Mothers

ⓒ 수미, Printed in Korea

1판 2쇄 2023년 12월 20일
1판 1쇄 2023년 10월 20일
ISBN 979-11-89385-44-6

지은이   수미
펴낸이   김정옥
편집   김정옥, 조용범, 눈씨
마케팅   황은진
디자인   김민정
종이   한승지류유통
제작   정민문화사

펴낸곳 도서출판 어떤책
주소 03706 서울시 서대문구 성산로 253-4 402호
전화 02-333-1395
팩스 02-6442-1395
전자우편 acertainbook@naver.com
블로그 blog.naver.com/acertainbook
페이스북 www.fb.com/acertainbook
인스타그램 www.instagram.com/acertainbook_official

안녕하세요, 어떤책입니다. 여러분의 책 이야기가 궁금합니다.

블로그 blog.naver.com/acertainbook
페이스북 www.fb.com/acertainbook
인스타그램 www.instagram.com/acertainbook_official

점선을 따라 가위로 오려서 보내 주세요. 우표 없이 우체통에 넣으시면 됩니다. ✂

보내는 분

이메일

주소

이름

우편요금
수취인 후납
발송유효기간
2023.7.1~2025.6.30
서대문우체국
제40454호

도서출판 어떤책

03706 서울시 서대문구 성산로 253-4 402호

a certain book

저희 책을 읽어 주셔서 감사합니다. 독자엽서를 보내 주시면 지난 책을 돌아보고 새 책을 기획하는 데 참고하겠습니다.

1. 《우울한 엄마들의 살롱》을 구입하신 이유

2. 구입하신 서점

3. 이 책에서 특별히 인상 깊은 부분이 있다면 무엇인가요?

4. 수미 작가에게 하고 싶은 말씀이 있다면 들려주세요. 대신 전해 드립니다.

5. 출판사에 하고 싶은 말씀이 있다면 들려주세요.

보내 주신 내용은 어떤체 SNS에 무기명으로 인용될 수 있습니다. 이해 바랍니다.